許謙卷

北山四先生全書

黃靈庚　李聖華　主編

許白雲先生文集

附絳守居園池記注

〔元〕許謙／撰　崔小敬　黃靈庚／整理

下

上海古籍出版社

附録一　碑傳誌銘

元史・許謙傳

許謙字益之，其先京兆人。九世祖延壽，宋刑部尚書；八世祖仲容，太子洗馬。仲容之子曰洸、曰洞，洞由進士起家，以文章政事知名于時。洸之子寔，事海陵胡瑗，能以師法終始者也。由平江徙婺之金華，至謙五世，爲金華人。父觥，登淳祐七年進士第，仕未顯以殁。

謙生數歲而孤，甫能言，世母陶氏口授《孝經》《論語》，入耳輒不忘。稍長，肆力於學，立程以自課，取四部書分晝夜讀之，雖疾恙不廢。既乃受業金履祥之門，履祥語之曰：「士之爲學，若五味之在和，醯醬既加，則酸鹹頓異。子來見我已三日，而猶夫人也，豈吾之學無以感發子耶！」謙聞之，惕然。居數年，盡得其所傳之奥。於書無不讀，窮探聖微，雖殘文羨語，皆不敢忽。有不可通，則不敢强；於先儒之説，有所未安，亦不苟同也。

讀《四書章句集注》，有《叢説》二十卷，謂學者曰：「學以聖人爲準的，然必得聖人之心，而後可學聖人之事。聖賢之心，具在《四書》，而《四書》之義，備於朱子，顧其辭約意廣，讀者安可以易心求之乎！」讀《詩集傳》，有《名物鈔》八卷，正其音釋，考其名物度數，以補先儒之未備，仍存其逸義，旁采遠援，而以己意終之。讀《書集傳》，有《叢説》六卷。其觀史，有《治忽幾微》，倣史家年經國緯之法，起太皞氏，迄宋元祐元年秋九月尚書左僕射司馬光卒，備其世數，總其年歲，原其興亡，著其善惡，蓋以爲光卒，則中國之治不可復興，誠理亂之幾也。故附於續經而書孔子卒之義，以致其意焉。

又有《自省編》，晝之所爲，夜必書之，其不可書者，則不爲也。其他若天文、地理、典章、制度、食貨、刑法、字學、音韻、醫經、術數之説，亦靡不該貫，旁而釋、老之言，亦洞究其藴。嘗謂：「學者孰不曰闢異端，苟不深探其隱，而識其所以然，能辨其同異、别其是非也幾希。」又嘗句讀《九經》《儀禮》及《春秋三傳》，於其宏綱要領，錯簡衍文，悉别以鉛黄朱墨，意有所明，則表而見之。其後吴師道購得吕祖謙點校《儀禮》，視謙所定，不同者十有三條而已。謙不喜矜露，所爲詩文，非扶翼經義，張維世教，則未嘗輕筆之書也。

延祐初，謙居東陽八華山，學者翕然從之。尋開門講學，遠而幽、冀、齊、魯，近而荆、揚、吴、越，皆不憚百舍來受業焉。其教人也，至誠諄悉，内外殫盡。嘗曰：「己有知，使人亦知之，豈不快哉？」或有所問難，而詞不能自達，則爲之言其所欲言，而解其所惑。討論講貫，終日不倦，攝其粗疏，入於密微，聞者方傾耳聽受，而其出愈真切。惰者作之，鋭者抑之，拘者開之，放者約之。及門之士，著録者千餘人，隨其材分，咸有所得。然獨不以科舉之文授人，曰：「此義、利之所由分也。」謙篤於孝友，有絶人之行。其處世不膠於古，不流於俗，不出里聞者四十年，四方之士以不及門爲恥，縉紳先生之過其鄉邦者，必即其家存問焉。或訪以典禮政事，謙觀其會通，而爲之折衷，聞者無不厭服。

大德中，熒惑入南斗句已而行，謙以爲災在吳、楚，竊深憂之。是歲大侵，謙貌加瘠，或問曰：「豈食不足邪？」謙曰：「今公私匱竭，道殣相望，吾能獨飽邪！」其處心蓋如此。廉訪使劉庭直、副使趙宏偉，皆中州雅望，於謙深加推服，論薦於朝；中外名臣列其行義者，前後章數十上；而郡復以遺逸應詔；鄉闈大比，請司其文衡。皆莫能致。至其晚節，獨以身任正學之重，遠近學者，以其身之安否，爲斯道之隆替焉。至元三年卒，年六十八。嘗以白雲山人自號，世稱爲白雲先生。朝廷賜謚文懿。

先是，何基、王柏及金履祥殁，其學猶未大顯，至謙而其道益著，故學者推原統緒，以爲朱熹之世適。江浙行中書省爲請於朝，建四賢書院，以奉祠事，而列於學官。

同郡朱震亨，字彦修，謙之高第弟子也。其清修苦節，絶類古篤行之士，所至人多化之。

（宋濂《元史》卷一八九，中華書局本）

新元史・許謙傳

許謙字益之，婺州金華人。父觥，宋淳祐七年進士。謙生數歲而孤，母陶氏日授《孝經》

《論語》，稍長肆力於學。年三十，始受業於金履祥之門。履祥語之曰：「吾儒之學，理一而分殊，理不患其不一，所難者分殊耳。聖人之道中而已，學當致其辨於分之殊，而要其歸於理之一。每事每物求夫中者而用之，道不外是矣。」又曰：「士之爲學，若五味之在和，醯醬既加，則酸鹹頓異。子來見我已三日，而猶夫人也，豈吾之學無以感發子耶！」謙聞之，惕然。居數年，盡得其傳。

讀《四書》《尚書》，各有《叢説》若干卷；讀《詩集傳》，有《名物鈔》；讀《春秋》《三禮》，有《温故管窺》；其觀史，有《治忽機微》，倣史家年經國緯之法，起太皞氏，迄宋元祐元年秋九月尚書左仆射司馬光卒，備其世數，總其年歲，原其興亡，著其善惡，蓋以爲光卒，則中國之治不可復興，以附於左氏續經之義。又有《自省編》，晝之所爲，夜必書之，其不可書者，則不爲也。

延祐初，謙居東陽八華山講學，隨其材質，咸有成就。獨不以科舉之文授人，曰：「此義、利所由分也。」大德中，熒惑入南斗句已而行，謙以災應在吴、越，深憂之。是歲大祲，謙貌加瘠，或問曰：「豈食不足邪！」謙曰：「今公私匱竭，道殣相望。吾何能獨飽？」廉訪使劉庭直、副使趙宏偉，皆論薦於朝；郡復以遺逸應詔；鄉闈大比，請爲考試官，皆莫能致。至元三年卒，年六十有八。嘗以白雲山人自號，世稱爲白雲先生，朝廷賜謚文懿。

謙與何基、王柏及金履祥，稱金華四先生。江浙行中書省爲請於朝，建四賢書院以奉祠事，而列於學官。其弟子著名者有張樞、薛玄、吕洙、吕溥、馬道貫。

（柯劭忞《新元史》卷二三四，民國九年天津退耕堂刻本）

元史類編·許謙傳

許謙字益之，其先京兆人，後由平江徙婺之金華。父觥，宋淳祐進士。《名賢録》云：觥無子，以仲兄宣之子爲嗣，即謙也。謙生數歲而孤，甫能言，母陶氏口授《孝經》《論語》，入耳輒不忘。稍長，肆力於學，立程自課。既乃受業金履祥之門，履祥語之曰：「士之爲學，若五味之在和，醯鹽既加，則酸鹹頓異。子來見我已三日，而猶夫人也，豈吾之學，無以感發子邪！」謙聞之，惕然。履祥告之曰：「吾儒之學理一而分殊，理不患其不一，所難者分殊耳。」謙由是致其辨於分之殊，而要其歸於理之一。居數年，盡得其所傳之奥。

讀《四書章句集注》，有《叢説》二十卷。其序履祥所著《論孟考證》，曰：「學以聖人爲準的，然必得聖人之心，而後可學聖人之事。聖賢之心具在《四書》，而《四書》之義備於朱子。顧其立言辭約意廣，讀者咸得其粗，而不能悉究其義。或以一偏之致自異，而初不知未離其範圍。世之詆訾貿亂，務爲新奇者，其弊正在此耳。始余三四讀，自以爲瞭然，已而不能無惑；久若有得，覺其意初不與己異；愈久而所得愈深，與己意合者亦大異於初矣。童而習之，白首不知其要領者何限，其可以易心求之乎？」讀《毛詩集傳》，有《名物鈔》八卷，正其音釋，考其度數，以補先儒未備，仍存其逸義，旁采遠引，而以己意終之。讀《書集傳》，有《叢説》六卷。《名賢録》云：《春秋》有《温故管窺》。其觀史，有《治忽幾微》，倣史家年經國緯之法，起太皞氏，迄宋元祐元年秋九月司馬光卒，備其世數，總其年歲，原其興亡，著其善惡，蓋以爲光卒則宋治不可復興，誠理亂之幾也，故附於續經而書孔子卒之義。又有《自省編》，晝之所爲，夜必書之，其不可書者則不爲也。嘗句讀《九經》《儀禮》，於其宏綱要領、錯簡衍文，悉别以鉛黄朱墨，意有所明，則表而見之。其後吴師道購得吕祖謙點校《儀禮》，視謙所定，不同者十有三條而已。

仁宗延祐初，隱居東陽八華山，學者翕然從之。尋開門講學，四方人士皆不憚百舍重趼至。其教人也，以開明心術，變化氣質爲先，嘗曰：「己或有知，使人亦知之，豈不快哉！」或有所問難，而詞不能自達，則爲之言其所欲言，而解其所惑。討論講貫，終日不倦，及門之士著録者千餘人，隨其材分，咸有所得。獨不以科舉之文授人，曰：「此義、利所由分也。」其處世不膠於古，不流於俗。不出里閭四十年。搢紳先生過者必即其家存問，或訪以典禮政事，謙觀其會通而爲之折衷，聞者無不厭服。廉訪使劉庭直、副使趙宏偉舉茂材異等；郡復以遺逸應詔；皆莫能致。晚年獨以身任正學之重，學者以其安危爲斯道之隆替焉。後至元三年卒，年六十八。《大方通鑑》云：謙病革，猶正衣冠而坐。門人朱震亨進曰：「先生視稍偏矣。」謙更肅容端視，頃之視微瞑，遂逝。嘗以白雲山人自號，世稱白雲先生，賜謚文懿。先是何基、王柏及金履祥没，其學猶未大顯，至謙而道益著，學者推原統緒，以爲朱熹世適。江浙行省請於朝，建四賢書院以奉祠事，而列之學宫。

册曰：道無南北，學有淵源。婺中四子，世適一門。踐履篤實，體用真純。吾道在是，俎豆勿諼。

（邵遠平《元史類編》卷三十二，《續修四庫全書》史部第三一三册）

史傳三編・許謙

許謙字益之，婺之金華人。少孤，甫能言，世母陶氏口授以《孝經》《論語》，入耳輒不忘。稍長，肆力於學，立程自課，雖疾恙不廢。既乃受業於金履祥，履祥語之曰：「士之爲學，若五味在和，醯醬既加，則酸鹹頓異。今子來三日矣，而猶夫人，豈吾學無以發子耶！」謙聞之，惕然。居數年，盡傳其奥。謙之爲學，窮探渺微。雖殘文羨語，皆不敢忽。遇不可通，不爲强解。至舊説有未安，則亦未嘗苟同也。

讀《四書章句集注》，則著有《叢説》；讀《詩集傳》，有《名物鈔》；讀《書集傳》，亦有《叢説》。其觀史，有《治忽幾微》。他若天文、地理、典章、制度、食貨、刑法、字學、音韻、醫經、術數之説，靡不該貫。又嘗句讀《儀禮》及《春秋三傳》，别以朱墨，於其宏綱要領，意有所明，則表而見之，其勤如此。性不喜矜露，所爲詩文，非扶翼經義，張維世教未嘗下筆。晝之所爲，夜必書之，號《自省編》，其不可書則不爲也。

延祐初，居東陽八華山，開門講學，學者翕然從之，幽、冀、齊、魯之士皆至。其教人至誠諄悉，内外殫盡。嘗曰：「己有知，使人亦知之，不亦快乎！」或問難而辭不能達，則爲理所欲言而解其惑。討論講貫，終日不厭，攝其粗疏，入於密微。惰者作之，鋭者抑之，拘者開之，放者約之。及門著録者千有餘人，隨其材分，咸有所得。謙篤於孝友，有絶人之行，而處世不流於俗，亦不膠於古。不出閭里四十年，四方薦紳過其鄉邦者，必就其門存問，或訪以典禮政事，謙觀會通以折其衷，無不厭服。大德中，熒惑入南斗句已而行，謙以爲災在吴、楚。其歲果大祲，謙貌爲加瘠，或問之，曰：「公私匱竭，道殣相望，吾能獨飽耶！」中外名臣論薦其行誼者，前後章數十上，皆不就。至元三年卒，年六十八，賜謚文懿。嘗自號白雲山人，故世稱白雲先生。先是何基、王柏、金履祥之學未能大顯，至謙而後益著。江浙行省爲請於朝，建四賢書院以祠基、柏、履祥及謙云。

論曰：宋元之間，授受各有淵源，金華四子之學出自黄榦，故世以爲薪火之正傳。考其遺書，各有所至，要皆力務私淑，以維朱子之緒者也。謙之高第有宋濂，濂之高第有方孝孺，及孝孺殉義，而一綫始絶。

（朱軾《史傳三編》卷八，文淵閣《四庫全書》史部第四五九册）

廿二史考異·許謙

許謙，其先京兆人。九世祖延壽，宋刑部尚書。八世祖仲容，太子洗馬。仲容之子曰洸、曰洞，洞由進士起家，以文章政事知名於時。洸之子實，事海陵胡瑗，能以師法終始者也。由平江徙婺之金華，至謙五世，爲金華人。此傳敍述先世凡八十言，乃誌狀之文無當，於國史當盡删之，但云婺州金華人。甫能言，世母陶氏口授《孝經》《論語》。按：黄溍撰墓誌云：考諱觥，無子，以從父兄貢士日宣之次子嗣，即先生也。先生甫能言，貢士君之夫人陶氏授以《孝經》《論語》，則陶氏實謙之本生母，傳云「世母」者，考之未審爾。

（錢大昕《廿二史考異》卷一五，清乾隆四十五年刻本）

元儒考畧·許謙傳

許謙字益之，金華人。生數歲而孤，稍長肆力於學，雖疾恙不廢。已聞仁山金履祥講道蘭江上，委己而學焉。履祥語之曰：「士之爲學，猶五味之在和，醯醬既加，則酸鹹頓異。子來見我三日，而猶夫人也。豈吾之學無以感發子耶！」謙聞之，惕然。履祥嘗告之曰：「聖人之道，中而已矣。」謙由是事事求夫中者而用之。居數年，盡得其所傳之奥。嘗自謂：「吾非有大過人，惟爲學之功無間斷耳。」

延祐初，屏居東陽八華山，學者翕然從之。尋開門講學，遠而幽、冀、齊、魯，近及荆、揚、吴、越，皆不憚百舍求受業焉。其教人以五性人倫爲本，以開明心術，變化氣質爲先，以爲己爲立心之要，以分辨義利爲處事之制。至誠諄悉，内外殫盡。嘗曰：「己或有知，使人亦知之，豈不快哉！」討論講貫，終日不倦。惰者作之，鋭者抑之，拘者開之，放者約之。爲學者師，垂四十年，及門著録者千餘人。隨人材分，咸有所得，四方之士以不及門爲恥；搢紳先生至是邦者，必即其家存問焉。歲大祲，謙貌加瘠，或問之，謙曰：「今公私匱竭，道殣相望，吾豈能獨飽耶！」其處心如此。中外名臣，交章屢薦；而郡復以遺逸應詔；鄉闈大比，請司其文衡；皆莫能致。至其晚節，獨以身任正學之重，遠近學者以其身之安否爲斯道隆替焉。

順帝至元三年卒，年六十八。門人以義制服者若干人。嘗以白雲自號，世稱爲白雲先生，賜謚文懿。所著有《四書叢説》《書傳叢説》《詩名物鈔》《觀史治忽幾微》《自省編》等書。

謙不矜，所爲詩文非扶翼經義張維世教，則未嘗輕筆之書。吴澄謂其議論正大，援據精博，儼然新安尸祝；黄溍謂程子之道得朱子而復明，朱子之大至許公而益尊。史稱何基、王柏及金履祥殁，其學猶未大顯，至謙而其道益著，故學者推原統緒，以爲朱熹之世適云。《元史》入《儒學傳》。

（馮從吾《元儒考畧》卷三，知服齋叢書本）

兩浙名賢録·許白雲先生（子元附）

許謙字益之，金華人。父觥，淳祐進士，無子，以仲兄日宣之子爲嗣，即謙也。謙天資高嶷，甫能言，世母陶氏口授《孝經》《論語》，入耳輒不忘。五歲就學，凝重如成人。稍長，受業金履祥之門。履祥語之曰：「士之爲學，若五味之在和，醯鹽既加，則酸鹹頓異。子來見我已三日矣，而猶夫人也，豈吾之學無以感發子耶！」謙聞之，惕然。由是履祥告之曰：「吾儒之學，理一而分殊，理不患其不一，所難者分殊耳。」謙由是致其辯於分之殊，而要其歸於理之一。又曰：「聖人之道中而已矣。」謙由是事事求夫中者而用之。履祥殁，益肆充闡，多所自得。自謂：「吾非有大過人，爲學之功無間斷耳。」謙制行甚嚴，而所以應世者不膠於古，不流於俗。介而不矯，通而不隨，身在草萊而心存當世。素志冲澹，以道自樂。

嘗作《自省編》，晝之所爲，夜必書之。其他若天文、地理、典章、制度、食貨、刑法、字學、音韻、醫經、術數、釋老之説，靡不該貫洞究。又嘗句讀《九經》《儀禮》及《春秋三傳》，其宏綱要領、錯簡衍文，悉别以鉛黄朱墨。其後吴師道購得吕祖謙點校《儀禮》，視謙本不同者，十有三條而已。性不喜矜露，所爲詩文非扶翼經義，張維世教者，不苟作也。浙東憲府聞謙名，辟以爲掾，辭弗就；肅政廉訪使劉庭直舉茂才異等，副使趙宏偉舉遺逸，亦皆固辭。宏偉在南臺，除舍館，迎致謙，將使衆僚多士有所矜式，謙欣然爲之起，而不久留也。謙從東歸，屏跡八華山中，學者翕然從之。遠而幽、冀、齊、魯，近而荆、揚、吴、越，皆百舍重趼而至。其教以五性人倫爲本，以開明心術變化氣質爲先，以爲己爲立心之要，以分辨義利爲處事之制，至誠詳悉，内外殫甚。獨不以科舉之文授人，曰：「此義、利所由分也。」爲學者師垂四十年。四方之士以不及門爲耻，縉紳先生每就問或訪以典禮政事，謙觀其會通而爲之折衷，莫不厭服。臺省監司先後列其行義於朝，郡以遺逸應詔，終不爲動。

晚年尤以涵養本原爲事，齋居静定，不出里閭者四十年。既老，尤艱瘁，僦屋以居，田不足以具饘粥，處之裕如。歲大祲，謙貌加瘠，或問之，曰：「今公私匱竭，道殣相望，吾能獨飽耶！」其處心類如此。卒年六十八，謚文懿。所著有《四書叢説》《詩名物鈔》，多補先儒所未備；《書輯傳叢説》，與蔡氏不必盡合。《春秋》有《温故管窺》，觀史有《治忽幾微》，行於世。

子元，從葉儀、范祖幹學。高皇帝初定金華，訪求白雲之後，召之見，未至而駕還金陵，驛召赴京，與語大悦，命爲京學教授，官至祭酒。

（徐象梅《兩浙名賢録》卷四，《續修四庫全書》史部第五四二册）

金華徵獻略・許謙（子許元附）

（元）許謙字益之，其先居京兆之興平，宋元豐間始居笠澤，仍徙婺爲金華人。父觥，淳祐丁未進士，主管三省樞密院架閣文字，無子，以從父兄貢士日宣之次子嗣，即謙也。謙秉資粹敏，生母陶氏授以《孝經》《論語》，輒記。五歲就學，莊重如成人。宋亡，家毁，貢士君相繼殁，而謙亦稍長。僑居城闉，借書於人，以四部分而讀之，雖疾病不廢。

聞仁山金履祥講道蘭江上，往見之。有頃，履祥曰：「士之爲學，如五味之在和，醯鹽既加，則酸鹹頓異。子來見我已三日，而猶夫人也，豈吾之學無以感發於子耶！」謙聞之，悚然。時履祥年七十，謙三十有一，請就弟子列。履祥乃告之曰：「聖人之道中而已矣，中之爲道，理一分殊。」謙由是致其辨於分之殊，而要其歸於理之一，每事擇夫中而用之。履祥殁，謙益肆力於學，多所自得，自謂：「吾生平非有大過人，惟爲學之功無間斷耳。」謙制行甚嚴，至其應世，不膠於古，不流於俗，介不絶物，通不隨衆。身在草野，而心存當世。

大德丁未，熒惑入南斗勾已而行，謙知災在吴、越。是歲果大祲，謙憂之，貌爲之瘠，或曰：「先生乏食乎？」謙曰：「今公私匱竭，道殣相望，吾能獨飽耶！」其處心如此。肅政廉訪使劉廷直舉茂才異等，副使趙宏偉舉遺逸，皆辭。宏偉在南臺，命除館禮聘，使衆僚多士有所矜式。謙欣然而起，已而東還，以目眚屏居東陽八華山。遠而幽、冀、齊、魯，近而荆、揚、吳、越之士，皆百舍重趼而至。

謙之設教，以五性人倫爲本，以開明心術變化氣質爲先，以爲己爲立心之要，以分辨義利爲處事之制，其《八華山學規》則曰：「心静明理之本，貌恭進德之基；剛毅乃足自勵，謙讓可以集益；有善當與人共，有惡勿忌人攻。」又嘗告其門人曰：「近年少氣鋭，每每奇論，迷不知復，流爲誕妄，非小失也。聖人明道設教，制爲六經，故後之聞道者必求諸經。然經非道也，而道以經存；傳注非經也，而經以傳顯。由傳注以求經，由經以知道，藴而爲德行，發之爲文章事業，皆不倍乎聖人，則所謂行道也。傳注固不能盡經意，而自得者亦在精思之後耳。不然梯空凌虚，而遽自尊大，道無是也。」謙教人至誠諄切，内外殫盡，隨材啓牖，而其出無方。爲學者師垂四十年，著録千餘人。達官富人子弟，望廬而驕氣自消，踐庭而禮容自飭，咸以不及門爲恥；縉紳先生至是邦，必即其家，訪以政典，隨方勸誘，聞者莫不厭服；臺省諸公，若王士熙、耿焕、鄭允中、李端、吴壽、趙天綱、陳思謙、趙仲仁前後列其行義於朝；鄉闈主司集賢曹鑑翰林楊剛中亦率同院上其名於省，復以遺逸應詔，皆不起。仍紀至元元年，當大比，諉以文衡，亦不赴。嘗謂：「吾非必以隱爲名高，顧仕止惟其時耳。」

晚歲以涵養本原爲主，常瞑目静坐，晝之所爲，夜必書之，疾革而止。家雖貧，冠婚喪祭，賓客之禮必盡。暮年僦屋以居，饘粥不給，門人吕權、蔣玄、金涓將爲買田築室，而疾作。將卒，正衣冠坐，門人朱震亨曰：「先生視稍偏矣。」更肅容端視，乃瞑。享年六十有八。弟子以義制服，葬於縣西北安期里，因即其所自號，題曰白雲先生之墓。行省請於朝，特謚文懿。與北山、魯齋、仁山並祀於鄉祠，曰四賢。明更稱正學，載在祀典。

謙所著有《四書叢説》《詩名物鈔》《書輯傳叢説》《春秋温故管窺》《觀史治忽幾微》行於世，又有《三傳義疏》《讀書記》未脱稿，詩文集及《自省編》藏於家。

子元附傳。按《東陽志》言：白雲二子，明初皆爲大官，而死於法。

許元字存仁，謙子。恪守家教，其學一宗朱子，非五經四書不讀，非濂洛關閩之學不講。明祖至金華，訪求白雲之後，召元。未即至，而乘輿已還。乃驛赴金陵，與語大悦，曰：「何相見之晚也！」拜京學教授。仍命入傅皇太子及諸王。歲乙巳，始置國子學，命爲博士。丙午五月，上發濠梁，省陵墓，命從行。八月奉命進講經史，極陳《洪範》休徵咎徵之應，上悦。吴元年四月，上至白虎殿，見諸生有讀《孟子》者，問曰：「《孟子》何言爲要？」對曰：「勸國君以行王道，施仁政，省刑罰，薄税斂，乃其要也。」冬十月，定國子學官制，擢爲祭酒。明之有國子祭酒，自元始。乃設立教國子法，爲條數十，皆見施行。元爲祭酒垂十年，出入兩宫，最見禮遇。一切稽古禮文之事，至於人才進退，時政張弛，無不預議。既而浙江僉事程孔昭誣劾其失，有詔弗治，安置韶州。後遇赦還，尋殺。元在韶，即張曲江祠以居，好事者繪爲《南華謫居圖》，以相傳示云。

論曰：吾讀白雲之書，有云「古之學者出於口而可以心存，存於心而可以身踐」，旨哉言乎！蓋存於心則出口非游言，踐於身則存心非虛想。言行一致，内外合符，此儒者之學所以篤實而光輝也。吾婺自北山何氏得朱子之傳於文肅黄榦，再傳而爲魯齋王氏，三傳而爲仁山金氏，四傳而爲白雲許氏。北山清純，魯齋弘博，仁山英邁，白雲更平粹通廣，一時婺州之學，顯於天下，有小鄒魯之目云。

（王崇炳《金華徵獻略》卷五，清雍正十年刻本）

金華理學粹編・許文懿公

公諱謙，字益之，號白雲，金華人。生數歲而孤，始能言，世母陶氏口授《孝經》《論語》，入耳輒不忘。宋亡，家毁，稍長，肆力於學，受業仁山之門。仁山語之云：「士之爲學，若五味之在和，醯鹽既加，酸鹹頓異。子來見我已三日，而猶夫人也，豈予之學無以感發於子耶！」公聞之，惕然。是時仁山年近七十，公年三十有一矣。居數年，盡得其學之奥。於書無所不讀，雖殘文剩語，皆不敢忽。

讀《四書章句集注》，有《叢説》二十卷，敷繹義理，惟務平實。讀《詩集傳》，有《名物抄》八卷，正其音釋，考其名物度數，仍存其逸義，旁搜遠采，而以己意終之。讀《書集傳》，有《叢説》

六卷，與蔡氏不盡合者，每誦仁山之言曰：「唯其是而已。」於《易》，謂伏羲之經廣大悉備，文王、周公、孔子之辭，乃其傳注六爻之義，特發凡起例耳。然獨有所論述，以孔子晚始好《易》，孟子深於《易》而不言《易》也。其於《春秋三傳》，有《温故管窺》若干卷，與友人張君樞極論《春秋》大義數十百條，皆傳注所未發。於《三禮》，則參互考訂以求聖人制作之意，以翼成朱子之説。又嘗句讀《九經》《儀禮》《三傳》，於其宏綱要旨、錯簡惢文，悉別以丹黄朱墨，意有所明則表而見之。其後吴師道購得吕東萊點校《儀禮》，視公所定，不同者十有三條而已。其觀史，有《治忽幾微》若干卷，倣史家年經國緯之法，起太皞氏，迄宋元祐元年秋九月尚書僕射司馬光卒，以爲光卒則宋之治不可復興，誠一代治亂之機，故附於續經而書孔子卒之義，以致其意焉。有《自省編》，晝之所爲，夜必書之。所爲詩文，非扶翼經義，張維世教，則未嘗筆之於書也。其他若天文、地理、典章、制度、食貨、刑法、字學、音韻、醫經、術數之説，莫不該貫旁通，而釋老之言亦皆洞究其藴而排之。

延祐初，公居東陽，入八華山，遠而幽、薊、齊、魯，近而荆、揚、吴、越，皆不憚百舍來從受業焉。其教人至誠諄悉，内外殫盡。嘗曰：「己有知，使人亦知之，豈不快哉！」及門之士隨其才分，咸有所得，著録者千餘人。然獨不以科舉之文授人，曰：「此義、利之辨也。」四方之士以不及門爲恥，搢紳先生之過其鄉邦者，必即其家存問焉。或訪以典禮政事，必觀其會通而爲之折衷。

大德丁未，熒惑入南斗勾已而行，公知其災吴、越。是歲大祲，公憂之，貌加瘠。或問曰：「豈食不足耶？」公曰：「今公私匱竭，道殣相望，吾能獨飽耶！」其處心著此。廉訪使劉公廷直、副使趙公宏偉論薦於朝；郡復以遺逸應詔；鄉闈大比，請司文衡，皆莫能致。趙公南臺迎致先生，使多士矜式。已而東還。以目眚倦於應接，晚年以一身任道之重，遠近學者以其身之安否卜斯道之隆替。家益艱瘁，而處之裕如。門人吕權、金涓、蔣玄等，方爲先生買田築室，而先生以至元三年卒，年六十八。門人以義制服者若干人，謚文懿。江浙行省中書請於朝，建四賢書院以奉祠，而列於學官。國朝雍正三年，從祀孔子廟廷。

《簡明目録》評曰：《讀四書叢説》四卷，許謙撰。本二十卷，今唯存《大學》一卷，《孟子》二卷，《中庸》佚其半，僅存一卷，《論語》則全佚。以其書發揮義理，考證訓詁，多有可取，故不以殘缺而廢之。

《讀書叢説》六卷，許謙撰。多考《尚書》名物典制，雖沿襲之文，未能一一考證，而要爲徵實之書。三卷、五卷、六卷原缺十四頁，諸本同，今仍之。

《詩集傳名物抄》八卷，許謙撰。謙雖受學於王柏，而謹嚴篤實，遠過其師。研究諸經，多用古義。是書所考名物音訓，率有根據，卷末列作詩時世，不用鄭《譜》，改從朱《傳》，蓋其宗派如此。然書中實多采陸氏《釋文》、孔氏《正義》，亦未嘗墨守《集傳》也。

江案：白雲先生師事仁山時，仁山年已七十三，魯齋久已去世，謂受業於王者欠考，即以傳授同源論，亦不得專舉魯齋而遺北山與仁山也。

《白雲集》四卷，許謙撰。謙雖講學之家，而其詩理趣之中頗涵興象，文章醇古，則與其師履祥相類。

《學箴》示東平王生麟：聖人在位，言行皆道。素王無民，已任於教。天高淵深，學貴知要。繫人一心，酬酢之機。理備萬物，欲流易危。先民有作，唯此之治。精義入神，匪思不得。執辭泛求，幾逐於物。審是之宜，唯學之則。操之有要，有夢斯覺。闇然曰章，如追如琢。舍心勿全，匪聖之學。

《書庵贊》爲石抹執中作：典謨訓誥，其名爲書。經史百家，書之類與。古今立言，浩若煙海。學貴博文，旁搜遠采。智哉君子，庵以居之。書契以來，網羅無遺。燕坐斯庵，熟玩精索。日就月將，知至物格。萬言參錯，一理渾融。斥排異説，信執厥中。書亡道存，心化神應。待變無窮，何出非正。

仁山語先生曰：「聖人之道中而已矣。」先生由是事事求夫中者而用之。

先生曰：《太極圖》之原出於《易》，其義則有前聖所未發者。太極者，孔子名其道之辭；無極者，周子形容太極之妙。二陸不燭乎此，乃以周子加「無極」二字爲非，蓋以「太極」之上不宜加「無極」一重，而不察「無極」即所以贊「太極」之語。周子慮夫讀《易》者不知「太極」之義，而以「太極」爲一物，故時著「無極」二字以明之，謂此無形而有理也。

先生《八華講義》云：「惟學遜志，務時敏，厥修乃來，道積於厥躬。」遜志則有細密之功，時敏則無間斷之患，其來其積，皆自此得之。古來論學莫始於此，固萬世之成憲也。然而所學果何事耶？學爲聖人而已。聖人之性非與人殊，不過盡人倫之至而已。五常之理原具於吾心而無少虧，人倫之事日接於吾身而不能舍，此道之所以不可須臾離，而學之所以貴遜志而時敏也。

又曰：五常之道配於人倫，雖各有所主，然未嘗不互相爲用。聖人生而知之，安而行之，衆人則迷而漸遠，故必效先覺之所爲，乃可以明善而復初。

又曰：自君師之職分，則敬敷五教之任不出於司徒，而切磋琢磨之責全在於朋友。朋友之名，雖居五倫之後，而於學問之事實先。朋友之職，較之四倫若輕，而於學問之功實重。或扶持開導、獎勸誘掖於人欲未萌之先，或攻擊淬厲、防閑禁遏於天理既虧之後。學者欲極夫四倫之理，在盡朋友之道；欲盡朋友之道，在明夫信而已矣。

《示學者》曰：士之爲學，當以聖人爲準的。聖人之心，盡在《四書》；《四書》之義，備於朱子。顧其立言辭約意廣，讀者或得其粗，而不能悉究其義；或以一偏之致自異，而初不知未離其範圍。世之詆毀瞀亂務爲新奇者，其弊正坐此耳。

先生於釋氏之書亦皆洞究其藴，謂：「學者孰不曰闢異端，苟不深探其隱，而識其所以然，能辨其異同别其是非也幾希。」

先生《與趙伯器書》曰：道固無所不在，聖人修之以爲教，欲聞道者必求諸經。經非道也，而道以經傳；傳注非經也，而經以傳顯。由傳注以求經，由經以知道，藴之爲德行，發之爲文章事業，皆不背於聖人，則所謂行道也。傳注固不能盡聖人之意，而自得者亦在熟讀精思之後耳。今一切目訓詁傳注爲腐談，五代以前姑置勿論，程張朱子之書皆屬贅語，又不知吾子屏絶傳注，獨抱遺經，其果他有所得乎未也？不然，則梯接淩虚，而遽爲此呵佛駡祖耳。吾子之氣亦少鋭與？

先生《送胡古愚序》曰：聖人之道，不出乎君臣、父子、夫婦、昆弟、朋友應事接物之間，致其極則中庸而已。非有絶俗離倫，幻視天地，埃等世故，如老佛氏所云云者。周、程、張、朱諸子出，闢邪扶正，破昏警愚。吾儕幸生諸子後，固當平氣虚心，隨而求之，階之梯之，以達於上，顧實有益於己而止，何庸倔强自喜，摭奇務新，力與作者争衡，又將轢而踐之哉？古愚氣和心廣，予欲與從容論之，而以秩滿解去。君采芹藻之英，將以道淑人者也，以予之説評之，然與？否與？

黄晉卿曰：先生制行甚嚴，而所以應世者不膠於古，不流於俗，介而不矯，通而不隨。身在草野，而心存當世。

又曰：先生之教以五性人倫爲本，以開明心術變化氣質爲先，以爲己爲立身之要，以分別義利爲處事之制。或有所問難，而辭不能自達，則爲之言其所欲言而解其所惑。聞者方傾耳聽受，而其出愈真切。惰者作之，鋭者抑之，拘者開之，放者約之，爲學者師垂四十年。

又曰：金先生所著《論孟考證》《通鑑前編》皆未遑刊定，垂没以屬先生。今二書得以大備而盛行，先生之力也。

黄晉卿作先生《墓誌銘》曰：道學之傳，天下爲公。婺之儒先，獨得其宗。鉅人迭興，踵武相接。逮於先生，綿綿四葉。先生之學，能自得師。實踐之功，出於真知。萬殊之差，無微不晰。一本之同，會歸有極。酬酢萬變，悉用其中。涵養本原，以敬始終。際兹休明，力扶正學。聞風而來，罔間南朔。陽春時雨，隨地發生。洪纖高下，咸仰曲成。迪惟前人，學有師法。克生後賢，規重矩疊。先生有作，彌大而昌。師嚴道尊，於昔有光。先生之身，斯道所寄。視其安危，以爲隆替。天胡不憖，不訖耄期。山頹木壞，人將疇依。不亡者存，遺書孔有。文不在兹，尚啓爾後。

吴立夫作《白雲哀詞》曰：世之説者嘗曰：經師易遇，人師難得。嗚呼！經師豈易得哉？蓋惟伊洛諸老先生實始倡爲道統，而後知有所謂義理之學，考亭繼之，經訓學術之變至此而遂定。必也誠明兩盡，知行並進，可以深造夫三代聖賢之域，不然，則經有傳之益久而愈差者矣。許君昔從蘭溪金君學，金君本於王文憲公、何文定公，而王、何二公則又本於黄文肅公，蓋此實朱學也。然君天資深厚，學力純至，達人大官交剡論薦，而不爲少動。山東、兩河，江淮、閩海之閒，擔簦負笈，執經請業，又必爲之搜摘明白，斟酌飽滿而後去，可謂得夫師道之重矣。君平日遇予極厚，於是特著哀詞一篇，以洩予情。所以深痛夫人師之難遇，而經師之尤不易得也。

柳道傳《祭白雲先生》文曰：朱子之學，上窺聖賢心術之微，中啓儒先機籥之祕。稽經諏傳，而道闡於有言；即事觀理，而學本乎自治。雖寘樽於衢，人人得挹滿而霑醉；然尊聞行知，則唯鰲峰獨得其至。蓋一傳而經北山之疏剔濬瀹，義益精而詞益不費。乃年德等差，而得之魯齋，其前承後引，是亦建安之翁季。所謂眞實刻苦之心地工夫，何嘗判知行而二致？以仁山之達識，而遊於二老之閒，其傳緒之眞，固的然歸之王氏之世。兄時弱年，展也立志。晝晝糜以加飧，夜爇薪以照字。披攘典墳，采摘訓傳，務爲高深宏遠，而不墜於習俗之薈翳。於是推其緒餘，以淑諸人，而户外之屨，翩其來萃。善待問如撞鐘，扣有大小，而其鳴聲則隨以異。虛而往，實而歸，無不厭滿其心意。貫幸同門，夙承末契，自童習而白紛，曾靡忘於兄事。繼今以後，恐恐乎籍湜之莫保其終，以無負韓門之深愧。

胡仲伸作《白雲亭記》曰：儒者之學，尊本明統。南渡以來，朱子傳之勉齋，勉齋傳之北山，至白雲先生蓋六傳矣。延祐乙卯丙辰之間，天下承平日久，名公貴人争欲辟致先生，以爲時用，先生固辭。侍御史趙公宏偉駐節金陵，寓書願聚弟子以事之。先生赴金陵，未幾歸，而從遊者益衆。以目眚不能見客，屏跡八華山中。諸生籯糧笥書，從者如故。去湫隘而就爽塏，一時師弟間，其所得宜何如也？夫人之所以爲人之道，其理命於天，所以爲性者五；著於人，所以爲倫者五。明而誠之無不盡其當然之則。天理存而人欲去，此非儒者之學乎？先生仲子存禮，克紹其家者也。試相與登斯亭而以予言觀之，則凡興起其高山景行之思者，不假他求而得之矣。

永嘉黄淮曰：《元史》取學術足以輔教傳後者著《儒學傳》，而金華許白雲居其一。白雲受業同郡金仁山，仁山學於何北山，北山學於黄勉齋，勉齋則朱子入室弟子也。傳受之正，厥有原委。東平王君麟從白雲遊，於其歸也，白雲手書《學箴》以勉之，大要以存心爲本。吁！先生之教人如此，史之所稱，信不誣矣。王君嗣子延麟，與余同官翰林，出此卷求題。淮輒疏其授受所自，識諸左方，以致景仰之私云。

金臺李伸曰：究極夫六經，出入乎子史，浸淫於羣書，修身體道，佩仁服義，故其發之言辭也，深厚而雄博，至誠而諄悉。故曰根之茂者其實遂，膏之沃者其光曄。仁義之人，其言藹如也。若白雲先生者，誠有以任夫聖賢之統緒矣。

陸當湖曰：儒者之道，出處兩端。出處中閒，更無别路。劉文成既已仕元，又不妨佐明，是出處之閒更有一道矣，可乎哉？向使如金仁山、許白雲輩一生高蹈，遇風雲之會，奮袂而起，又當别論，文成豈其倫乎？

熊孝感曰：許魯齋、劉静修、吴草廬，三子出處之概，先儒論之詳矣。夫吴固不足道，許則僅優於吴，而劉亦未大過乎許也。蒙古之世，學行出處，皭然無可議者，金仁山、許白雲及陳定宇櫟、趙仁甫復、蕭惟斗數人而已。嗚呼！仁山、白雲尤不可及也哉！尤不可及也哉！

江案黄晉卿曰：程子之道至朱子而復明，朱子之大至白雲而益尊。夫白雲之學，非有加於何、王、金三子也，而謂朱子之道自是益尊者，則以教澤之宏遠過於前人也。然而白雲立教，則痛闢夫佛老矣，且不以科舉之學示人矣，其爲正學，醇如也。正學，天地間元氣，其流行無乎不周。昔日朱子之道，所以遍及乎寰區也，五傳而至白雲，則八華教澤無間南朔，幾幾與紫陽相埒。異哉！其沛然而莫之禦者，乃其凛然而不可犯者也。沿及明初，而道一風同，治化之隆，幾擬三代矣。則夫氣運之隆，磅礴鬱積於婺女之墟者，夫豈僅一郡之休哉！亦豈第一時之澤哉！

（戴殿江《金華理學粹編》卷三，清光緒刻本）

宋元學案・文懿許白雲先生謙

許謙，字益之，金華人。學者稱白雲先生。長值宋亡，家破，力學不已。僑寓借書，分四部而讀之。年踰三十，開門授徒。聞金仁山履祥講道蘭江，乃往就爲弟子。仁山謂曰：「士之爲學，若五味之在和，醯鹽既加，而鹹酸頗異。子來見我已三日，而猶夫人也。豈吾之學無以感發子邪！」先生聞之，惕然。仁山因揭爲學之要曰：「吾儒之學理一而分殊，理不患其不一，所難者分殊耳。」又曰：「聖人之道，中而已矣。」先生由是致其辨於分之殊，而要其歸於理之一，每事每物求夫中者而用之。居數年，得其所傳，油然融會。嘗自謂：「吾無大過人者，惟爲學之功無間斷耳。」中外列薦，皆不應。屏迹東陽八華山中，學者負笈重趼而至，著録者前後千餘人。侍御史趙宏偉自金陵寓書，願率子弟以事，先生爲之强出，踰年即歸。其教以五性人倫爲本，以開明心術，變化氣質爲立身之要，以分辨義利爲處事之制，攝其粗疏，入於微密，隨其材分，咸有所得，以身任道者垂四十年。先生雖身立草萊，而心存當世。大德十一年，歲在丁未，熒惑入南斗句已而行，先生以爲變在吴、楚，竊深憂之。是歲大祲，先生貌加瘠，或問曰：「先生有不適邪？」答曰：「道殣相望，吾能獨飽邪！」嘗謂：「吾非必于隱以爲名高，仕止惟其時耳。」晚年，尤以涵養本原爲上。講學之餘，齋居凝然。一日，瞑目坐堂上，門人徑入，則闃其無人乎先生之側，拱立久之，先生顧而徐言曰：「爾在斯邪！」其習於静定如此。至元三年十月，病革，正衣冠而坐，坐呼子元受遺戒。元復請所未盡，先生曰：「吾平日訓爾多矣，復何言！」門人朱震亨進曰：「先生視稍偏矣。」先生更肅容而逝，年六十八。至正七年，謚曰文懿。其所論著于《四書》曰：「學以聖人爲準的，必得聖人之心，而後可學聖人之事。聖人之心，具在《四書》，而《四書》之義備於朱子，顧其詞約義廣，安可以易心求之哉！」于《書傳》與蔡氏時有不合，每誦仁山之言曰：「自我言之則爲忠臣，自他人言之則爲讒賊，要歸於是而已。」于《詩》則正其音釋，考其名物度數，以補先儒之所未備，仍存在逸義，旁採遠引，而以己意終之。於《春秋三傳》，有《温故管窺》一書。于史則有《治忽幾微》一書，放史家年經國緯之法，起太皞氏，迄宋元祐元年秋九月尚書左僕射司馬光卒，總其歲年，原其興亡，著其善惡，蓋以爲光卒，則中國之治不可復興，誠理亂之幾也，故附於續經而書孔子卒之義，以致其意焉。嘗句讀《九經》《儀禮》《三傳》，而於大綱要旨，錯簡衍文，悉別鉛黄朱墨，意有所明，則表見之。其後吴師道得吕東萊點校《儀禮》，以相參校，所不同者十三條而已，其與先儒意見脗合如此。有《許白雲集》。修。雲濠案：《四庫書目》收録先生《讀書叢説》六卷、《詩集傳名物鈔》八卷、《讀四書叢説》四卷、《白雲集》四卷。

白雲文集

夫聖人之道，常道也，不出於君臣、父子、夫婦、昆弟、朋友應事、接物之間。致其極，則中庸而已耳。非有絶俗離倫、幻視天地、埃等世故如老、佛氏之所云者，其道雖存於方册，而不明於世久矣。周、程、張、朱諸子世出，而闢邪扶正，破蒙儆愚。秦、漢以來，千五百年英才多矣，而有昧于是。吾儕生於斯時，未必能躐于千五百年之才，而獨有見于聖人之道如是其明也。幸而生于諸子之後，固當平氣虚心，隨而求之，階之梯之，以達於上，顧實有益于己而止，何用倔强自意，摭奇務新，力與作者争衡，又將轢而踐之哉！古之立言者，誦于口而可以心存，存于心而可以身踐，而成天下之務，則聖人之道也。今口誦之而不足明乎心，降其心以識之而不可施于事，是則佛、老之流之説耳。爲佛、老之説者，措之事固不能行于跬步，而自理其身，庸可以爲善人！則好爲異説者，其風又下于彼矣。道在天地間，宏博精微，非可以躁心求也。而乃攘袂扼腕，作氣決眥，售其説而競，復思欲以厭今人，陵古人，則吾未之信也。古愚氣和心廣，余嘗欲從容論之，而以滿秩解去。君采芹藻之英，將以道淑諸人者也。以余之説評之，然與？否與？余非敢爲子勉也，子固余所敬也。《送胡古愚序》

昔文公初登延平之門，務爲儱侗宏闊之言，好同而惡異，喜大而恥小，延平皆不之許。既而言曰：「吾儒之學，所以異於異端者，理一而分殊也。理不患其不一，所患者分殊耳。」朱子感其言，故其精察妙契，著書立言，莫不由此。足下所示程子「涵養須用敬，進學在致知」之兩言，固學者求道之綱領，然所謂致知，當求其所以知而思得乎知之，非但奉持致知二字而已也，非謂知夫理之一而不必求之于分之殊也。朱子所著書，蓋數十萬言，巨細精粗，本末隱顯，無所不備，方將句而誦，字而求，竭吾之力，惟恐其不至。然則舉大綱棄萬目者，幾何不爲釋氏之空談也？近日學者，蓋不免此失矣，吾儕其可踵而爲之乎？抑愚又有所聞，聖賢之學，知與行兩事爾。講問詰辯，朋友之職也，至於自得之妙，力行之功，他人不得與焉，非自勉無所得也。某雖愚鈍，然不可謂無志于此。足下于斯兩者，涵泳從容，精修力踐，旦旦有得，幸

明以告我，賜中流之一壺，則感責善之德深矣。□□□□□〔《答吴正傳書》〕

宗羲案「理一分殊，理不患其不一，所難者分殊耳」，此李延平之謂朱子也。是時朱子好爲儱侗之言，故延平因病發藥耳。當仁山、白雲之時，浙、河皆慈湖一派，求爲本體，便爲究竟，更不理會事物，不知本體未嘗離物以爲本體也。故仁山重舉斯言以救時弊，此五世之血脈也。後之學者，昧卻本體，而求之一事一物間，零星補湊，是謂無本之學，因藥生病，又未嘗不在斯言也。

梓材謹案：梨洲所録《白雲文集》本三條，今移一條於「濂溪學案」《朱陸太極圖説》辯後。

（黄宗羲《宋元學案》卷八十二，中華書局本）

理學宗傳・許文懿謙

謙字益之，金華人。數歲而孤，甫能言，母陶氏口授《孝經》《論語》，入耳輒不忘。稍長，肆力於學，雖疾不廢。既乃受業金履祥之門，履祥曰：「士之爲學，若五味之在和，醯醬既加，則酸鹹頓異。子來見我已三日，而猶夫人也，豈吾之學無以感發子耶！」謙聞之，惕然。居數年，盡得其奥。於先儒之説有所未安，亦不同也。有《四書叢説》二十卷，謂學者曰：「學以聖人爲準的，然必得聖人之心而後可學聖人之事。聖賢之心其在《四書》，而《四書》之義備於朱子。顧其辭約意廣，讀者安可易心求之乎？」讀《詩集傳》，有《名物鈔》八卷，正其音釋，考其名物度數，以補先儒未備，仍存其逸義，旁采遠搜，以己意終之。讀《書集傳》，有《叢説》六卷。觀史，有《治忽幾微》，倣史家年經國緯之法，起太皥氏，迄元祐元年秋九月尚書左僕射司馬光卒，備其世數，總其年歲，原其興亡，著其善惡，蓋以爲光卒則中國之治不可復興，誠理亂之幾也，附於續經而書孔子卒之義。有《自省編》，晝所爲，夜必書之，其不可書者，則不爲也。他若天文、地理、典章、刑法、字學、醫術，靡不該貫。旁而釋老之言，亦洞究其藴，嘗曰：「苟不深探其隱，安能辨其同異，别其是非耶？」

延祐初，謙居東陽八華山，學者翕然從之。尋開門講學，遠而幽、冀、齊、魯，近而荆、揚、吴、越，皆不憚百舍來受學，及門之士著録者千餘人。隨其材分，咸有所得。獨不以科舉之文授人，曰：「此義、利所由分也。」謙篤孝友，有絶人之行。其處世不膠於古，不流於俗，不出里閭者四十年。四方之士以不及門爲恥，縉紳先生過其鄉者，必即其家存問焉。或訪以典禮政事，謙爲之折衷，無不厭服。廉訪使劉庭直、副使趙宏偉論薦於朝，中外名臣前後章數十上；而郡復以遺逸應詔；鄉闈大比，請司文衡，皆莫能致。晚年身任正學之重，學者以其安危爲斯道之隆替焉。至元三年卒，年六十八。稱白雲先生，謚文懿。先是何基、王柏及金履祥殁，其學猶未大顯，至謙而道益著。學者推原統緒，以爲朱熹之世適。江浙行中書省請於朝，建四賢書院以祠之。同郡朱震亨字彦修，謙弟子，清修苦節，古篤行之士，所至人多化之。

白雲博學，著述富，且釋老之言亦爲究析，故賀醫閭謂不免於文士浮華之習，佛老異端之惑，淫媟鄙猥之辭也。傳稱其學顯道著，爲紫陽世適，見白雲之扃大，醫閭之守嚴，二子正可作韋弦之佩。

（孫奇逢《理學宗傳》卷一九，《續修四庫全書》史部第五一四册）

學統・許謙

許謙字益之，其先京兆人。九世祖延壽，宋刑部尚書。八世祖仲容，太子洗馬。仲容之子曰洸，曰洞，洞由進士起家，以文章政事知名於時。洸之子實，事海陵胡瑗，能以師法終始者也。由平江徙婺之金華，至謙五世，爲金華人。父觥登淳祐七年進士第，仕未顯以殁。謙生數歲而孤，甫能言，世母陶氏口授《孝經》《論語》，入耳輒不忘。稍長，肆力於學，立程以自課，取四部書分晝夜讀之，雖疾恙不廢。既乃受業金履祥之門，履祥語之曰：「士之爲學，若五味之在和，醯醬既加，則酸鹹頓異。子來見我已三日，而猶夫人也，豈吾之學無以感發子邪！」謙聞之，惕然。居數年，盡得其所傳之奥。於書無不讀，窮探聖微，雖殘文羨語，皆不敢忽。有不可通，則不敢强，於先儒之説有所未安，亦不苟同也。

讀《四書章句集注》，有《叢説》二十卷，謂學者曰：「學以聖人爲準的，然必得聖人之心而後可學聖人之事。聖賢之心具在《四書》，而《四書》之義備於朱子。顧其辭約意廣，讀者安可以易心求之？」讀《詩集傳》，有《名物鈔》八卷，正其音釋，考其名物度數，以補先儒之未備，仍存其逸義，旁採遠援，而以己意終之。讀《書集傳》，有《叢説》六卷，有與蔡氏不能盡合者，每誦金履祥之言曰：「惟其是而已。」其觀史，有《治忽幾微》若干卷，倣史家年經國緯之法，起大皞氏，迄宋元祐元年秋九月尚書左僕射司馬光卒，備其世數，總其年歲，原其興亡，著其善惡，蓋以爲光卒則中國之治不可復興，誠理亂之機也，故附於續經而書孔子卒之義，以致其意焉。又有《自省編》，晝之所爲，夜必書之，其不可書者則不爲也。其他若天文、地理、典章、制度、食貨、刑法、字學、音韻、醫經、術數之説，靡不該貫旁通。而釋老之言亦洞究其藴，嘗謂：「學者孰不曰闢異端，苟不深探其隱，而識其所以然，能辨其同異、别其是非也幾希。」又嘗句讀《九經》《儀禮》及《春秋三傳》，於其宏綱要領、錯簡衍文，悉别以鉛黄朱墨，意有所明，則表而見之。其後吴師道購得吕祖謙點校《儀禮》，視謙所定，不同者十有三條而已。謙不喜矜露，所爲詩文，非扶翼經義，張維世教，則未嘗輕筆之書也。

延祐初，謙居東陽八華山，學者翕然從之。尋開門講學，遠而幽、冀、齊、魯，近而荆、揚、吴、越，皆不憚百舍來從受業焉。其教人也，至誠諄悉，内外殫盡，嘗曰：「己有知，使人亦知之，豈不快哉！」或有所問難，而辭不能自達，則爲之言其所欲言，而解其所惑。討論講貫，終日不倦，攝其粗疏，入於密微，聞者方傾耳聽受，而其出愈真切。惰者作之，鋭者抑之，拘者開之，放者約之。及門之士著録者千餘人，隨其材分，咸有所得。然獨不以科舉之文授人，曰：「此義、利之所由分也。」謙篤於孝友，有絶人之行，其處世不膠於古，不流於俗，不出閭里者四十年。四方之士以不及門爲恥，縉紳先生之過其鄉邦者，必即其家存問焉。或訪以典禮政事，謙觀其會通而爲之折衷，聞者無不悦服。

大德中，歲大侵，謙貌加瘠，或問曰：「豈食不足邪？」謙曰：「今公私匱竭，道殣相望，吾能獨飽邪？」其處心蓋如此。廉訪使劉廷直、副使趙宏偉皆中州雅望，於謙深加推服，論薦於朝；中外名臣列其行義者前後章數十上；而郡復以遺逸應詔；鄉闈大比，請司其文衡，皆莫能致。至其晚節，獨以身任正學之重，遠近學者以其身之安否爲斯道之隆替焉。至元三年卒，年六十八，謚曰文懿。謙嘗以白雲山人自號，世因稱爲白雲先生。先是何基、王柏及金履祥殁，其學猶未大顯。至謙而其道益著，故學者推原統緒，以爲晦庵之世適。江浙行中書省爲請於朝，建四賢書院以奉祠事，而列於學官。同郡朱震亨，字彦修，謙之高弟子也。其清修苦節，絶類古篤行之士，所至人多化之。

（熊賜履《學統》卷四一，《續修四庫全書》史部第五一四册）

闕里文獻考・許謙

許謙字益之，其先京兆人。高祖實師事胡瑗，由平江徙婺之金華。父觥登淳祐七年進士第，仕未顯。謙生數歲而孤，甫能言，世母陶口授《孝經》《論語》，入耳輒不忘。稍長，肆力於學，立程以自課。取四部書分晝夜讀之，雖疾恙不廢。既乃受業金履祥之門，履祥語之曰：「士之爲學，若五味之在和，醯醬既加，則酸鹹頓異。子來見我已三日，而猶夫人也，豈吾之學無以感發子邪！」謙聞之，惕然。居數年，盡得其所傳之奥。於書無不讀，窮探聖微，雖殘文羨語，皆不敢忽。有不可通，則不敢强，於先儒之説有所未安，亦不苟同也。

讀《四書章句集注》，有《叢説》二十卷，謂學者曰：「學以聖人爲準的，然必得聖人之心而後可學聖人之事。聖賢之心具在《四書》，而《四書》之義備於朱子。顧其辭約意廣，讀者安可以易心求之乎？」讀《詩集傳》，有《名物鈔》八卷，正其音釋，考其名物度數，以補先儒之未備，仍存其逸義，旁採遠援，而以己意終之。讀《書集傳》，有《叢説》六卷。其觀史，有《治忽幾微》，倣史家年經國緯之法，起太皞氏，迄宋元祐元年秋九月尚書左僕射司馬光卒，備其世數，總其年歲，原其興亡，著其善惡，蓋以爲光卒則中國之治不可復興，誠理亂之幾也，故附於續經而書孔子卒之義，以致其意焉。又有《自省編》，晝之所爲，夜必書之，其不可書者，則不爲也。其他若天文、地理、典章、制度、食貨、刑法、字學、音韻、醫經、術數之説，亦靡不該貫。旁而釋老之言，亦洞究其藴，嘗謂：「學者孰不曰闢異端，苟不深探其隱，而識其所以然，能辨其同異，别其是非也幾希。」又嘗句讀《九經》《儀禮》及《春秋三傳》，於其宏綱要領、錯簡衍文，悉别以鉛黄朱墨，意有所明，則表而見之。其後吴師道購得吕祖謙點校《儀禮》，視謙所定，不同者十有三條而已。謙不喜矜露，所爲詩文，非扶翼經義、張維世教，則未嘗輕筆之書也。

延祐初，隱居東陽八華山，學者翕然從之。尋開門講學，遠而幽、冀、齊、魯，近而荆、揚、吴、越，皆不憚百舍來受業焉。其教人也至誠諄悉，内外殫盡，嘗曰：「己有知，使人亦知之，豈不快哉！」或有所問難，而詞不能自達，則爲之言其所欲言，而解其所惑。討論講貫，終日不倦，攝其粗疏，入於密微。惰者作之，鋭者抑之，拘者開之，放者約之。及門之士著録者千餘人，隨其材分咸有所得。然獨不以科舉之文授人，曰：「此義、利之所由分也。」謙篤於孝友，有絶人之行。其處世不膠於古，不流於俗，不出里閭者四十年。四方之士以不及門爲恥，搢紳先生之過其鄉閭者，必即其家存問焉。或訪以典禮政事，謙觀其會通，而爲之折衷，聞者無不厭服。

元大德中，熒惑入南斗句已而行，謙以爲災在吴、楚，竊深憂之。是歲大祲，謙貌加瘠，或問曰：「豈食不足邪？」謙曰：「今公私匱竭，道殣相望，吾能獨飽邪？」其處心蓋如此。廉訪使劉庭直、副使趙宏偉皆中州雅望，於謙深加推服，論薦於朝；中外名臣列其行義者前後章數十上；而郡復以遺逸應詔；鄉闈大比，請司文衡，皆莫能致。至晚節，獨以身任正學之重，遠近學者以其身之安否爲斯道之隆替焉。至元三年卒，年六十八。嘗以白雲山人自號，世稱爲白雲先生，賜謚文懿。先是何基、王柏及金履祥没，朱子之學猶未大顯，至謙而道乃益著。故學者推原統緒，以爲朱子之世嫡。江浙行中書省爲請於朝，建四賢書院以奉祠事，而列於學官。述曰：薛文清有曰：「堯、舜、禹、湯、文、武之道，非得孔子，後世莫知所尊；周、程、張子之道，非得朱子，後世莫知所統。孔子之後，有大功於道學者，朱子也。汾讀朱門弟子傳，而歎《易》學則定自季通，《書》傳則成於仲默；於直卿有斯道之望，於安卿有與點之思。爰及何、王、金、許，道脉相承，淵源有緒，凡厥諸賢，其有功於紫陽，亦豈淺尠哉！」

（孔繼汾《闕里文獻考》卷六一，《續修四庫全書》史部第五一二册）

明一統志·許謙

許謙，金華人。父觥，淳祐進士，未顯而没。謙自幼力學，於書無所不讀。聞金履祥道學，往從之，以求聖賢之心。晚年四方來從者數百人，然素志沖澹，恬不近名，世號白雲先生。所著有《詩集傳》《四書叢説》。

（李賢《明一統志》卷四二，文淵閣《四庫全書》第四七二册）

大清一統志・許謙

許謙字益之，金華人。少孤，甫能言，庶母陶氏口授《孝經》《論語》，入耳輒不忘。稍長，肆力於學。受業金履祥之門，居數年，盡得其所傳之奥。嘗作《自省編》，晝之所爲，夜必書之。於書靡不該貫。延祐初，居東陽八華山，遠近學者翕然從之。不出閭里者垂四十年。時中外名臣列其行義薦於朝者，前後章數十上；郡復以遺逸應詔，終莫能致。至元三年卒，嘗以白雲山人自號，世稱白雲先生，賜謚文懿。所著有《四書叢説》《詩名物抄》《書輯傳叢説》《治忽幾微》諸書，本朝雍正二年詔從祀孔廟。

（穆彰阿《（嘉慶）大清一統志》卷三百，《四部叢刊續編》影舊抄本）

浙江通志・許謙

許謙《元史》本傳：字益之，其先京兆人，由平江徙金華。謙數歲而孤，甫能言，母陶氏口授《孝經》《論語》，入耳輒不忘。稍長，立程自課，雖疾不廢。既乃受業金履祥之門，居數年，盡得其奥。謂：「學以聖人爲準的，然必得聖人之心而後可學聖人之事。聖賢之心具在《四書》、《四書》之義備於朱子。」讀《詩集傳》，有《名物鈔》八卷。讀《書集傳》，有《叢説》六卷。其觀史，有《治忽幾微》，倣史家年經國緯之法，起太皞氏，迄宋元祐元年。又有《自省編》，晝之所爲，夜必書之，其不可書者則不爲也。他若天文、地理、典章、制度、食貨、刑法、字學、音韻、醫經、術數之説，靡不該貫。又嘗句讀《九經》《儀禮》及《春秋三傳》，於其宏綱要領，錯簡衍文，悉别以鉛黄朱墨。其後吴師道購得吕祖謙點校《儀禮》，視謙所定，不同者十有三條而已。延祐初，居東陽八華山，學者翕然從之，著録者千餘人。獨不以科舉之文授人，曰：「此義、利所由分也。」篤於孝友，處世不膠於古，不流於俗。歲大祲，謙貌加瘠，或問曰：「豈食不足耶？」謙曰：「今公私匱竭，道殣相望，吾獨能飽耶？」中外名臣列其行義，章數十上，皆莫能致。至元三年卒，年六十八。嘗以白雲山人自號，世稱白雲先生，賜謚文懿。何基、王柏及金履祥殁，至謙而其道益著。江浙行中書省爲請於朝，建四賢書院以奉祠事。國朝雍正二年九月，奉旨從祀兩廡。

（嵇曾筠《（雍正）浙江通志》卷一七六，文淵閣《四庫全書》史部第五二三册）

東陽縣志・許謙

許謙字益之。生數歲而孤，甫能言，世母陶氏口授《孝經》《論語》，入耳輒不忘。稍長，肆力於學，立程以自課，取四部書分晝夜讀之，雖疾恙不廢。既乃受業金履祥之門，履祥語之曰：「士之爲學，若五味之在和，醯醬既加，則酸鹹頓異。子來見我已三日，而猶夫人也，豈吾之學無以感發子耶！」謙聞之，惕然。居數年，盡得其所傳之奥。於書無不讀，窮探聖微，雖殘文羨語，皆不敢忽。有不可通，則不敢强，於先儒之説有所未安，亦不苟同也。

讀《四書章句集注》，有《叢説》二十卷，謂學者曰：「學以聖人爲準的，然必得聖人之心而後可學聖人之事。聖賢之事具在《四書》，而《四書》備於朱子。顧其辭約意廣，讀者安可以易心求之乎？」讀《詩集傳》，有《名物鈔》八卷，正其音釋，考其名物度數，以補先儒之未備，仍存其逸義，旁採遠援，而以己意終之。讀《書集傳》，有《叢説》六卷。其觀史，有《治忽幾微》，倣史家年經國緯之法，起太皥氏，迄宋元祐元年秋九月尚書左僕射司馬光卒，備其世數，總其年歲，原其興亡，著其善惡，蓋以爲光卒則中國之治不可復興，誠理亂之幾也，故附於續經而書孔子卒之義，以致其意焉。又有《自省編》，晝之所爲，夜必書之，其不可書者則不爲也。其他若天文、地理、典章、制度、食貨、刑法、字學、音韻、醫經、術數之説，亦靡不該貫。旁而釋老之言，亦洞究其藴，嘗謂：「學者孰不曰辟異端，若不深探其隱，而識其所以然，能辯其同異，别其是非也幾希。」又嘗句讀《九經》《儀禮》及《春秋三傳》，於其宏旨要領，錯簡衍文，悉别以鉛黄朱墨，意有所明，則表而見之。其後吴師道購得吕祖謙點校《儀禮》，視謙所定，不同者十有三條而已。謙不喜矜露，所爲詩文，非扶翼經義、張維世教，則未嘗輕筆之書也。

延祐初，謙居八華山，學者翕然從之。尋閉門講學，遠而幽、冀、齊、魯，近而荆、揚、吴、越，皆不憚百舍來受業焉。其教人也至誠諄悉，内外殫盡，嘗曰：「己有知，使人亦知之，豈不快哉！」或有所問難，而詞不能自達，則爲之言其所欲言，而解其所惑。討論講貫，終日不倦。攝其粗疏，入於密微。聞者方傾耳聽受，而其出愈真切。惰者作之，鋭者抑之，拘者開之，放者約之。及門之士著録者千餘人，隨其材分，咸有所得。然獨不以科舉之文授人，曰：「此義、利之所由分也。」謙篤於孝友，有絶人之行。其處世不膠於古，不流於俗，不出里閭者四十年。四方之士以不及門爲恥，縉紳先生之過其鄉邦者必即其家存問焉。或訪以典禮政事，謙觀其會通而爲折衷，聞者無不厭服。

大德中，熒惑入南斗句已而行，謙以爲災在吴、楚，竊深憂之。是歲大祲，謙貌加瘠，或問曰：「豈食不足耶？」謙曰：「今公私匱竭，道殣相望，吾能獨飽耶！」其處心蓋如此。廉訪使劉庭直、副使趙宏偉皆中州雅望，於謙深加推服，論薦於朝；中外名臣列其行義者，前後章十上；而郡復以遺逸應詔；鄉闈大比，請司其文衡，皆莫能致。至其晚節，獨以身任正學之重，遠近學者以其身之安否爲斯道之隆替焉。至元三年卒，年六十八。嘗以白雲山人自號，世稱爲白雲先生，朝廷賜諡文懿。（《元史》本傳）

按黄溍《墓誌銘》云：其先占籍京兆之興平，後有官於吴者，因家焉。九世祖延壽，宋刑部尚書。六世祖寔，元豐間始居笠澤，尋又徙婺爲金華縣人。曾祖諱經國，祖諱應龍，皆弗仕。考諱觥，淳祐丁未進士，卒官宣教郎，主管三省樞密院架閣文字。無子，以從父兄貢士君日宣之次子嗣，即先生也。（《康熙志》）

《許氏家乘》云：其先晉孝子孜十七世孫名韶者，仕京兆白渠邑宰，遂占籍焉。後有孟寬爲平江吴縣令，又家之。九世祖延壽，宋刑部尚書。六世祖實，元豐間由平江徙婺之金華。大父應鸞由金華徙東陽。父日宣，貢士君生璟與先生。先生之從叔在金華者爲應龍子觥，無嗣，日宣以次子繼之，即先生也。先生於進士觥，實爲繼父，至於生父之爲日宣。日宣之在東陽，固無所辭之。據《白雲洞志》：生母陶氏所居，去白雲洞不一里而近。陳君采曰：天宫之北，陶氏世居焉。即此也，今其子孫猶有存者。舊志：自成化以上，與東陽《文□□》《人物志》皆無異同。竊先生生於東陽而設教亦於東陽，長於金華而歸葬復於金華，兩邑志乘俱可籍書，如宋景濂先生之於金華、浦江，未爲不可云云。謹按：邑雙峴門外仰高祠，自明以來祀白雲先生，國朝給帑歲祭，嘉慶二十四年給帑修祠，今依次入傳。（參《康熙志》）

（党金衡《（道光）東陽縣志》卷一八，民國三年東陽商務石印公司石印本）

續高士傳・許謙

許謙字益之，金華人也。隱居金華山四十年，不入城府，清修苦節，著書立言，非扶翼經義，未嘗有作也。大德中，歲大祲，謙貌加瘠，或問之曰：「君豈食不足邪？」謙曰：「公私匱盡，道殣相望，吾安能獨飽乎？」浙東廉使王繼學訪謙於山中，謂謙清氣逼人可畏，既退，論薦於朝；廉訪使劉庭直、趙弘偉列其行義，章數十上。皆莫能致。至元三年卒，年六十八。

衆人皆飢，安能獨飽。嗟嗟許翁，苦節是表。渣滓日去，清妙自保。顯者對之，風塵氣杳。

（高兆《續高士傳》卷四，《續修四庫全書》史部第五一六册）

元許謙一代真儒傳見《元紀》。

順皇帝至元丁丑春正月，婺州路總管府以金華儒士金履祥所注《論語孟子考證》來，上命刊行之。其門人東陽許謙序之曰：「圣賢之心盡在《四書》，而《四書》之義備於朱子。顧其立言詞約意廣，讀者咸得其粗而不能悉究其義，或以一偏之致自異而初不知未離其範圍也。世之詆訾貿亂，務爲新奇者，其弊在此耳。此金先生《考證》之所由行也。始予三四讀，自以爲瞭然，已而不能無惑，久若有得，愈久而所得愈深。童而習之，白首不知其要領者何限，其可以易心求之哉！」履祥字吉甫，號仁山。所著有《考證》及《尚書表注》《通鑑前編》行於世。

是年十月，金華處士許謙卒。初，謙聞仁山金履祥講道蘭江上，委己而學焉。履祥告之以「士之爲學，若五味之在和，醯醬既加，則酸鹹頓異。子來見我已三日，而猶夫人也，豈吾之學無以感發於子邪」！謙聞之，惕然。履祥嘗告之曰：「吾儒之學理一而分殊，理不患其不一，所難者分殊耳。」謙由是致其辯於分之殊，要其歸於理之一。又曰：「聖人之道中而已矣。」謙由是事事求夫中者而用之。履祥既没，謙益充闡，多所自得。自謂：「吾非有大過人，惟爲學之功無間斷耳。」平生制行甚嚴，而所以應世者不膠於古，不流於俗，介而不矯，通而不隨，身在草萊，而心存當世。素志冲澹，以道自樂。浙東憲府聞謙名而不察其志，辟以爲掾，避弗就。肅政廉訪使劉公庭直舉茂材異等，副使趙公宏偉舉遺逸，亦皆固辭。趙宏偉在南臺，命除舍館，迎致謙，將使衆僚多士有所矜式，先生欣然爲之起，而不久留也。

謙既東還，以目眚倦於應接，屏迹八華山中，四方之士不遠千里而從之。居再歲，以兄子喪而歸，户屨尤多，遠而幽、冀、齊、魯，近而荆、揚、吴、越，皆百舍重趼而至。其教人以五性人倫爲本，開明心術，變化氣質爲先，以爲己爲立身之要，分辨義利爲處事之制。獨不教人以科舉之文，曰：「此義、利之所由分也。」至誠諄悉，内外殫盡，曰：「己既有知，使人亦知之，豈不快哉！」或有所問難而辭不能自達，則爲之言其所欲言而解其所惑，討論講貫，終日無倦。聞者方傾耳聽受，而其出愈真切。惰者作之，鋭者抑之，拘者開之，放者約之。爲學者師垂四十年，隨人才分，咸有所得。達官富人之子望閭而驕氣自消，踐庭而禮容自飭。四方之士以不及門爲恥，搢紳先生至是邦必即其家存問焉。

謙多素疾，先是金先生病革，徒步往省之，會大雪，中寒濕。及奔兄璟喪於廣信，疾增劇，不果於行。疾少間，而神更清茂。至是疾復作，謂其子元曰：「伯兄以是月二十三日卒，我死殆與之同日乎？」及是日，正衣冠而坐，戒元以孝於母，友於弟。元復請所欲言，先生曰：「吾平日訓爾多矣，至此復何言？」門人朱震亨進曰：「先生視稍偏矣。」更肅容端視，頃之視微瞑，遂卒，年六十有八。門人以義制服者若干人，因其自號題其墓曰白雲先生。所著有《讀四書叢説》二十卷、《詩名物鈔》八卷、《讀書傳叢説》六卷、《觀史治忽幾微》若干卷，皆行于世。後謚曰文懿公。

義烏黃溍曰：聖賢不作，師道久廢，逮二程子始倡聖學以淑諸人，朱子又遡流窮源，折衷羣書而統一，由是師道大備。文定何公基既得朱子之傳於其高弟文肅黃公幹，而文憲王公柏於文定公則師友之，文安金公履祥又學於文憲而及登文定之門者也。三先生婺州人，學者推原統緒，必以三先生爲朱子之的傳。迨許公出於三先生之鄉，而克任其相傳之重，三先生之學卒以大顯於世。然則程子之道得朱子而復明，朱子之道至許公而益尊。文懿許公之功大矣！

静軒曰：謙受學於履祥，潛心篤志，不求聞達，朝野交薦，固辭不起，則安於義命而非僞隱以爲仕宦之捷徑者也，非一代之真儒乎！

（《浦陽汭南許氏宗譜》卷一，民國丙子年重修。另，同治己巳年重修《仰高許氏宗譜》卷二五有《元儒文懿公事跡》，民國乙酉年重修《浦陽佳山許氏宗譜》卷一有《贈白雲文懿公孝行觀風事實傳》，署趙志皋撰，然亦出自《元紀》，三者内容大致相同，避繁不録。）

白雲公實録

許謙，字益之，金華人。父觥，淳祐進士，無子，以從兄日宣之子爲嗣，即謙也。謙天資高嶷，甫能言，世母陶氏日授《孝經》《論語》，入耳輒不忘。五歲就學，凝重如成人。稍長，受業金履祥之門。履祥語之曰：「士之爲學若五味之在和，醯鹽既加，則酸鹹頓異。子來見我已三日矣，而猶夫人也，豈吾之學無以感發子耶！」謙聞之，惕然。由是履祥告之曰：「吾儒之學，理一而分殊，理不患其不一，所難者分殊耳。」謙由是致其力於分之殊，而要其歸於理之一。又曰：「聖人之道中而已矣。」謙由是事事求夫中者而用之。履祥殁，益肆充闡，多所自得，自謂：「吾非有大過人，爲學之功無間斷耳。」

謙制行甚嚴，而所以應世者不膠於古，不流於俗，介而不矯，通而不隨。身在草萊，而心存當世。素志沖澹，以道自樂。嘗作《自省編》，晝之所爲，夜必書之。其他若天文、地理、典章、制度、食貨、刑法、字學、音韻、醫經、術數、釋老之説，靡不洞究。又嘗句讀《九經》《儀禮》及《春秋三傳》，其宏綱要領，錯簡衍文，悉别以鉛黄朱墨。其後吴師道購得吕祖謙《儀禮》，視謙本，不同者十有三條而已。性不喜矜露，所爲詩文，非扶翼經義，張維世教者，不苟作也。浙東憲司聞謙名，辟以爲掾，辭弗就。肅政廉訪司劉庭直舉茂才異等，副使趙宏偉舉遺逸，亦皆固辭。趙宏偉在南臺，除舍館迎致謙，將使衆僚多士有所矜式，謙欣然爲之起而不久留也。

謙從東歸，屏跡八華山中，學者翕然從之，遠而幽、冀、齊、魯，近而荆揚、吴、越，皆百舍重趼而至。其教以至性人倫爲本，以開通心術變化氣質爲先，以爲己爲立心之要，以分别義利爲處事之制。至誠詳悉，内外殫盡。獨不以科舉之文授人，曰：「此義、利所由分也。」爲學者師垂四十年，四方之士以不及門爲恥。縉紳先生每就正，或訪以典禮政事，謙觀其會通而爲之折衷，莫不厭服。臺省若王士熙、耿煥、王克敬、鄭允中、李瑞、吴壽、趙綱、陳思謙、趙仲仁，考官曹鑑、翰林楊剛中先後列其行義於朝，郡以遺逸應詔，終不爲動。

晚年尤以涵養本原爲事，齋居静定。事母孝，奉兄璟委曲承順，養姊氏終身，教飭二子有方，居家禮文曲盡，不出里閭者四十年。既老益艱瘁，僦屋以居，田不足以具饘粥，處之裕如。歲大祲，謙貌加瘠，或問之，曰：「今公私匱竭，道殣相望，吾能獨飽耶！」其處心類如此。卒年六十八，謚文懿。所著有《四書叢説》《詩名物鈔》，多補先儒所未備。《書輯傳叢説》與蔡氏不必盡合，《春秋》有《温故管窺》，觀史有《治忽幾微》，行於世。又有《三傳義疏》《讀書記》，未脱稿。詩文及《自省編》藏於家。子許元從葉儀、范祖幹學，明高皇帝初定金華，訪求白雲之後，召之見，未至，駕返金陵，驛召赴京，與語大悦，命爲京學教授，官至祭酒。

（《高陽許氏宗譜》卷一，光緒丙午年重修）

白雲文懿公道學事實傳

［明］朱子亨

冬十月，金華處士許謙卒。

初，謙聞仁山金履祥講道蘭江上，委己而學焉。身在草萊，而心存當世。素志沖澹，以道自樂。浙江憲府聞謙名而不察其志，辟以爲掾，謙避不就。肅政廉訪使劉公廷直舉茂才異等，副使趙公宏偉舉遺逸，亦皆固辭。趙宏偉在南臺，命除舍館，迎致謙，將使衆僚多士有所矜式。謙欣然爲之起，而不久留也。

謙既東還，以目眚倦於應接，屏跡八華山中，學者翕然纍糧笥書而從。居再歲，以兄子喪而歸，户屨尤多。遠而幽、冀、齊、魯，近而荆、揚、吴、越，皆百舍重趼而至。教之以五性人倫爲本，以開明心術變化氣質爲先，以爲己爲立身之要，以分辨義利爲處事之制。達官富人之子，望誾而驕氣自消，踐庭而禮容自飭。四方之士以不及門爲恥，縉紳先生至於是邦，必即其家存問焉。

謙素多疾，先是金履祥病革，徒步往省之。會大雪，中寒濕。及奔兄璟喪於廣信，病增劇，不良於行。疾少間，而神更清茂。至是病復作，謂其子元曰：「伯兄以是月二十三卒，我死殆與之同日乎？」及是日，正衣冠而坐，戒元以孝於母，友於弟，元復請所欲言，曰：「吾平日訓爾多矣，至此復何言？」門人朱震亨進曰：「先生視稍展，偏矣。」謙更肅容端視。頃之，微瞑，遂卒，年六十八。門人以義制服者若干人。因其自號，題其墓曰「白雲先生」。

諱謙，字益之。所著有《讀四書叢説》二十卷、《詩名物鈔》八卷、《讀書傳叢説》六卷、《觀史治忽幾微》若干卷，皆行于世。後謚曰文懿公。義烏黄溍曰：聖賢不作，師道久廢，逮程子起而倡聖學以淑諸人，朱子又遡流窮源，折衷羣言而統一，由是道大備。文定何公基既得朱子之傳於其高弟文肅黄公榦，而文憲王公柏於文定公則師友之，文安金公履祥又學於文憲而及登文定之門者也。三先生婺人，學者推原統緒，必以三先生爲朱子之傳適。文懿公出於三先生之鄉，而克任其承傳之重，三先生之學卒以大顯於世。然則程子之道得朱子而復明，朱子之大至先生而益尊，文懿許公之功大矣！

烏傷門人朱子亨拜撰。

（《浦陽佳山許氏宗譜》卷一，民國乙酉年重修）

白雲許先生墓誌銘

［元］黄　溍

先生諱謙，字益之，姓許氏。其先占籍京兆之興平，後有官於吴者，因家焉。九世祖延壽，宋刑部尚書。六世祖實，元豐間始居笠澤，尋又徙婺，爲金華縣人。曾祖諱經國，祖諱應龍，皆弗仕。考諱鯱，淳祐丁未進士，卒官宣教郎，主管三省樞密院架閣文字。無子，以從父兄貢士君日宣之次子嗣，即先生也。

先生天資高嶷，甫能言，貢士君之夫人陶氏授以《孝經》《論語》，入耳輒不忘。五歲就學，莊重如成人。宋亡家毁，貢士君相繼淪没。先生稍長，僑居城闉，借書於人，以四部分而讀之，雖疾恙不癈。所涉向博，知解且至，既開門授徒，而猶有所疑，無所從質。聞仁山金先生講道蘭江上，委己而學焉。金先生曰：「士之爲學，若五味之在和，醯鹽既加，則酸鹹頓異。子來見我已三日，而猶夫人也。豈吾之學無以感發於子耶！」先生聞之，惕然。是時金先生年七十，先生三十有一矣，請不拘常序，就弟子列。而所居相距尚遠，會金先生設教於吕成公祠下，乃獲便於參叩。金先生嘗告之曰：「吾儒之學理一而分殊。理不患其不一，所難者分殊耳。」先生由是致其辨於分之殊，而要其歸於理之一。又嘗告之曰：「聖人之道中而已矣。」先生由是事事求夫中者而用之。金先生殁，先生益肆充闡，多所自得，自謂：「吾非有大過人，惟爲學之功無間斷耳。」先生制行甚嚴，而所以應世者不膠於古，不流於俗，介而不矯，通而不隨，身在草萊，而心存當世。

大德十一年，歲在丁未，熒惑入南斗勾已而行，先生以爲災在吴、楚，竊深憂之。是歲大祲，先生貌加瘠，或問曰：「先生豈食不足耶？」先生曰：「今公私匱竭，道殣相望，吾能獨飽耶！」其處心蓋如此。而素志沖澹，以道自樂。浙東憲府聞先生名而不察其志，辟以爲掾，避弗就。肅政廉訪使劉公庭直舉茂材異等，副使趙公宏偉舉遺逸，亦皆固辭。趙公在南臺，命除舍館，迎致先生，將使衆僚多士有所矜式，先生欣然爲之起，而不久留也。

先生既東還，以目眚倦於應接，屏迹八華山中，學者翕然籝糧笥書而從之。居再歲，以兄子喪而歸，户屨尤多，遠而幽、冀、齊、魯，近而荆、揚、吴、越，皆百舍重趼而至。先生之教，以五性人倫爲本，以開明心術變化氣質爲先，以爲己爲立心之要，以分辨義利爲處事之制，至誠諄悉，内外殫盡，嘗曰：「己既有知，使人亦知之，豈不快哉！」或有所問難而辭不能自達，則爲之言其所欲言而解其所惑，討論講貫，終日無倦，攝其麤疏，入於密微，聞者方傾耳聽受，而其出愈真切。惰者作之，鋭者抑之，拘者開之，放者約之。爲學者師垂四十年，著録殆千餘人，隨其材分，咸有所得。達官富人之子望閭而驕氣自消，踐庭而禮容自飭。四方之士，無賢不肖，以不及門爲恥。搢紳先生至於是邦，必即其家存問焉。或訪以典禮政事，先生觀其會通而爲之折衷，聞者無不厭服。省臺諸公若王公士熙、耿公煥、王公克敬、鄭公允中、李公端、吴公燾、趙公天綱、陳公思謙、趙公仲仁前後列其行義於中朝，鄉闈主司曹集賢鑑楊翰林剛中亦率同院剡上其名於省闥，郡復以遺逸應詔，先生終不爲動。仍紀至元之元年，屬當大比，諉先生以文衡，亦莫之能致也，嘗謂「吾非必於隱以爲名高，仕止唯其時耳」。

晚年尤以涵養本原爲上務，講授之餘，齋居凝然。一日，瞑目坐堂上，門人弗知也，徑入焉，則闃其無人。侍先生之側，拱立久之，先生顧而徐言曰：「爾在斯耶！」其習於静定，久而安焉，可知也。先生少羈孤，不逮事架閣公及其夫人韓氏，而事陶夫人克盡子職。兄璟，性剛嚴，委曲承順，怡怡如也。時氏姊有子而貧，無以爲養，迎歸，奉之終身。鍾愛二子，而教飭有方。冠婚喪祭，賓客之禮，必盡其情文，既老而益艱瘁，僦屋以居，有田不足具饘粥，而處之裕如。門人呂權、蔣元、金涓方謀爲先生買田築室，而先生逝矣。

先生素多疾，金先生病革，徒步往省之，會大雪，中寒濕。及奔兄璟喪於廣信，疾增劇，不良於行。疾少間，而神更清茂。三年冬十月，疾復作，謂其子元曰：「伯兄以是月二十三日卒，我死殆與之同日乎？」及是日，正衣冠而坐，戒元以孝於母，友於弟。元復請所欲言，先生曰：「吾平日訓爾多矣，至此復何言？」門人朱震亨進曰：「先生視稍偏矣。」先生更肅容端視，頃之視微瞑，遂卒，享年六十有八。娶朱氏，承直郎廣德路總管府推官天與之女。子男二人：長即元；次亨，以爲兄璟後。先生葬以其明年春正月壬寅，墓在縣西北婺女鄉安期里。交友來赴者若干人，門人以義制服者若干人，合泉布營葬事，因其自號而題其表曰白雲先生許公之墓。其又明年，學者相率上狀郡府，祠先生於學宫。僉肅政廉訪司事杜公秉彝建請贈官賜謚，未報。

先生於書無不觀，窮探聖微，期於必得，雖殘文羨語，皆不敢忽。有不可通則不敢强，於先儒之説，有所未安，亦不敢苟同也。讀《四書章句集注》，有《叢説》二十卷。敷繹義理，惟務平實，每戒學者曰：「士之爲學，當以聖人爲準的。至於進修利鈍，則視己之力量何如。然必得聖人之心而後可學聖人之事，舍其書何以得其心乎？聖賢之心盡在《四書》，而《四書》之義備於朱子，顧其立言辭約意廣，讀者或得其粗，而不能悉究其義。或以一篇之致自異，而初不知未離其範圍，世之詆訾貿亂、務爲新奇者，其弊正坐此耳。始予三四讀自以爲瞭然，已而不能無惑，久若有得，覺其意初不與己異，愈久而所得愈深，與己意合者亦大異於初矣。童而習之，白首不知其要領者何限，其可以易心求之哉？」讀《詩集傳》，有《名物鈔》八卷，正其音釋，考其名物度數，以備先儒之未備，仍存其逸義，旁採遠搜，而以己意終之。讀《書集傳》，有《叢説》六卷。時有與蔡氏不能盡合者，每誦金先生之言曰：「自我言之則爲忠臣，自他人言之則爲殘賊。要歸於是而已。」其言《春秋三傳》，有《温故管窺》若干卷。間以《春秋》大義數十百條，與友人張君樞極論之，皆傳注所未發。於《三禮》則參互考訂，求聖人制作之意，以翼成朱子之説。其語學者必順天地之理，酌古今之宜，使通於上下皆可遵用。又嘗句讀《九經》《儀禮》三傳，而於其宏綱要旨、錯簡衍文，悉别以鉛黄朱墨，意有所明，則表見之。其後友人吴君師道得吕成公點校《儀禮》，視先生所定，不同者十有三條而已，其與先儒意見脗合如此。有老儒自以爲善言《易》，力詆程子，先生與之反覆辨論，辭詳義正，老儒語塞，乃謝曰：「不意子之於學若是其精也。」

先生中年以還，仰觀俯察，益有見於陰陽往來、升降消長闔闢之故，謂伏羲之經廣大悉備，文王、周公、孔子之辭乃其傳注，六爻之義，特發凡舉例耳。諸儒於象辭變占，各有攸尚，要不可舉此而廢彼也。然獨未有所論述，豈不以孔子晚始好《易》，孟子深於《易》而不言《易》乎？其觀史，有《治忽幾微》若干卷，倣史家年經國緯之法，起大皞氏，訖宋元祐元年秋九月尚書左僕射司馬光卒，備其世數，總其年歲，原其興亡，著其善惡，蓋以爲光卒則宋之治不可復興，誠一代理亂之幾，故附於續經而書孔子卒之義，以致其意也。書成，以示張君樞，爲言運祚之延促，豈必推之天命，猶有人事焉。漢之大儒言災異，皆欲近修人事，上答天變，況聖賢之培植基本，祈天永命者哉？有國家者，不可不仁民，蓋以此也。

先生於天文、地理、典章、制度、食貨、刑法、字學、音韻、醫經、數術靡不該貫，一事一物可爲博文多識之助者，必謹志之。至於釋老之言，亦皆洞究其蘊，謂學者：「孰不曰闢異端，苟不深探其隱，而識其所以然，能辨其同異、別其是非也幾希。」凡其書俱已行於世，述作之大意則見於序引，文多不得以盡載，有《三傳義例》《讀書記》皆槀立而未完。諸生有《日聞雜記》，未及詮次。其藏於家者，有詩文若干卷，文主於理，詩尤得風人之旨。有《自省編》，晝之所爲，夜必書之，殆疾革始絶筆云。金先生所著《論語孟子考證》《資治通鑑前編》，皆未遑刊定，垂歿以屬之先生。今二書得以大備而盛行，先生力也。自聖賢不作，師道久廢，宋初學者有師，始於海陵胡公。先生六世祖受業於海陵，號稱能以師法終始者。逮二程子起而倡聖學以淑諸人，朱子又遡流窮源，折衷羣言，而統一其歸，使學者有所據以從事，由是師道大備。文定何公既得朱子之傳於其高弟文肅黄公，而文憲王公於文定則師友之，金先生又學於文憲而及登文定之門者也。三先生皆婺人，學者推原統緒，必以三先生爲朱子之世適。先生出於三先生之鄉，而克任其承傳之重，遭逢聖代，治教休明，三先生之學卒以大顯於世。然則程子之道得朱子而復明，朱子之大至先生而益尊，先生之功大矣！

先生葬以卜年，而元以張君樞之狀俾溍爲之銘。溍之少也，無所識知，莫能從先生遊於高明之域，奔走汩没，不知老之將至，而爲庸人之歸，鄙陋之言，何足形容有道者氣象乎？重惟先生之交遊多已凋謝，而溍偶獨後死，義不得辭也。敢悉取狀所述序其首而爲之銘，以係於左方。銘曰：

道學之傳，天下爲公。婺之儒先，獨得其宗。鉅人迭興，踵武相接。逮於先生，綿綿四葉。先生之學，能自得師。實踐之功，出乎真知。萬殊之差，無微不析。一本之同，會歸有極。酬酢萬變，志用其中。涵養本原，以敬始終。際兹休明，力扶正學。闡風而來，罔間南朔。春陽時雨，隨地發生。洪纖高下，始仰曲成。迪惟前人，學有師法。克生後賢，規重矩蹈。先生有作，彌大而昌。師嚴道尊，於昔有光。先生之身，斯道所寄。視其安否，以爲隆替。天胡不憖，不訖耄期。山頹木壞，人將疇依。不亡者存，遺書孔有。文不在兹，尚啓爾後。

（《金華黄先生文集》卷三二，《續修四庫全書》集部第一三二三册）

許氏白雲先生孝子仰高祠移批語

欽差巡按浙江監察御史裴勘得：白雲先生許公接濂洛道統之傳，衍洙泗儒宗之派，厥祖許孜、許生敦孝行於前聞，啓淳儒於后裔，今據建祠祀併一節，實祀典，但祠宇規制合作前後二層起蓋，每層三門，前一層設白雲先生之位，後二許也。至於祭則先祭孝子許孜而後祭白雲，分祖孫之倫也。如此則孝行道統並得享祀，而始祖、先生各全其尊矣。其嗣匾之名難以炤舊，合行該縣儒學將新祠匾額處議停當，一并具由，星火申報。

嘉靖二十六年五月二十九日批行。

金華府東陽縣呈：爲重賜仰高廟設位春秋祭祀事。今將議處春秋二祭，先後二層，祭禮品物數目理合開呈，造册施行。須至册者。

嘉靖三十年七月初九日吏凌有孚承行，限本月十一日銷。

（《浦陽佳山許氏宗譜》卷一，民國乙酉年重修）

祭許徵君益之文

[元]吴師道

烏乎！紫陽朱子之傳，其在吾鄉，曰何與王。傳之仁山，以及於公，其道彌光。仁山之門，公晚始到，獨超等夷，遠詣深造。蓋其稟純明誠篤之資，厲清修端介之操。退若不勝衣，而淵乎其似道。經傳之言，窮析精微；義利之辨，昭燭豪厘。雅正之文，古淡之句，纂言著書，根極理趣。明體適用，才堪佐時，金華勸講，法從論思。風紀之職，成均之師，使得處之，無適不宜。臯司早辟，崇臺列薦，禮幣踵門，綉衣往見。衆人所羡，公視藐焉，匪以爲高，吾病沉綿。烏乎！天既厄公以貧，又纏以病。貧非所憂，病也實命。杜門不出，學徒四來，隨其淺深，耳受心開。方科目之暫興，競葩藻與掄魁。獨絶口而弗談，務善端之深培。蓋公之學雖不及顯施以爲邦家之用，而猶巋然係南北之望，足以淑一世之英才。

小子托交，殆三十年。指聖途而誘掖，極友道以磨鐫。骨肉不足以儷其親，金石不足以擬其堅。比居閒而處獨，益共究於遺編。不鄙予以不肖，將叩竭於師傳。前歲之冬，遠役江壖。幸音書之不絶，慰予心之拳拳。每言病以增劇，亦祇謂之常然。疊兩書於一月，乃永訣而終天。慨愚生之無成，昧出處於幾先。誓拂袖以來歸，永相從以周旋。竟一朝而舍我，獨後死而誰憐？斂不憑棺，窆不執引。我實負公，夫復奚言！惟精神之如生，耿耿相照，則無間於九泉。緘辭告哀，有泪如川。

（吴師道《吴禮部文集》卷二十，《北京圖書館古籍珍本叢刊》第九三册）

白雲先生許君哀頌辭

［元］吴　萊

古之學者必有師。世之説者嘗曰：「經師易遇，人師難得」。嗚呼！經師豈易得哉？自嬴秦焚滅經籍之餘，漢以來老師宿儒失其本經，不惟口以傳授，則或新出於風雨壞屋之所藏，是以惟傳經久而不差者爲最難。至於人之所以爲人，示之以德義，道之以言語，則之以動作威儀，是將使人觀感興起，而易至於不自覺者，無非教也。雖然，捨經則又何以爲人師哉？然以古今經訓學術之變迭興，而師道之所自來者寖遠。蓋惟伊洛諸老先生寔始倡爲道統，而後知有所謂義理之學，已而考亭繼之，古今經訓學術之變至此而遂定。必也誠明兩盡，知行並進，可以深造夫三代聖賢之閫域，不然則經有傳之益久而愈差者矣。是故古之學者常得其師傳，每因經以明道；後之學者既失其師傳，苟非明道，則固不能以知經。經既明矣，吾則又知人之所以爲人之道不外乎此也。嗚呼！經師豈易得哉？

惟我許君昔從蘭溪金君履祥學，金君本於王文憲公柏、何文定公基，而王、何二公則又本於黄文肅公榦，蓋此實朱學也。然君天資深厚，學力純至，手抄口誦，志行彌篤，而且樂與人爲善。家故貧，常僦屋以居。達人大官，踵門候謁，交剡論薦，而曾不爲之少動。山東、兩河、江淮、閩海之間，賓客弟子擔簦負笈，執經請業。又必爲之搜擿明白，斟酌飽滿而後去，初未嘗見其有惰容。是以終日危坐，學徒環列，無憮無敖，無嬉笑，無訾謷。昏瞀者革心，浮躁者易貌，而日就於漸摩變化之歸。嗚呼！考其師友淵源之所自來，君信可謂得夫師道之重矣。此蓋世之所共見而無間言者也。

君諱謙，字益之，世爲婺之金華人。家居教授凡若干年，年六十八以没。予適以事不及哭，而君平日遇予極厚，於是特疏哀頌一篇，以洩予情。此予所以深痛夫人師之難遇，而經師之尤不易得也。嗚呼！悲夫！頌曰：

夫天下之生也衆矣，其生如醉而未醒，其死若夢而弗蜕。何經籍之可聞，豈聖賢之能對？倏焉蠛蠓之起滅，曶爾蠅蚋之攢嘬。將一歸於澌盡，卒無怪其厖昧。惟古之大儒君子涵養省察，戰兢惕厲。道不遠人，則天理民彝之所存；經以載道，則王綱聖髓之攸賴。宜身名之並立，獨不與年壽而俱壞。嗚呼許君！博學無方，篤志不懈。上追洙泗之本原，前泝伊洛之宗派。昭日星之訓，則理全而無疵；闢荆棘之途，則辭達而罔礙。矧肅容而正襟，恒晬面而盎背。學徒麇來，賓客滿座，咸曰吾見其人矣，吾聞其語矣。是其車轍之同，門户之正者，發之於難疑答問之頃，形之於動作威儀之際，實足使人心悟而神會。吾固知其人物之標表，經學之沾溉，誠亦可以閎其中而肆其外矣。已而天不憖遺，曾不使之多有壽考，而奄然長逝，庭巷兮虚閴，書策兮塵壒。會稽先賢失予砥柱，襄陽耆舊奪我蓍蔡。宋屈轂之瓠剖而無竅，則渡者日溺；鄭昭文之琴彈而無聲，則聽者斯聵。此蓋我許君之所以警新學，鎮末俗者，遼乎邈矣，自不可求之於一時，而欲罄之於千載者也。

嗚呼！青山如屏，流水如帶。惜哉遺烈，閟此幽隧。死而不朽，炯然若晝；死而可作，則已葬兮黄土白雲之蕪穢矣。奈之何哉！其亦有可悲也夫，其亦有可慨也夫！

（吴萊《淵穎集》卷七，《續金華叢書》本）

祭許益之文

［元］柳　貫

維至元四年歲次戊寅春正月丙申朔，越七日壬寅，近故白雲先生許兄益之大葬有期。先一日辛丑，友弟柳貫馳詣几筵，薄陳香幣之奠，侑之以文曰：

朱子之學，上窺聖賢心術之微，中啓儒先機籥之秘。稽經諏傳，而道闡於有言；即事觀理，而學本於自治。凡精思密察之功，所以爲真積實踐之地。雖寘樽於衢，人人得挹滿而需醉；然尊聞行知，則惟鼇峰獨得其至。蓋一傳而經北山之疏剔濬瀹，義益精而辭益不費。乃年德等差而得之魯齋，其前承後引之，亦建安之翁季。所謂真實刻苦之訓誓，何嘗判知行而二致？方性言之丕顯，而撝堂、船山之猶未瘁。非徒耳受而面承，更益筵講而序肄。兹寒泉一勺之多，下注雙溪，但見其可酌而可厲。以仁巖之達識而遊於二老之間，其傳緒之真，固的然歸之王氏之世。緬鄉學之重光，山爲暉而川爲媚，奈何聖蘊之宗，遂壓戎馬之氣。

兄時弱年，展也立志。士之從師，猶女之從人，必先介而後贄。方登門請事之初，已得其於進趨旋視之際，曰：「微是子之精凝，其何以當任重道遠之寄？」會先生起從祠塾之特招，而承顏接辭之素願，因得不踰跬而自遂。人十其功，而已則百之，學必至於充類而爲知。

晝晝糜以加飡，夜爇薪而照字。披攘典墳，采摘訓傳，務爲高深宏遠，而不墜於習俗之薈翳。苟蹈道之弗頗，亦皇卹乎室之空而躬之悴。於是推其緒餘以私淑諸人，而户外之屨䎘其來萃。善待問如撞鐘，叩有大小，而其鳴聲則隨以異。虛而往，實而歸，無不厭滿其心意。故周旋動作之形，常足以觀端枲正矱之所自。昔者安定之徒亦惟於此有得，而足以振聳群睨。然而病寄蓬蒿環堵之居，名在方嶽大臣之議。或飛刺而上公車，或顧廬而勤枉轡。乃魏野之莫回，豈朱雲之可更。望駒谷之逍遥，祇以興尊德樂道者之一喟。

睠金華之古墟，炳哲民之遺懿。當成公嶷立於東，而雲谷有朱，衡麓有張。若養賢之大鼎，聯跗而參跱。彼一時雖號於專門，而究其樂本同出籥章之一吹。頃耆艾之淪亡，變風作而雅廢，庠校至於喪儀，射鄉爲之失位。其言僞而辨者，又不過沾沾尚口之窮，截截褊心之刺。兄於斯時，獨能矯輕警惰，屹鄉社之長城，表斯文之徽幟。以其服之於身者修之家，既興於孝而起於弟。非元方之難爲兄，則吾季方之德之誠或其有二。考大行已若然，何致遠之恐泥?百年七十而疾病半之,方托餘生於液齊,胡爲奠楹之夢遽!掩泣麟之袂,駭巷哭之相聞,嗟善人之無類。雖諸生越有心喪,而弔服加麻,禮適從於義制。用循踰月之期,勉就因山之窆。孟子謂所性根于心,其施之四體者,皆生色之盎睟。莊周謂嗜欲深者其天機淺,循而致之,未免行名而失己。然則義理之悦,天爵之貴,兄既優得之,宜乎入此而出彼。若稽造物畀予之隆,則有子承宗,有書在笥,皆足以施澤於方來而爲傳序不朽之計。

貫幸甚同門,夙承末契。自童習而白紛,曾靡忘於兄事。雖蒙霧有行,潛獲沾於微潤;而鞭駑並發,難進希於逸驥。中從宦以漂流,偶叨塵於班綴,兄未嘗不爲之喜動於中,嵩郵緘而藉慰。以兄念我之深,固將脱略涯分,引以自比。而我之望兄,實若炳燭之鄰竊餘光之衣被。迨倦翮之返栖,相德儀之近只。而龐公稀入於郡城,鑿齒有時而一詣。引短綆以汲深,操鉛刀而就礪。庶暮景之桑榆,不胥爲小人之歸,而君子之棄。衋先駕之摧輪,寧後乘之無躓。繼今以往,孰砭我愚?孰撤我蔽?恐恐乎籍、湜之莫保其終,以自負韓門之深媿。幸工倕之遺澤,誠底法而未墜。臨葬紖以泄哀,矢予詞以爲誄。諒精爽之如存,尚烔然而監視。尚饗!

(柳貫《柳待制集文集》卷二十,《續金華叢書》本)

許益之訃至慟餘有作五首

［元］柳　貫

其一

賢輿寧論世，道大欲侔天。聖路無迂轍，師門有絶弦。全歸成此志，不朽待他年。逝水西風急，空林落照縣。

其二

宿學滋淪墜，微言亦混茫。絶韋方未厭，占鵩竟爲殃。正使犂籤在，其如一鑑亡。吾衰欲無慟，有淚忽盈眶。

其三

朱鉛銷日力，義理析秋毫。折衷群言定，離微獨見高。誰能同酌醴，更復競餔糟。此道關休否，吾非苟譽髦。

其四

珠光分後乘，驥足仰前塵。故想身無事，猶如德有鄰。五窮偏害道，二豎不憐貧。斂服深衣去，初何媿古人。

其五

世豈無精鑒，人惟重所從。祇應茅季偉，偏善郭林宗。午館聞升復，宵鄰輟相舂。鄉枌日凋瘁，蜡社哭相逢。

（柳貫《柳待制文集》卷四，《續金華叢書》本）

祭先師白雲許先生文

［元］吕 浦

維至元仍紀之四年戊寅十一月辛酉朔，越二十有七日丁亥，門人吕浦謹以清酌之奠，拜祭於先師白雲先生許子之墓而言曰：

嗚呼哀哉！道喪千載，天出周程。繼作朱子，燦然復明。惟我先師，仁熟義精。學本仁山，派接考亭。貫穿百氏，發揮六經。覺我後覺，開我聾盲。謂宜壽考，吾道以亨。天不憖遺，泰山其頹。凡百君子，罔不傷悲。某也斂不憑棺，葬不執紼，罪奚自文，皦皦天日。哲人萎矣，吾道衰矣。異説紛霏，孰爲師矣。鬱鬱佳城，露沾宿草。哭奠墓下，聊爲蘋藻。人不復作，天非不仁。尊靈如在，默相斯文。嗚呼哀哉，尚饗！

（吕浦《竹溪稾》卷下，《續金華叢書》本）

哭先師白雲許先生

［元］吕　浦

忽聽消揺曳杖歌，哲人一去竟如何。北方學者情何限，南國朋從恨更多。蠹簡篇章新手澤，鯉庭詩禮舊磋磨。生芻一束霜風裏，落木荒煙涕泗沱。

派接仁山一脉春，紫陽傳授最爲真。生徒天下可千數，道學江南寧幾人。北斗泰山尊仰望，光風霽月見精神。九原一去無由作，空使儒林淚滿巾。

（吕浦《竹溪稾》卷上，《續金華叢書》本）

許益之先生挽詩

［元］鄭　玉

斯文在宇宙，人道得菑畬。流水無今古，閒雲有卷舒。前言端可識，後死竟何如。鄉里多才彦，千金爲購書。

宗朱徧寰海，婺水獨淵源。學悟文辭陋，人知德性尊。丘原今若此，洙泗復誰論。賴有遺風在，能令薄俗敦。

（鄭玉《師山遺文》卷五，文淵閣《四庫全書》集部第一二一七册）

挽許益之二首

［元］胡助

講道宗濂洛，窮居樂孔顔。平生黄卷上，多病白雲間。嗣派歸東浙，傳衣自北山。丘園終不起，天爵貴儔班。

易簀驚鄉黨，東南喪碩師。化人惟篤敬，稽古獨精思。雲谷生徒散，河汾弟子悲。遺書因有托，千載耿光垂。

（胡助《純白齋類藁》卷七，文淵閣《四庫全書》第一二一四册）

許文懿公謙像贊

［明］孫承恩

山川藴靈，哲人繼出。子承三賢，亦克紹述。沿流泝源，直窮崑崙。紫陽之道，得子益尊。

（孫承恩《文簡集》卷四十一，文淵閣《四庫全書》第一二七一册）

元儒諱謙文懿公像贊

［清］齊召南

芙蓉崒嵂，喆人挺生。道學衍派，真儒著名。從祀兩廡，乃懿乃文。太山北斗，景仰芳型。

天台齊召南題。

（《高陽許氏宗譜》，光緒丙戌年重修）

附録二　序跋提要

白雲集四卷編修朱筠家藏本

［清］紀　昀

元許謙撰。謙有《讀書叢説》，已著録。謙初從金履祥游，講明朱子之學，不甚留意於詞藻。然其詩理趣之中頗含興象，五言古體尤諧雅音，非《擊壤集》一派惟涉理路者比。文亦醇古，無宋人語録之氣，猶講學家之兼擅文章者也。惟其《與王申伯》一詩，宗旨入於莊、老，非儒者所宜言；《求補儒吏》一書，代人干乞，亦可不必編置集中，爲有道之累；至於《南城晚望詩》，乃五言長律八韻，而誤分爲二首；《放棹行》乃七言古詩，而誤以爲律體；《故朝散大夫婺州路總管治中致仕朱公壙志》末稱「孤子某等泣血謹識」，全篇皆子爲父作之詞，乃他人之文誤爲收入；《題趙昌甫詩卷》實七言絶句一首，題下「昌甫以辛丑歲」云云即詩之序，乃誤入雜著中；《學箴》一篇既據謙手蹟收入集中，即當題曰「補遺」，乃别共明人題跋題曰「附録」。考卷末舊跋，是集乃正統丁卯金臺李伸得殘編於其祖妣王氏家，皆謙之草稿，伸始編次成書，非出於謙所自定，故體例踳駁如是也。成化丙戌，江浦張瑄初刻於廣東，金華陳相爲之序。又有正德戊寅陳綱重刻跋，稱「脱去數頁，竟不可得」，又稱改其名曰《白雲存稿》。此本從商丘宋犖家傳寫，乃題曰《許白雲集》，亦無闕頁。觀卷末題識，蓋此跋從別本録入，故與書不相應，今亦削之不載云。

（《四庫全書總目》卷一六六，中華書局本）

白雲存藁後

［明］陳綱

右許文懿公先生詩文四卷，乃我先大父巡按廣東時刻者，今經五十四年，綱又承乏僉廣東按察司事。因憶少年時嘗讀是書，惜其傳之未廣。故事事之餘，即詢此板，蓋已湮没無存矣。既而奉勅兵備嶺西，遂命肇慶府儒學教授王玉輩博訪之。越數月，庠生梁玠蒐得此編，亦多殘闕，復命王玉輩多方考訂，其間仍脱落數葉，竟莫能得。噫嘻！是書匪直金華得之者少，而廣東得之者亦少，則天下學者不多得可知矣。亟欲節廩重刻，成我先大父之德，以廣其傳。適肇慶知府黄君瑗、同知徐君鍾淮僉曰：「某等亦嘗雅慕是書，求之未得，幸而得之，當各捐俸共成其美。」若夫先生道統之緒，人品之高，詩文之雄，天下後世無不知之，復何容喙？然其立言甚富，固不止此。今復見者亦獨此編，因易其簽曰《白雲存藁》。

正德十三年冬十一月穀旦，後學金華陳綱謹識。

（正德本卷末）

白雲存藁後序

［明］黄　瑗

《白雲集》者，元許文懿先生遺稿也。兵革之後，遺書幾絶，得而傳之者，先大巡廣東金華陳公，今僉憲陳先生正之祖也，然尚未盛行。維時僉憲先生尚幼，越四十餘年，拜命入廣，巡歷我端。首下車，博訪是集，得之，不覺喜甚，亟命鋟於梓，頒諸兩學俊秀，尚欲共於世，使盛見先賢遺書，且不没先人樂道之善也。

按，白雲之學出於金文安先生，文安出於吾文公朱夫子，一脉流傳，其人品之高又何待於言哉？亦豈在於是書之傳與否哉？然嘗論之，賢人之生，上世以功，後世以言。以功者，及人也；以言者，非得已也。負機阻會，所遭者或違焉而言隨之，言立而道立也。先生丁元季世，是豈得行其志之日哉？不得已發於吟詠與夫議論之間，故因是集而後知先生者，不知先生者也。然非是無以求先生於千載之下，又不能不賴於是集也。嗚呼！兹或幸而有是集之傳，得以寤寐想像，揖先生於羹墻几席之間。抑或不幸，殘編斷簡所傳者僅，幾無以睹先生之全也。兹名之曰白雲存藁，其愛慕之切，嘆惜之至，交寓於片字之間，作者之賢，述者之善，紹述者之用意深長皆見之矣。

正德十三年歲次戊寅冬月，知肇慶府事前户部郎中閩中黄瑗拜書。

（正德本卷首）

許白雲先生文集跋

鄧邦述

白雲爲元代鉅儒，此集乃正德十三年刊本，傳世尤希。先爲汪閬源、潘薮坡遞藏，後歸鬱華閣伯義祭酒散出，遂爲余所得。近世典籍漸就湮佚，明刻佳集亦頗矜貴，況師儒之遺著耶？余先得一鈔本，似就成化本録寫者，無正德時諸跋，特附記於此。辛酉六月初歸吴中正闇學人。

（正德本卷末）

藏園祭書十期未間

許寶蘅

主人自謂今歲所得僅十餘種，遜於往年。然如宋本左氏《百川學海》、司空表聖《一鳴集》、元本《華嚴經》、明成化本《許白雲集》、正德本劉秉忠《藏春集》、日本活字本《史記》，并屬稀見。而左氏叢書諸家藏目止見殘本，兹之創獲，足對多許。主人偶緣道阻，遂輟南游，精力所專，校讐益富，都其卷帙六百有奇，以宋本校者則《通典》《論語筆解》《秦淮海集》《張南軒集》，金本則《磻溪集》，元本則《佩韋齋集》《楊仲弘集》，餘書見於自記，不復偏舉。與會者，汾陽王志盦、仁和許央廬、長白彦明允、蕭山朱翼庵、吴興徐森玉、吴江沈無夢、豐潤張庚樓、通州張仲郊，期而不至者柯蓼園、寶沈盦、楊祇庵也。丁卯除夕前一日許寶蘅記。

（正德本卷末）

白雲先生文集跋

［清］胡　璉

余爲諸生太學時，嘗購是集市肆中，蓋寫本也。未詳伊誰而善。既失去且三十年，得端州之刻，意未愜。不再歲重蝕於蟻，益病焉圖新。南海袁校官吉得石江歐陽督學録經余梓，不惜謄翻一過，以畀學者，并諧往觀。夫夸誕無益，争售近時詩文，徒增厭笑，於行是集，孰爲勝也？故成之。嘉靖甲申秋九月晦，淮陰胡璉識。

（嘉靖本卷末）

白雲集提要

［清］紀　昀

臣等謹案：《白雲集》四卷，元許謙撰。謙字益之，號白雲，婺源人，事跡具《元史·儒學傳》。謙雖從金履祥游，講明道學，然其詩理趣之中頗含興象，五言古體尤諧雅音，非《擊壤集》一派惟涉理路者比。文亦醇古，無宋人語録之氣，猶講學家之兼擅文章者也。惟《與王申伯》一詩，宗旨入於莊、老，非儒者所宜言；《求補儒吏》一書，代人干乞，亦可不必編置集中，爲有道之累；至於《南城晚望詩》乃五言長律八句，而誤分爲二首；《放棹行》乃七言古詩，而誤以爲律體；《故朝散大夫婺州路總管治中致仕朱公壙志》末稱「孤子某等泣血謹識」，全篇皆子爲父作之詞，乃他人之文誤爲收入；《題趙昌甫詩卷》七言絶句一首，題下「昌甫以辛丑歲」云云，即詩之序，乃誤入雜著中；《學箴》一篇既據謙手跡收入集中，即當題曰「補遺」，乃別共明人題跋題曰「附録」。考卷末舊跋，是集乃正統丁卯金臺李伸得殘編於其祖妣王氏家，皆謙之草藁，伸始編次成書，非出於謙所自定，故體例踳駁如是也。成化丙戌，江浦張瑄初刻於廣東，金華陳相爲之序。又有正德戊寅陳綱重刻跋，稱「脱去數頁，竟不可得」，又稱「改其名曰《白雲存藁》」。此本從商丘宋犖家傳寫，仍題曰《許白雲集》，亦無缺頁。觀卷末題識，蓋此跋從別本録入，故與書不相應，今亦削之不載云。乾隆四十六年十月恭校上。

（文淵閣《四庫全書》本《白雲集》，文淵閣《四庫全書》第一一九九册）

重刻許白雲先生遺集序

［清］王崇炳

婺學自北山四傳至白雲先生，中間魯齋、仁山兩世皆單傳，至白雲而天下渾一，燕、趙、齊、魯、淮、揚之士皆百舍重繭而至，登弟子集者幾於千人。道風廣布，十倍於前矣。

嘗試論之，北山如良玉温潤，魯齋如明霞麗天，仁山如金刀切玉，白雲如和風被物，故其行廣。惜無嫡嗣，而葉景翰、范景先皆有道者，柳道傳、黄文獻、宋文憲皆私淑門人也。白雲著書甚多，今惟有零篇剩語，散見於諸書，而鮮見其全。好古者則重價購之不可得。予得此本於弟子蔡六平，急思得其人鐫而布之，計惟有金太學孔時能。時《仁山集》初告峻，而《金華徵獻略》方鳩工，未即與言。適檇李戴碧川先生爲麗正書院師，予門人黄殿選攜此往示，戴先生喜而序之。見孔時，慫恿之，遂決曰：「此仁山弟子書，猶吾仁山書也。」

先儒凡著一書，皆其一生之學問，與其一時之精神所到。精神之在天地，不可磨滅，如燈將燼，必有人焉吹其焰而續之，此皆彼此交感於作者之精神，而默應於數百年以前與數百年以後者。此數卷書，白雲著之，吾也藏之，孔時刻之，戴先生從旁鼓舞之。彼此相湊，若或使之。予以深山老學，以書爲命，無足爲難，難在孔時。然則孔時信今之超出流俗，而默與先賢相感通於性命間者也。

時雍正十年四月既望，東陽後學王崇炳虎文謹叙。

（金律本卷首）

許白雲先生傳集序

［清］戴　錡

水行地中，千條萬派，莫不從昆崙發源而來。猶夫學者窮經立説，傳道解惑，有不自洙泗來乎？由洙泗而濂洛，由濂洛而關閩，一脉相承，道統綿綿弗絶，何其盛哉！嗣後有造邪説以亂之，招岐途以引之，而終不能蠱惑人心，必以紫陽爲傳道之準。斯時知有南軒張宣公、東萊吕成公，相與扶植而輔翼之，以爲功之鉅者矣。而不知無何、王砥柱於乾道、咸淳之間，必不能傳於金、許；無金、許振興於紹定、大德之時，又何能綿遠於今兹也哉？

嘗讀仁山文集，知其傳道於白雲，始而曰：「吾儒之學，理一而分殊。」既而曰：「聖人之道，中而已矣。」總不外聖門博約之教，而先生遂領斯旨，身體力行，卒成大儒。考其從游年月，不滿三載而仁山先生歿矣。非信道之篤，能如是之速哉？又嘗讀《元史》至《儒林傳》，載許先生行實云：「制行最嚴。所應世者不膠於古，不流於俗，介而不矯，通而不隨。」時想其生平行誼，殆顔閔之流與！其書不可不傳，傳其書則傳其道也。

婺州金子孔時，仁山先生之後裔，篤好理學，刻成先集，欲購白雲先生著述，同刻一編，以表師弟相承之誼，而難得其書。東陽王虎文先生，博學君子也，藏書最富，有先生舊刻文集四卷，什襲寶之，聞欲重刊，欣然發出，借録副本。慫恿剞劂，流傳海内，以勸來學，成人之美，莫善於此。故不揣鄙陋，樂而序其顛末。知世間寶光，必不終掩也。

雍正十年夏四月朔，檇李後學戴錡。

（金律本卷首）

白雲先生文集跋

［清］黄廷元

右白雲先生文集四卷，余鶴潭夫子珍藏本也。曩時獲侍師門，示以吾婺先賢書集之盛：「其東萊、魯齋、仁山諸公之文，幸皆鏤板。惟白雲一集，不惟板毁無存，即卷帖亦不多覯。予曾重價購藏，寶爲拱璧，以俟世之有力者梓之。」余時默記於心。

今東湖余友孔時遣子就學，適先集鐫成。告以白雲文集世鮮流傳，又欣然欲刻。余不啻志愜心喜，往謁師門乞本付雕。夫子喜不自勝，出書相示。余莊誦一過，見其字句多訛，細爲較政，補其遺缺而詮次之，俾付諸梓。顧先生之集，自正德陳公綱鐫後，迄今二百餘年，書將湮没。復得金君孔時再爲刊刻，深羨克廣其傳之意，因題其籤曰「許白雲先生傳集」。爰不揣弇鄙，書之集後，以識此書始末，俾讀之者，知金君表彰先賢之心甚切而深，幸此集之不終於泯没也。

雍正十年夏月，金華後學黄廷元謹跋。

（金律本正文末）

白雲先生許文懿公傳集跋二則

［清］查慎行

《元史·儒學傳》載先生著述甚多，如《尚書四書叢説》《詩名物鈔》《讀史治忽幾微》《自省編》，約計不下百卷，獨不言有詩文集。明成化中始刻板於嶺南，焦氏《經籍志》所載《許文懿詩》一卷、《白雲存稿》《白雲集》四卷是也。顧嶺北流傳者絶少，正德年再刻於肇慶，視初刻已有殘缺，題曰《白雲存稿》，而此猶稱《白雲集》，蓋抄書家仍取舊名也。余既手録之，别爲編目，略加詮次，中有所疑，不敢擅改，則乙其旁行，竢訪善本再訂云。初白老人慎行識。

白雲先生既没，其門人撰述行狀，其子致幣乞虞伯生爲墓銘，伯生自以不能盡知其學之所至，辭而弗爲，并反其禮幣，詳見《道園學古録·答張率性書》中，前輩不宜輕爲諛墓文如此。偶閲虞集，附識于左。康熙辛丑二月查慎行。

（金律本卷末）

白雲集序

［清］馬日炳

我國家文教休明，隆重師儒，特行配享之典，命兩浙督撫大臣廣宣德化，纂修志書，博采先賢遺文，以彰盛事。婺州素號小鄒魯，名儒接踵。余來守是邦，延訪理學，如仁山先生居敬立志，繼王文憲之傳；分别理欲，接北山文定之學。蓋二先生之得統於朱子者，金氏有以演其脉，而孔孟之學賴以不墜，厥功懋哉！又再傳而得白雲許先生，本師説，爲著述，與何、王相表裏，爲能推明洙泗之心傳，故人稱爲紫陽世嫡。夫著書立説以發明聖道者，前賢之功也；網羅遺文，以傳之不朽者，後人之責也。在文定公已有《文集》十卷，以及《學庸啓蒙》《通論》《近思録》諸篇，皆有《發揮》。至若文憲公所著之書，則有《讀易記》《涵古易説》《大象衍義》《涵古圖書》《文章指南》等。書凡數百卷，特其文多放佚，未能彙成全集，心甚惜之。

雍正己酉，文安公之後裔孔時出其家藏手録之書，得《大學疏義》《論孟考證》及《文集》五卷，鋟板行世，而猶以未睹許文懿公之書爲歉。因竭力搜羅，幸獲文集四卷，質諸何、王、金氏之言，文異而道同，皆所以接紫陽之踵，演洙泗之派，如百谷之朝宗於海，所謂滴滴歸源者也。因以兩先生之書彙成一集，以副聖天子崇儒重道之至意，以見配享兩廡之有由，且可以識正學之有宗，而朱陸異同之辨亦瞭若指掌。異日倘得并集何、王二先生之書與此合爲全集，於以紹前賢而啓後學，余更有望於有心斯道者。是爲序。

時雍正十年五月上浣，中憲大夫知金華府事襄平馬日炳撰。

（《金華叢書》本卷首）

許白雲先生文集跋

[清]韓應陛

《許白雲集》，余向有一部。咸豐戊午五月在蘇州玄妙觀西書坊見此，知從長順卿家散出，中有朱筆校改字，蓋出長手。價極廉，收之。第三卷當係宋賓王書。六月六日，揮汗記於舟中。應陛。

（國家圖書館藏《許白雲先生文集》鈔本卷首）

許白雲先生文集跋

[清]訒　庵

乙酉余館雙溪，致劄於婺州府教費惕庵，欲求金華四先生之書讀焉。適惕庵病作，未及寄。而雙溪嚴子掄升於舊篋中偶獲《白雲先生遺稿》示余，閱之，不啻百朋之錫，亟手録之以存。目昏未能端楷，後日子孫其無忘此志也夫。訒庵識。

（臺灣「國家」圖書館藏《許白雲先生文集》鈔本卷末）

許白雲先生文集跋

［清］丁　丙

益齋翁鑑古嗜書，緣以君家《白雲集》奉歸藏庋，于焉揚清芬，衍令緒也。白雲尚有《四書叢説》，何夢華曾梓入《何氏叢書》中，余止有一本。竢續得，當效此書故事，增充檀槴也。同治丁卯甲辰丙寅丁丙記。

（臺灣「國家」圖書館藏《許白雲先生文集》鈔本卷首）

讀書叢説六卷浙江吴玉墀家藏本

［清］紀　昀

元許謙撰。謙字益之，金華人。延祐中以講學名一時，儒者所稱白雲先生是也。事蹟具《元史·儒學傳》。自蔡沈《書集傳》出，解經者大抵樂其簡易，不復參考諸書。謙獨博覈事實，不株守一家，故稱《叢説》。如蔡氏釋《堯典》，本張子天左旋，處其中者順之少遲則反右之説。不知左旋者東西旋，右旋者南北旋，截然殊致，非以遲而成右也。日東出西没，隨大氣而左以成晝夜，非日之自行，其自行則冬至後由南斂北，夏至後由北發南，以成寒暑。月之隨大氣而左及其自行亦如之。謙雖不能盡攻其失，然《七政疑》一條謂七政與天同西行，恐錯亂紛雜，泛然無統，可謂不苟同矣。舊説《洛誥》「我乃卜澗水東、瀍水西」爲王城，據《召誥》《洛誥》，周公皆乙卯至洛，在召公得卜經營攻位，五日位成之後，是王城無庸再卜。謙謂此時王城已定，但卜處殷民之地，故先河朔黎水，以近殷舊都，民遷之便。次及澗東、瀍西，次及瀍東，皆以洛與此地相對定墨，而皆惟洛食。瀍澗流至洛，所經已遠，不知周公所卜者何處。又《吕刑》稱「惟作五虐之刑曰法」，爰始淫爲劓、刵、椓、黥，舊説以爲其刑造自有苗。謙謂苗乃專以刑爲治國之法，乃始過用其刑，非創造刑也。如此之類，亦頗不爲習聞所囿。至於説六律五聲，漫録《律吕新書》；説唐虞之脩五禮，漫録周官《大宗伯》之文；説《酒誥》太史内史，漫録周官《太宰》六典、八灋、八則、八柄之文，殊屬泛衍。書内載其師金履祥説爲多，卷首書紀年一篇，即據履祥《通鑑前編》起算，其閒得失雜出，亦不盡確然。宋末元初説經者多尚虛談，而謙於《詩》考名物，於《書》考典制，猶有先儒篤實之遺，是足貴也。其書與《詩名物鈔》《四書叢説》竝刊於至正六年，其版久佚。此本爲浙江吴玉墀家所藏，其第一卷中脱四頁，第三卷中脱兩頁，第五卷第六卷各脱四頁，勘驗别本亦皆相同，今亦無從校補，姑仍其舊焉。

（《四庫全書總目》卷一二，中華書局）

白雲先生讀書叢説序

［元］張 樞

右白雲先生文懿許公所著《讀書叢説》六篇。先生之子元與門人俞實叟等之所校讐，其文字無僞舛，可誦習。東陽張樞考其終始，而序次其説曰：

古者左史記事，右史記言。《春秋》者，左史之流，而《書》者，言與事皆記之也。古書篇第至多，聖人取其嘉言善行，可以垂世立教，近於時，切於事者，定著爲《書》百篇。凡聖賢傳道之微旨，帝王經世之大猷，盡在是矣。遭秦滅學，漢興，掇拾補綴於焚棄之餘，雖有所佚亡，猶幸其不遂堙没，而無傳於世也。於是立之學官，以教學子。孔安國始爲《書傳》，辭義簡質，至唐孔穎達撰《正義》，以推演其説，其後《書》説寖廣，見於著録者數十百家。精疲神瘁，間有所明，而其大要卒不能以出夫二家之説焉。朱子之爲經，於《書》屬之門人蔡氏，固嘗質疑問難，然非若《易》《詩》之有全書也。

本朝設科取士，並絀衆説，而專用古注疏，蔡氏猶以朱子故也，蔡氏之説或有未備。仁山先生文安金公於《書表注》《通鑑前編》引《書》語中，既剖析而著明之矣。先生受學之久，聞義之邃，獨患是經之傳出於朱子之門人，苟一毫之不盡，則學者無所折衷，非所以稱國家崇奬訓厲之意。乃研精覃思，博求其義，爲之圖説以示學者，使人人易知焉。於是言行並彰，細大畢備。《書》之奥義微旨，至此無餘藴矣。《叢説》中所引傳疏諸家之説，或采掇其辭，而易置其次，不必盡如舊也。蓋皆有所裁定而畢致其意，非徒隨文引援而已。雖其説時時少異於蔡氏，而異者所以爲同也。先生嘗誦金先生之言曰：「在我言之則爲忠臣，在人言之則爲讒賊，要歸於是而已。」豈不信哉？至正六年，門人南臺監察御史白野普化帖睦爾與其大梁楊公惠移浙東廉訪使，謂先生之遺書雖已行於世而學者倦於繙録，使得鋟板以傳，此誠學者之幸。廉訪使既受牒，轉移浙東宣慰使，請下屬郡，取於校官羨財，以給資用，如監察御使言。於是所著《詩名物鈔》八篇、《四書叢説》二十篇與《讀書叢説》皆刊行。

樞聞古之有道有德者必推己之所明以發人之所未明，己得之而後施於人，禮樂政教之謂也。夫豈自爲而已哉？其或邂逅無位不能見之專業，將以正人心，覺來世，莫大乎爲經。自世學不明，而士之爲經者各騖其偏私以求聖人之意，求之愈深而失之愈遠，言之愈廣而襲之愈晦，此世士之爲經者之所同病也。先生不幸無位，退而求之於經，不爲奇新，不求近名，卒以救往説之偏，得聖人之意，而會夫大中之歸。既没而其言立，其施於人者博矣。宜其爲士所宗，爲時所尚，考行易名，而令聞長世也。

先生諱字、世系、言行本末具今翰林直學士烏傷黄公溍所爲墓誌序銘，兹不述。元東陽張樞撰。

（《仰高許氏宗譜》卷二四，同治己巳年重修）

讀書叢説序

［清］胡鳳丹

白雲先生以講學名一時，博極羣書，著述宏富。其讀《詩》，有《集傳名物鈔》，余已重鋟之。今觀其《讀書叢説》，旁徵博引，考覈精嚴，雖祖述舊聞，要不肯株守一家，以自封其聞見。吾獨異世之學者墨守蔡傳，樂其説之簡易，而不復參考諸書，以折其衷而通其變，亦隘且陋矣。是書出，既砭後學空疏之病，而仍不失先儒篤實之遺，是可寶也。謹按《四庫書目》：二卷中脱四頁，三卷中脱兩頁，五卷六卷各脱四頁，無從校補。兹從《學海類編》鈔出付梓，以俟世之藏書家得古本以訂正焉，斯幸矣。

篤實謹嚴，言皆有物。張炳堃

能知前人著書之心，深爲來者讀書之勸。故言無不透，意無不明，至用力之勤，則可謂好學也已。彭崧毓

（胡鳳丹《退補齋詩文存·文存》卷一，清同治十二年退補齋鄂州刻本）

詩集傳名物鈔八卷内府藏本

［清］紀　昀

元許謙撰。謙有《讀書叢説》已著録。謙雖受學於王柏，而醇正則遠過其師，研究諸經亦多明古義，故是書所考名物、音訓頗有根據，足以補《集傳》之闕遺。惟王柏作《二南相配圖》，移《甘棠》《何彼穠矣》於《王風》，而去《野有死麕》，使《召南》亦十有一篇，適如《周南》之數。師心自用，竄亂聖經，殊不可訓。而謙篤守師説，列之卷中，猶未免門户之見。至柏所删《國風》三十二篇，謙疑而未敢遽信，正足見其是非之公。吴師道作是書序，乃反謂已放之鄭聲何爲尚存而不削，於謙深致不滿，是則以不狂爲狂，非謙之失矣。卷末譜作詩時世，其例本之康成，其説則改從《集傳》，蓋淵源授受，各尊所聞。然書中實多采用陸德明《釋文》及孔穎達《正義》，亦未嘗株守一家，名之曰「鈔」，蓋以此云。

（《四庫全書總目》卷一六，中華書局）

詩集傳名物鈔序

［元］吴師道

白雲先生許君益之《讀四書叢説》，某既爲之序矣，其徒復有請曰：「先生所論著，獨《詩傳名物鈔》爲成書，向聞屢以示子，而一二説亦厠子名于其間，子曷有以播其説？」

師道竊惟《詩》之興，尚矣！當周盛時，在下則有二南之《風》，在上則有《雅》《頌》之作，周公取以列之經。幽、厲之後，《風》《雅》俱變，夫子於諸國之《風》，則删其淫邪；於公卿大夫之作，則取其可爲訓戒者。東遷之後，王國並列於《國風》；而於商周之初，考其遺失，又得《商頌》之類；至《魯頌》，則因其所用之樂歌，以著其實。以是合於周公之所取，而爲三百篇。若「自衛反魯，樂正，《雅》《頌》各得其所」，則指周公之經殘闕失次者爾。是《詩》之爲經，始定於周公，再定於夫子，遂爲不刊之典。不幸厄於秦火，中可疑者多，而諸儒不察。由漢以來，毛鄭之學專行。歷唐至宋，一二大儒始略出己意，然程淳公、吕成公猶主《序》説。子朱子灼見其謬，汛掃廓清，本義顯白。每篇則定其人之作，每章則約以賦、比、興之分，叶音韻以復古，用吟哦上下、不加一字之法略釋而使人自悟，破拘攣，發蒙蔀，復還温柔敦厚、平易老成之舊，自謂無復遺恨。嗚乎！《詩》一正於夫子而制定，再正於朱子而義明。朱子之功，萬世永賴，此《名物鈔》之所爲作也。自北山何先生基得勉齋黄公淵源之傳，而魯齋王先生柏、仁山金先生履祥授受相承，逮君四傳，有衍無間，益大以尊。君念朱《傳》猶有未備者，旁搜博采，而多引王、金氏，附以己見，要皆精義微旨，前所未發。又以小序及鄭氏、歐陽氏《譜》世次多舛，一從朱子補定。正音釋，考名物度數，粲然畢具。其有功前傳，嘉惠後學，羽翼朱《傳》於無窮，豈特小補而已哉？

然有一事，關於《詩》尤重者，不可默而弗言。魯齋嘗謂今之三百篇，非盡夫子之舊。秦火，《詩》《書》同禍，《書》亡缺如此，何獨《詩》無一篇之失？如《素絇》《唐棣》《貍首》《轡柔》《先正》等篇何以皆不與？而已放之鄭聲，何爲尚存而不削？劉歆言：「《詩》始出時，一人不能獨盡其經，或爲《雅》，或爲《頌》，相合而成。」蓋聞夫子三百篇之數而不全，則以世俗之流傳、管弦之濫在者足之而不辨其非。朱子固嘗疑《桑中》《溱洧》諸篇，用之祀何鬼神？享何賓客？何詞之諷？何禮義之正？不得已，則取曾氏所以論《戰國策》者，謂「存之而使後世知其非，知所以放之之意」。金先生屢載於《論語考證》，謂諸儒皆然之。師道嘗舉以告君，君方遵用全經，宜不得而取也。今鈔中《二南相配圖》，王先生所定者，蓋合各有十一篇，退《何彼穠矣》《甘棠》於《王風》，而削去《野有死麕》，則君固有取於斯矣。以君之謹重，慮啓夫末流破壞之弊，然卓然有見，寤疑辨惑，如王先生之言，使淫邪三十五篇悉從屏黜之例，豈非千古一快？朱子復生，必以爲然也。惜斯論未究，君不可作矣！姑識於序篇之末，以俟後君子考焉。

至元重紀之五年歲在己卯六月戊子朔，友生吳師道序。

（《詩集傳名物鈔》卷首，通志堂經解本）

詩集傳名物鈔序

［清］胡鳳丹

吾郡理學之傳，莫盛於宋。迨元延祐中，許文懿公以講學名一時，而薪傳賴以不墜，世所稱白雲先生是也。是書多采用陸德明《釋文》及孔穎達《正義》，未嘗株守一家，故名之曰「鈔」。

謹案：國朝《四庫書目提要》稱先生受業於王柏，而醇正則遠過其師，研究諸經亦多明古義，故是書所考名物、音訓，頗有根據，足補《集傳》之闕遺。五卷。末譜作詩時世，其例本之康成，其說則改從《集傳》。蓋淵源授受，各尊所聞之義也。今取通志堂經解刻本校付梓人，仍其舊，釐爲八卷。先生雖王文憲弟子，而於文憲所刪《國風》三十二篇，獨疑而未敢遽信，正足見其是非之公，視彼硜硜然別户分門，而罔知博取於人以爲喜者，其相去奚啻霄壤耶？此外有《讀書叢説》六卷、《讀四書叢説》四卷，待購善本，次第刊行，俾世之窮經者知所參考焉。

讀書得間，可以論世，可以知人。何國琛

喜爲折衷。林壽圖

洞悉源流，評騭允當，非率爾操觚者。張凱嵩

（胡鳳丹《退補齋詩文存·文存》卷一，清同治十二年退補齋鄂州刻本）

讀四書叢説提要

［清］紀　昀

元許謙撰。謙有《詩集傳名物鈔》，已著録。案《元史》本傳：謙讀《四書章句集注》，有《叢説》二十卷。謂學者曰：「學以聖人爲準的，然必得聖人之心而後可學聖人之事。聖賢之心，具在《四書》；而《四書》之義，備於朱子。顧辭約意廣，讀者安可易心求之乎？」黄溍作謙墓誌，亦稱是書敦繹義理，惟務平實，所載卷數與本傳相同。明錢溥《祕閣書目》尚有《四書叢説》四册，至朱彝尊《經義考》則但據《一齋書目》編入其名，而注云未見，蓋久在若存若亡閒矣。此本凡《大學》一卷，《中庸》一卷，《孟子》二卷，《中庸》闕其半，《論語》則已全闕，亦非完書。然約計所存猶有十之五六，即益以所闕之帙，亦不能足原目二十卷之數，殆後來已有所合併歟？書中發揮義理，皆言簡意該，或有難曉則爲圖以明之，務使無所凝滯而後已。其於訓詁名物亦頗考證，有足補《章句》所未備，於朱子一家之學可謂有所發明矣。

（《四庫全書總目》卷三六，中華書局）

讀四書叢説序

［元］吴師道

《讀四書叢説》者，金華白雲先生許君益之爲其徒講説，而其徒記之之編也。君師仁山金先生履祥，仁山師魯齋王先生柏，從登北山何先生基之門；北山則學於勉齋黄公，而得朱子之傳者也。《四書》得二程子表章，肇明其旨，至朱子《章句集注》之出，折衷羣言，集厥大成，説者固蔑以加矣。門人高第，不爲不多，然一再傳之後，不泯没而就微，則畔涣而離真，其能的然久而不失傳授之正，則未有如於吾鄉諸先生也。蓋自北山取《語録》精義以爲《發揮》，與《章句集注》相發；魯齋爲標注點抹，提挈開示；仁山於《大學》有《疏義》《指［義］》，《論》《孟》有《考証》，《中庸》有標抹，又推所得於何、王者，與其己意并載之。

君上承淵源之懿，雖見仁山甚晚，而契詣最深。天資純明，而又加以堅苦篤實之功，妙理融於言表，成説具於胸中，問難開陳，無少凝滯，抑揚反覆，使人竦聽深思，隨其淺深而有得焉。故自遠方來從學者，至數百人，遂爲一時之盛。今觀《叢説》之編，其於《章句集注》也，奥者白之，約者暢之，要者提之，異者通之，畫圖以形其妙，析段以顯其義。至於訓詁名物之缺，考証補而未備者，又詳著焉。其或異義微牾，則曰：「自我言之，則爲忠臣；自他人言之，則爲讒賊。金先生有是言也。」此可以見其志之所存矣。嗚呼！欲通《四書》之旨者，必讀朱子之書；欲讀朱子之書者，必由許君之説。茲非適道之津梁，示學之標的歟？

先是，君未没時，西州人有得其書而欲刊之者。君聞，亟使人止之，且恐記録之差也，則自取以視，因得遂爲善本。諸生謂予嘗辱君之知，俾序其所以然。竊獨惟念昔聞北山首見勉齋，臨川將别，授以「但熟讀《四書》」之訓。晚年悉屏諸家所録，直以本書深玩，蓋不忘付囑之意。自是以來，諸先生守爲家法，其推明演繹者，將以反朱子之約而已。故能傳序不差，閎大光明，式克至於今日也。又念某識君之初，嘗以持敬致知之説質於君。君是之，復舉朱子見延平時，其言好同惡異，喜大恥小，延平語以「吾儒之學，理不患其不一，所難者分殊耳。」朱子感其言，精察妙契，著書數十萬言，莫不由此。學者於朱子之書，當句誦字求，必若朱子之用功而後足以得其心。此君之拳拳爲人言者也。然則，得君之《叢説》而讀之者，其於君教人讀書之法，尤不可以不知也，故因並著之。

君名謙，其世系履行，與凡他經論著，詳具友人張樞子長所爲《行述》，茲不復序云。

（吴師道《吴禮部文集》卷一五，《北京圖書館古籍珍本叢刊》第九三册）

讀四書叢説序

［清］胡鳳丹

古之著書立説者，非苟爲炳烺於詞章而已也。要必有裨於國家化民成俗之方，儒者修己治人之要，斯其書乃足名當時而垂後世，吾於白雲先生《四書叢説》信之矣。先生受業於王文憲，而學道之醇正則遠過其師，故其研究諸經各有心得。嘗讀《四子書》，謂學者曰：「學以聖人爲準的，不得聖人之心，則不知聖人之道；欲求聖人之道，必先明聖人之心。聖人之心何在乎？具在於《四書》也。《四書》之義曷詳乎？莫詳於朱子也。」朱子讀《學》《庸》而作《章句》，讀《論語》《孟子》而作《集注》，其書既如日月經天，江河行地矣，後之人何庸更置一喙乎？乃先生猶恐學者之狃於一見也，教者之不能旁參也。凡朱子之所考覈者無不紬繹而引伸之，而朱子之所未發則又繪圖以明其説。嗚呼！何其用心勤而信道篤也。然則有朱子而《四書》之義顯，固爲聖人萬世之功臣；有先生而補《章句》之所未備，亦豈非朱子萬世之功臣哉？按《四庫書目》稱：是書《大學》一卷，《中庸》一卷，《孟子》二卷，《中庸》缺其半，《論語》則已全佚云云。余兹從《經解集録》中鈔出，均係完本，亦一快事也。重錽之，以詒世之志於聖人之道者。

寓嚴整於縱横變化之中，此詣正不易到。張炳堃

諸公賞其行文之妙，予獨服其好學之勤。表彰前賢，啓迪後學，以獲是書完本爲快事，其用心爲何如哉？宜其抒寫胸臆有此渾浩雄直之文。彭崧毓

振筆直書，使閲者目不暇瞬，此文之以氣勝者。而收放提接俱有法度，自是傑搆。

至其博覽羣書，津逮後學，篇内「信道篤而用心勤」一語直自道語也。張凱嵩

（胡鳳丹《退補齋詩文存·文存》卷一，清同治十二年退補齋鄂州刻本）

四書叢説跋

［清］許　炳

《四書叢説》不傳世久矣。今年春族祖書耕領祠帑赴省，獲知原本爲杭城何夢華先生所藏，遂叩其家，方知捐己囊付梓告成矣。購數册攜以歸，昕夕尋繹，寳若拱璧。噫！我文懿公講學八華山，門徒遍天下，述作流布，嘉惠後學者廣矣，奚待藏諸名山哉？更有《詩名物鈔》一帙，亦何君手抄完本也。時倉猝告别，未能偕讀，心殊悵悵，緣印吴、張二公序，而是書不能就梓，或者待後人以傳焉，實有望焉。謹本書耕語述諸左。

道光辛巳十年。裔孫炳跋。

（《仰高許氏宗譜》卷二四，同治己巳年重修）

論語叢説三卷提要

［清］阮　元

元許謙撰。伏讀《四庫全書總目》云：《元史》許謙本傳載謙讀《四書章句集注》，有《叢

說》二十卷。此本凡《大學》一卷，《中庸》一卷，《孟子》二卷，《中庸》闕其半，《論語》則已全闕。是編從元人刻本依樣影抄，其中有正文而誤似注者，如中卷晝寢章、衣敝章，下卷侍坐章、驥章、爲邦章、性相近章、荷蓧章，乃元代刻書陋習，悉仍其舊。案謙受業于金履祥，故書中引履祥之説獨稱先生。吴師道云：欲讀朱子之書必由許君之説。今考是書，發明朱子之學，旁引曲證，不苟異，亦不苟同。泰伯章云王文憲謂《集注》朱子因舊傳修入，未及改；美玉章云沽去聲訓賣，若平聲則訓買，于此義不相合；川上章云舍去聲，止息也，見《楚辭辨證集注》，未及改；割不正不食節則云古者燕饗有大臠曰胾，又云其餘牲、體、骨、脊及腸、胃、肺、心，割截各有一定，所謂不正則不合乎度者。頗有根據，皆足以資考證也。

（阮元《四庫未收書提要》卷三，清刻《揅經室外集》本）

讀中庸叢説二卷提要

［清］阮　元

元許謙撰。案《元史》本傳：謙讀《四書章句集注》，有《叢説》二十卷。朱彝尊《經義考》據《一齋書目》收入總經類，注云未見。《通志堂經解》亦未及編刻，蓋世已久不見其書矣。今《四庫全書》所收祇《大學》一卷、《中庸》一卷、《孟子》二卷而已。《中庸》本二卷，已佚其半。今《論語》則已全佚。今除《論語叢説》三卷已從元板影録進呈外，復從吴中藏書家得元板《中庸叢説》足本二卷。又影録副本以補前收之所未備，而許氏之書遂成完璧。案黄溍爲謙作墓誌，載此書卷數二十，與本傳相符。今所録者俱遵元板，《論語》三卷，《中庸》二卷，合之《大學》一卷，《孟子》二卷，得八卷，皆首尾完整。明《祕閣書目》所載《四書叢説》亦止四册，殆與今本相同。蓋未可據墓誌本傳而疑其尚有闕佚。

（阮元《四庫未收書提要》卷三，清刻《揅經室外集》本）

絳守居園池記跋

［元］張　樞

辭尚質，質則氣完。輕重高下疾徐之節安，則喜怒哀樂愛惡之情展。夫惟知道之士含和而吐華，辭盛致腴，不煩繩削，而正奇可師也。故唐虞君臣之言，渾渾如也；夏商周之言，皎如也；秦漢之言，振振如也。雖粹駁清厚之氣，人有不同，因其才之所至，皆足以自名一家，本乎質故也。漢中葉以降，辭益落，爰始淫爲浮輕側纖，拘爲俚俗，矯爲陗藆，辭人人殊，去古日遠，氣卑則言不振，質不足故也。唐繼古制，世平而聲和。在貞觀、永徽時，則岑文本、魏徵、虞世南、褚遂良滌其源。在垂拱、開元時，則陳子昂、張説、九齡、蕭穎士、李華導其流。在大曆、興元時，則獨孤及、梁肅、權德輿揚其波，辭稍振矣。然去秦漢人所次猶遠。蓋其力僅僅及是犇趍，赴則僵。至貞元、元和時，韓愈氏作，大放厥辭，力復于古，雖正奇迭用，而一本乎質，用能奄有秦漢，追商周而睨之，辭乎復此。其始也，時有河東柳宗元，辭始今古犬牙，厠陳、張、梁、權間。洎左官牢愁，思益專，辭益振，破觚斲雕，幼眇回鬱，傑然與韓辭相上下。唐世言文章者，稱韓柳焉。于時隴西李翺慕愈而效之，振策而驅之，然不敢異之也。故史稱翺爲文尚氣質，卒得與韓同謚。贊皇李德裕作文論，亦言文主氣質，辭雖未至，識則精詣不群。南陽樊宗師與韓柳氏亦同時，又相好也。視二氏之逸駕絶足，瞠乎若恐後之，將掉鞅争先，則力之不能及，欲頫仰襲訟，則恥爲之下。於是瘁心竭液，恢詭險僻，務奇以掩之。此誠不足陵出其右，而祇喪厥質，氣不完者其辭弊，固其所也。宗師之辭夥兮，惟《絳守居園池記》獨傳，怪之尤者也。然其形墜名物，足㠯辨方考志；清言雅趣，足㠯摹寫光景。好古博雅之士存之而不廢也。其辭義句讀不可易知，自宋以來，作訓故者數家，往往探討疲而乖舛衆。金華吴君正傳始取趙氏注，補其闕而正其訛，白雲先生高陽許君益之又從而審辨之，繇是文義明而句讀别。夫二君之於學，窮六籍之菁華，明百氏之邪正。時其整暇，品游豫屬之。豈大章咸池、桑林之舞，既高張宫廷，飫聞而慨繹之，而夷休之音、巴渝之曲，亦充備下陳者與？且樊氏之失，二君既揞而明之，其間可採摭如鄉予所云者，亦不忍遽棄也。古也有志君子之取善也，博以周子，於二君見之矣。東陽張樞云。

（《絳守居園池記注》卷末，《續金華叢書》本）

絳守居園池記注跋

［清］胡宗楙

《絳守居園池記》，唐樊宗師撰，元灤陽趙仁舉注，蘭溪吴師道正誤、補遺，許謙又爲補正四十一條，師道乃重加刊定。《吴禮部集》有《絳守居園池記題後》，又有分題賦《絳守居》一首。惟其服膺宗師，故于此記再三致意。明弘治間刻本，前有仁和陳良器序，後有東陽張樞跋，言之綦詳。民國二年，宗師裔孫山陰樊漱圃氏從江南圖書館景寫弘治本轉鈔，標題繇絳書屋刊本，余據付剞劂，復爲校訂數字，質之漱圃。漱圃又刻諫議總集，裒然成帙。爬搜剔抉，鍥而不舍。余既爲之弁言，特識厓略于此，以見文字有同好云。季樵胡宗楙。

（《絳守居園池記注》卷末，《續金華叢書》本）

儀禮經注點校記異後題

［元］吴師道

昔者昌黎韓公嘗患《儀禮》難讀，讀之難，故讀者少，而善本亦少也。永嘉張淳忠甫校定，又别爲一書以識其誤，號爲精密。而朱子猶笑其不能正《釋文》之謬，故其輯《經傳集解》，考正文字，詳著條下，幸惠後學大矣。許君益之點抹是書，按據《注疏》，參以朱子所定，將使讀者不患其難。獨不鄙夷而以下教，時時一二小見，特劾之君，或有取焉。往復數年，必欲無毫髮遺恨而後已。本既定，傳藏於家。杜君原甫令其徒蔣師文傳點，君又見東萊吕子點校本，且記與今本異者見示。蓋吕以成都石經校印本，標其異者於上，而注中多塗改增字。其標者意兩存之，而塗改則斷以己見，此非吕子不敢也。考之吕集《附録》，從子喬年記吕子標抹書首出《儀禮》，豈即此本耶？凡吕子所標抹，必點句讀，吾鄉故家所藏《史記》《資治通鑑》之類可証也。喬年謂：「一字一句，點畫皆有深意，而所得之精，多見於此。」愚因杜君而獲此，又豈非幸歟！顧未及示許君，攜以遠行，暨歸，則君已歿而不及見矣。今所録，自《喪服》後缺其句讀，與許君不同者，除改字再句勿論，凡十有三條，欲質而無從，固所深恨。然十一卷中不同者僅止此，餘無不合，益歎君之精詣絶識。使及見之，當有以自信，而世之未知君者，於此亦可以見其學矣。吕本雖非完，尤當寶惜，恐其久而放失者也。謹著標字於前，而並列二家點句之異於後，且序其所以然者。若夫學者有志於古，求通聖人之制度，而究觀先儒之用心，則有全書在。

（吴師道《吴禮部文集》卷一八，《北京圖書館古籍珍本叢刊》第九三册）

白雲歷代指掌圖説

［元］戚崇僧

白雲先生《歷代統系圖》自帝堯元載甲辰迄至元十三年丙子，總三千六百三十三年，取義已精，愚約爲指掌，以便觀玩。夫聖王在上曰大一統，天運正，品類之亨也。世衰道隱，智力相雄，統一有之。蓋白書建號者，統天下也。揭國於中者，宅中以系同時也。儕於等而字差高者，國大或祚久跡中也。書六甲起止者，歷數相繼也。《通鑑綱目》嘗黜魏尊蜀，《系圖》乃中魏偏蜀，何耶？豈不以書蜀漢從光武，書東漢曰東，曰蜀著自起也？曰：漢著上承也，意在言表，亦可以見。然《綱目》辨順逆之得失，《統系圖》分區域之偏正，並行不悖也。馬晉來金陵，趙宋來錢塘，播遷一體，書法不同，蓋嗣世之君，父死子繼，兄亡弟及。元帝非惠、懷二帝之後而遠出於宣王，高宗乃徽宗之子、欽宗之弟，則東晉當與東漢別出之，而高宗猶太祖之宋，同平王之周也。李繼遷稱號荒服之外，故畧之。夫三皇，春也；五帝，夏也；三王，秋也；五霸，冬也；七國，冬之餘列也。漢王而不足，晉霸而有餘。三國霸之雄者也，十六國霸之叢者也，南五代霸之借也，北五朝霸之傳舍也。隋，晉之子也；唐，漢之弟也。後五代之霸，日未出之星也，邵子之言至矣。

至正乙酉，金華戚崇僧述。

（《蓉麓戚氏宗譜》卷二，民國庚午年重修）

元東陽許氏詩譜鈔跋

［清］吴　騫

元東陽許文懿公嘗以鄭、歐之譜世次容有未當，别纂《詩譜》繫於《詩集傳名物鈔》。其間如《二南相配圖》，退《何彼穠矣》《甘棠》於《王風》，而削《野有死麕》，猶之魯齋王氏欲黜淫邪之詩三十餘篇。子朱子不取小序，蓋其師學授受相承如此。特所序諸國傳世歷年甚悉，有足資討覈者。爰爲輯訂，附於《詩譜》補亡之後。孟子曰：「誦其詩，讀其書，不知其人，可乎？是以論其世也。」

《詩譜》者何？論世之書也。學者既觀於鄭、歐之譜，復以許氏之説參伍考訂，融會貫通，雖「四始」「五際」，直且探其微義，又奚世之不可論哉？

甲辰七月曝書後一日識。

（吴騫《愚谷文存》卷四，清嘉慶十二年刻本）

許益之秋夜雜興詩

［元］吴師道

右古詩十二首，白雲先生許君益之之所作也。乙亥之夏，某病目甚劇，至秋稍平，則以文字承教於君。君勸以損讀省思，毋爲此無益也。一日，忽寄是詩來，且以書言之曰：「吾欲子之見之爾，慎無和也。」蓋君平時罕作詩，以爲不發於興趣之真，不關於義理之微，不病而呻吟者，皆非也。然則此豈苟作哉！觀其文貌音節，上溯晉魏，而寄興高遠，旨味淵泳，則有得於紫陽夫子《感興》之遺者也。既不鄙而教我，又慮其苦心動疾而愛我，君之於我乃至此哉！後二年而君卒，又二年某歸自江東，始克拜其墓下，絶響僅存，手墨如故。嗟九原之不作，悼知己之寖稀，因叙梗概於後，爲之輟筆泫然。

（吴師道《禮部集》卷十八，《北京圖書館珍本叢刊》第九三册）

跋許益之古詩序

[元]陳　旅

右國子博士吴正傳氏所藏金華許先生古詩十三首。先生不喜矜露，人罕見其辭章，今寫此以遺正傳，豈非以相知之深，相好之篤而然歟！旅嘗病夫近世有儒者、詩人之分也，深於講學而風雅之趣淺，厚於賦詠而道德之味薄，要非其至焉者，其至焉者無儒與詩人之分也。先生沉潛載籍，大而聖賢心學之藴，細而名物度數、文字、句讀、音義之詳，靡不究極。隱居終身，不以自外至者易其素守，計其平日之所以用其心者，殆若未遑他及。而此詩冲澹醖藉，音節跌宕，而興致高遠，乃若専久于爲詩者，是豈可以向所謂儒者目之哉？其庶幾吾之所謂至焉者邪！觀其詩，想其爲人，蓋亦一世之豪傑而不見於用者邪？旅學不進而志未衰，欲受教於淛河之東，而先生已矣。三復遺墨，不勝悵罔而歔欷也。

（陳旅《安雅堂集》卷一三，文淵閣《四庫全書》集部第一二一三册）

題許先生古詩後

［明］宋　濂

文懿先生許公嘗賦《秋夜感興詩》一十二首，録寄其友吴公正傳。至元末，吴公自建德尹入教國子，既已謹志其事，俾陳監丞衆仲題於卷後。他日閱篋衍，又得先生《遺興詩》十首，吴公手鈔綴於前卷，復與衆仲各有論識。衆仲之言病夫世之論詩有儒者、詩人之分，而謂先生獨能兼之，可謂知言而無復遺憾者已。龍泉章君三益久慕先生之學，近獲此卷於吴公之子濬仲，將琢石勒寘龍淵義塾，以濂頗與聞先生之道，請申言之。

夫自陳伯玉倡爲《感遇詩》三十八首，而李太白繼作，遂衍爲五十有九，君子稱其得《風》《雅》之正。至於文公朱子《感興》之什，其數比陳僅餘其半，方之於李則將闕其三之二。言辭固若不多，然於太極陰陽之數，家國治亂之由，異端害道之故，無所不及。非惟二子不能道之，黄初而降，大曆以前，吾恐未有臻斯理者也。今先生之詩，其音節則倣二子而絶仙佛之誕，其旨趣則本文公而寫性情之真。雖言無統例，與朱子少殊，而其寄詠之深，隱憂之切，實有出夫二子之外，其於傳世固無疑者。而濂於衆仲之言，則不能無所感焉。詩、文本出於一源，詩則領在樂官，故必定之以五聲，若其辭，則未始有異也。如《易》《書》之協韻者，非文之詩乎？《詩》之《周頌》，多無韻者，非詩之文乎？何嘗歧而二之！沿及後世，其道愈降，至有儒者、詩人之分，自此説一行，仁義道德之辭遂爲詩家大禁，而風花煙鳥之章留連於海内矣，不亦悲夫！於是衆仲之殁已久，而吴公亦不可見，無從質正。始因三益之詩爲書其末，以足衆仲之所未言。雖然，濂之語激矣，夫豈知詩者哉？

（宋濂《宋文憲公全集》卷四五，嘉慶十五年嚴氏校刊本）

秋夜不寐，觸物感事，雜然成章，言無沗例，適興而已，凡十二首跋

［元］蔣　易

右詩共乙十三首，乙亥仲冬，易自虎林還，舟次蘭江，望金華山，有懷許先生詩一首云：「泊舟蘭江岸，遥睹金華山。兹山鐘秀多，佳氣長鬱盤。自從乾淳來，文獻何班班。至今高蹈人，嘯傲羲黄間。我欲從之游，歲暮衣裳單。求道諒無勇，佇立空長嘆。」遂訪正傳縣尹。示易此卷，且言：「先生平日未嘗作詩，近忽寄此，興致高遠，真所謂有德者必有言也。」乃命其子録以贈余。比還岸，舟發已良久，余并岸走十里許，始及登舟。舟人問焉往，余告之故，皆揶揄大笑，余亦不覺失笑。臘月二日重録于思勉齋，就識左方。

（蔣易《皇元風雅》卷二十，《續修四庫全書》集部第一六二二册）

附録三　其他傳文交遊資料

宋元詩會・許謙

字益之，其先京兆人，徙金華，至謙方五世。父觥，宋淳祐七年進士，仕未顯，以歿。謙生數歲而孤，世母陶氏口授《孝經》《論語》，入耳輒不忘。稍長，肆力于學，取四部書分晝夜讀之，雖疾不廢。既乃受業金履祥，盡得其所傳之奥。于是隨所誦讀，輒有發明。于《四書集注》則著《叢説》二十卷，于《尚書》則著《叢説》六卷，于《詩傳》則著《名物鈔》八卷。其觀史有《治忽幾微》，蓋倣史家年經國緯之法，起太皡氏，訖宋元祐元年司馬光卒之月，備其世數，原其興亡，以爲光卒則中原之治不可復興，故附于獲麟之義，以致意焉。延祐初，居東陽八華山，四方來學者，遠而幽、冀、齊、魯，近而荆、揚、吴、越，皆不憚百舍相從。先後論薦于朝者，章數十上；鄉闈大比，請司衡文，皆莫能致。學者視其安否爲斯道之隆替焉。卒年六十八，世稱白雲先生。由何基、王柏、金履祥至謙，而道益著，故推原統系者，目謙爲考亭之嫡嗣焉。詩調平常，端人正士之言，正不必求諸新異也。

（陳焯《宋元詩會》卷七十三，文淵閣《四庫全書》集部第一四六四册）

元詩選・白雲先生許謙

謙字益之，金華人。受業於仁山金履祥，盡得所傳之奥。浙東憲府聞其名而辟之，弗就。廉訪使劉廷直、副使趙宏偉先後舉茂才异等，復以遺逸薦，皆固辭。延祐初，居東陽八華山，學者不憚百舍重趼而至，著録者千餘人，隨其材分皆有所得。獨不以科舉之文授人，曰：「此義、利所由分也。」不出里閭者四十年，四方之士以不及門爲恥。至元三年卒，年六十有八。世稱白雲先生，賜謚文懿。所著有讀《四書叢説》《讀書傳叢説》《詩名物鈔》《觀史治忽幾微》若干卷行世。

先是北山何基得朱子之傳於黄勉齋，而魯齋王柏又師友於北山，仁山金氏則學於魯齋而及登何氏之門者也。學者推原統緒，以三先生爲朱子之世適，而文懿實任其傳。江浙行省爲請於朝，建四賢書院以奉祠事。其所傳《白雲集》四卷，亦多扶翼經義、張維世教之言，徒以詞章論之，淺矣。

（顧嗣立《元詩選》初集卷四七，文淵閣《四庫全書》第一六四九册）

歷代詩餘·許謙

許謙字益之，金華人。受業金履祥之門，延祐間隱居東陽八華山，屢薦不起，自號白雲山人。卒賜謚文懿，有《白雲集》。

（沈辰垣《歷代詩餘》卷一百九，文淵閣《四庫全書》集部第一四九三册）

詞綜補遺·許謙

許謙字益之，金華人。受業金履祥之門，累薦不起。延祐中以講學名。至元三年卒，賜謚文懿，學者稱白雲先生。有《白雲集》。

《四庫全書總目》：宋末元初説經者多尚虛談，而謙於《詩》考名物，於《書》考典制，猶有先儒篤實之遺。其詩理趣之中頗含興象，五言古體尤諧雅音，非《擊壤集》一派涉理路者比。文亦醇古，無宋人語録之氣，惟《與王申伯》一詩宗旨入於老、莊，非儒者所宜言。

（陶樑《詞綜補遺》卷十九，《續修四庫全書》集部第一七三〇册）

大觀録・文懿許謙

公字益之，金華人，受業金履祥之門，得其精奥。開門講學，四方之士以不及門爲耻，至以其身之安否爲斯道之隆替。著《叢説》《名物鈔》《自省編》諸書。至元中卒，賜謚文懿。

（吴升《大觀録》卷十，《續修四庫全書》子部第一〇六六册）

六藝之一録・許謙

許謙字益之，金華人，受業金履祥之門，盡得其所傳。其他若天文、地理、典章、制度、食貨、刑法、字學、音譜、醫經、術數之説，亦靡不該貫。延祐初，居東陽八華山，學者翕然從之。嘗以白雲山人自號，世稱爲白雲先生，賜謚文懿。《元史》。

（倪濤《六藝之一録》卷三五七，文淵閣《四庫全書》子部第八三七册）

佩文齋書畫譜・許謙

許謙字益之，金華人，受業金履祥之門，盡得其所傳。其他若天文、地理、典章、制度、食貨、刑法、字學、音譜、醫經、術數之説，亦靡不該貫。延祐初，居東陽八華山，學者翕然從之。嘗以白雲山人自號，世稱爲白雲先生，賜謚文懿。《元史》本傳。

（孫岳頒《佩文齋書畫譜》卷三十七，文淵閣《四庫全書》子部第八二〇册）

論元詩絶句・許謙

［清］謝啓昆

著書能闢利名關，採藥東陽髩已斑。不出里門三十載，白雲深護八華山。許謙

（謝啓昆《樹經堂詩續集》卷七，《續修四庫全書》集部第一四五八册）

金華縣志・觀山

觀山觀，亦作「官」，許謙居此，因名許村。

（《（光緒）金華縣志》卷二，民國二十年鉛字重印版）

金華縣志・許謙宅

許謙宅　在縣北十里許。謙六世祖某由平江徙此。《婺書》：謙宋亡，家毁，僑居城闉。《道光志》。

（《（光緒）金華縣志》卷四，民國二十年鉛字重印版）

金華縣志・許謙墓

先儒謚文懿許謙墓　縣西北婺女鄉許官山章進塘，黄溍撰墓志。成化初推官林沂表其阡。見劉蒞撰《何文定修墓記》。弘治間，同知薛敬之題道左曰「處士許白雲之墓」。正德間推官葉相建祠。《成志》案：墓入《防護録》。

（《（光緒）金華縣志》卷四，民國二十年鉛字重印版）

東陽縣志・八華書院

八華書院　附白雲亭、八華精舍、迎華亭、彭山書院。在縣西南四十里，元儒許謙進學之所。八華山在懷德鄉，八峰環列，奇勝獻華。舊有景陵庵、迎華觀，皆佛廬也。文懿病目眚，倦於應接，門人許孚吉迎至兹山講學，文懿殁，明初許和伯兄弟建白雲亭。正統初，許彦洪重建八華精舍，其後許一元於八華之麓、彭山之阿構精舍一區曰彭山書院。

（党金衡《（道光）東陽縣志》卷一八，民國三年東陽商務石印公司石印本）

金華府志・觀山

觀山許白雲六世祖由平江徙居于此，因名許村。

（《（萬曆）金華府志》卷三，明萬曆六年刻本）

金華府志・八華山

八華山縣西南四十里。金華許白雲講學於此，西界義烏。許一元詩：千尺嶙峋舊有亭，白雲收盡八峰青。我來重上松風閣，急雨飛濤白日聽。

（《（萬曆）金華府志》卷三，明萬曆六年刻本）

金華府志・白雲許文懿公墓

白雲許文懿公墓縣北婺女鄉許官山，歲久荒圮。成化間推官林沂重爲立石，弘治間同知薛敬之題道左曰「處士許白雲之墓」，正統間推官葉相又建祠宇，審編灑掃人役。近爲奸鄰承攬，祠宇傾頹，且侵其葬地云。

（《（萬曆）金華府志》卷三，明萬曆六年刻本）

金華府志・白雲亭

白雲亭在東陽縣八華山，許白雲先生講學之所。先生詩：「夜深來此倚欄干，十里樓臺俯首看。月到中天花影正，露零平地草光寒。氣清頓覺山川近，意遠從知宇宙寬。一嘯直從雲外落，幾家兒女夢初殘。」

（《（萬曆）金華府志》卷二四，明萬曆六年刻本）

萬姓統譜・許謙

許謙，字益之，金華人。父觥，淳祐進士，未顯而没。謙自幼力學，於書無所不讀。聞金履祥道學，往從之，以求聖賢之心。晚年四方來從者數百人，然素志沖澹，恬不近名，世號白雲先生，所著有《詩集傳》《四書叢説》。

（凌迪知《萬姓統譜》卷七六，文淵閣《四庫全書》子部九五七册）

禪寄筆談・高尚

婺州白雲許先生謙，字益之，隱居金華山，四十年不入城府。著書立言，足以垂教後世。浙東廉使王公繼學訪先生於山中，謂先生清氣逼人可畏。既退，明日以學行薦於朝。有録其薦文至者，先生方講説，目不少視，其無意於仕宦如此。先生殁，追謚文懿。蓋吾鄉之表表者。百世之下，聞先生之風，尚能使人興起。

（陳師《禪寄筆談》卷八，《四庫存目叢書》子部一〇三册）

南村輟耕録・許文懿先生

婺州許白雲先生謙，字益之，隱居金華山，四十年不入城府。著書立言，足以垂教後世。浙東廉使王公繼學訪先生於山中，謂先生清氣逼人可畏。既退，明日以學行薦於朝。有録其舉文至者，先生方講説，目不一少視，其無意於仕宦如此。先生殁，追謚文懿先生。

（陶宗儀《南村輟耕録》卷九，《歷代史料筆記叢刊》本）

閑適劇談・許謙

許謙以道學，乃於釋老之言，亦洞究其藴，嘗謂學者：「孰不曰闢異端，苟不深探其隱，而識其所以然，能辨其同異、别其是非也幾希。」蓋今世學者，當六經發明之後，三教鼎立之餘，百家並顯之世，苟不互相探討，然後黑白秩秩矣。吁！遊百花園而不熟視衆卉，何以得牡丹、芍藥；入織機館而不細研群杼，何以得齊紈、蜀錦；士人不奥入三教百家之説，而得其肯綮，又豈知六經爲美花良織也耶？士志於道，須旁通衆説，則得所指歸。

（鄧球《閑適劇談》卷四，《續修四庫全書》子部第一一二七册）

語林・許謙

大德中，熒惑入南斗，許白雲以爲災在吴、楚，竊深憂之。是歲，果大祲，白雲形貌加瘠。或問曰：「先生豈食不足耶？」白雲曰：「今公私匱竭，道殣相望，吾豈能獨飽！」《元史》曰：許謙字益之，其先京兆人，後由平江徙婺之金華。謙數歲而孤，稍長，肆力於學，受業金履祥之門。延祐初，居東陽，學者翕然從之。遠而幽、冀、齊、魯，近而荆、揚、吴、越，皆不憚百舍來受業焉。學者以其身之安否爲斯道之隆替，世稱爲白雲先生，朝廷賜謚文懿。

（何良俊《語林》卷三，文淵閣《四庫全書》子部第一〇四一册）

弘道録・許謙

許謙受業金履祥之門，語之曰：「士之爲學，若五味之在和，醯醬既加，則酸鹹頓異，子今來見而猶夫人，豈吾之學無以感發子耶！」謙聞之，惕然。居數年，盡得其所傳之奥。於書無不讀，有不可通則不敢强。或有未安，亦不苟同也。謂學者曰：「學以聖人爲準的，然得聖人之心而後可學聖人之事。」其讀《詩》，有《名物鈔》，正其音釋，考其名物度數，以補先儒之未備，仍存其逸義，旁采遠援，而以己意終之。其觀史，有《治忽幾微》，倣史家年經國緯之法，起太皡氏，迄宋元祐司馬光卒，蓋以爲光卒則中國之治不可復興，誠理亂之幾也。又有《自省編》，晝之所爲，夜必書之，其不可書者則不爲也。開門講學，遠而幽、冀、齊、魯，近而荆、揚、吴、越，皆不憚來受。其教人也，至誠諄悉，内外殫盡，嘗曰：「己有知，使人亦知，豈不快哉！」或有所問難，而詞不能達，則爲之言其所欲言，而解其所惑。討論講貫，終日不惓。攝其粗疏，入於密微，聞者方傾耳聽受，而其出愈真切。惰者作之，鋭者抑之，拘者開之，放者約之，隨其材分，咸有所得。然獨不以科舉之文授人，曰：「此義、利所由分也。」篤於孝友，有絶人之行。處世不膠於古，不流於俗。大德中，熒惑入南斗。謙以爲灾在吴、楚，竊深憂之。是歲大祲，貌瘠加損，或問曰：「豈食不足乎？」謙曰：「今公私匱竭，道殣相望，吾能獨飽邪！」其處心蓋如此。

録曰：愚觀許白雲之所憂，竊與今同夫是而不膠於古，不流於俗。蓋膠於古則熒惑之變不但大祲而已，流於俗則吴、楚之灾未必切身而已而。不知儒者之心視天地萬物、中國四夷未之有間，而天道人事皆吾學問中之所當究，初非應舉之文、科目之士所能知也。其傷中國，距夷狄，默與於《治忽幾微》之間，而所以扶世道，振元綱，又切于洞究釋老之旨，此所以足任正學之重而身之安否爲斯道之隆替也。

（邵經邦《弘道録》卷五六，涵芬樓本）

請傳習許益之先生點書公文

［元］吴師道

竊以博士之官，掌司書籍，講授經旨，定正音訓，今之職也。當職猥以疏庸，具員承乏，伏見監學雖有藏書，並無點定善本。諸生傳習，師異旨殊，不無乖串。嘗聞先儒有云：「昔人鄙章句之學者，以其不主於義理爾。然章句不明，亦所以害義理。」又云：「字書、音韻是經中淺事，先儒得其文者多不留意，不知此等處不理會，枉費詞説，牽補不得其本義，亦甚害事也。」三復斯言，誠爲至論。

當職生長金華，聞標抹點書之法，始自東萊呂成公，至今故家所藏猶有《漢書》《資治通鑑》之類。逮宋季年，北山何文定公基傳朱子之學於勉齋黄公，若魯齋王文憲公柏，實游其門。仁山金履祥，並學於何、王，而導江張㬊學於王氏，以教於北方。何氏所點《四書》，今温州有板本。王氏所點《四書》及《通鑑綱目》，傳布四方。金氏、張氏所點，皆祖述何、王。近時許謙益之，乃金氏高弟，重點《四書章句集注》，及以廖氏九經校本再加校點。他如《儀禮》、《禮》、《春秋》《公》《穀》二傳並注，《易》程氏傳、朱氏《本義》，《詩》朱氏《傳》，《書》蔡氏《傳》，朱氏《家禮》，皆有點本，分别句讀，訂定字音，考正謬訛，標釋段畫，辭不費而義明。用功積年，後出愈精，學士大夫咸所推服。謙之學行，本道屢薦於朝，不幸而没。其他亦有著述，而點書特爲切要。今所傳多出副本，而其家藏乃親筆所定，可信不差，學者得之，真適道之指南也。如蒙監學特爲申明，轉聞上司，委通經之士親賫善本，就其家傳録，并廣求呂子及何、王、金氏之書，頒之學宫，嘉惠後進，實斯文之大幸。

（吴師道《吴禮部文集》卷二十，《北京圖書館古籍珍本叢刊》第九三册）

代孫幹卿御史請刊近思録發揮等書公文

[元]吴師道

竊謂傳道受業，必以正學爲宗；著書立言，貴乎世教有補。所宜章顯，以示激揚。當職往歲備員婺州路屬邑，獲聞北山何文定公基親學於勉齋黄氏，得朱子的傳，道德之望，爲時師表，亡宋屢召，授以史館校勘、崇政殿説書，並辭不受。所著書有《大學》《中庸》《易大傳》《啓蒙》《通書》《近思録》等《發揮》，並用朱子本旨，不雜他説。《大學》等五《發揮》刊行已久，止有《近思録發揮》未就。内《太極圖》《西銘》《發揮》先刊於紹興，其後門人仁山金履祥纂次訂定，見有全書。蓋《近思録》乃近世一經，而《發揮》之旨尤爲精要，非泛泛他書之比。金氏之學傳之許謙，紹述宗旨，南北從游者甚衆，屢蒙臺府及本道列薦，未仕而卒。謙所著述，有《讀四書叢説》《詩集傳名物鈔》，尤有發明，四方傳録，多以未見爲恨。以上《近思録發揮》《讀四書叢説》《詩集傳名物鈔》三書，不過數十卷，計費不爲甚大，如蒙就於婺州路儒學錢糧内刊板流布，幸惠後學，其于教化，不爲無補。

（吴師道《吴禮部文集》卷二十，《北京圖書館古籍珍本叢刊》第九三册）

送許益之赴趙侍御招二首

[元]吴師道

揚帆千里載書琴，此事光華喜見今。青眼憐才真有道，白雲出岫本無心。校書燈火西齋静，聽講衣冠北府深。歲晚幽期良自保，孤根未恨遠窮林。

繡府烏臺峻碧霄，金陵佳麗未蕭條。詩書正氣屯諸彦，花月殘歌笑六朝。山倚石頭青入畫，江吞天際白吹潮。勝遊健筆追雄渾，爲寄林間慰寂寥。

（吴師道《吴禮部文集》卷七，《北京圖書館古籍珍本叢刊》第九三册）

四月癸卯原父杜徵君自武夷山道蘭江，道傳子長來會，明日往拜許君益之墓，道傳有詩，因次其韻

[元]吴師道

五年絶朋儔，索居大江潯。來歸頓聞同，掃迹方投簪。何言得良會，星聚臨蘭陰。太常儼耆德，隱君澹冲衿。追琢金玉章，諷和鸞鳳吟。柴門閉潺雨，竹樹幽深深。笑言勞契濶，喜我病不斟。張子飛車來，頓忘山水淫。欣然鍾期遇，寶匣開瑶琴。獨嗟白雲老，不見傷我心。束芻拜墓下，衿佩來森森。斯文黯銷落，白日氛翳侵。經德固不回，豈弟神所歆。峨峨武夷

峰，鬱鬱金華岑。前脩未云邈，千載嗣遺音。

（吴師道《吴禮部文集》卷三，《北京圖書館珍本叢刊》第九三册）

與許益之書

［元］吴師道

僕生幼而讀書爲文，盛氣而鋭思，貪博而騁能，自以爲適也。既而悔之，聞義理之學聖人之道於是乎在，時則仁山金子講道淑婺之人，而弗果從。家貧無書，里良師友又少，閉門矻矻，弗知所向。切自念道散於羣經，會於《四書》，周、程、朱、張諸儒又表章發揮之，微言精義，抉露無餘矣。遂慨然曰：「吾他無書，獨無《四書》乎？吾無所與游，獨弗能尚友古人乎？」於是誦其書，思其人，優游涵泳乎性命道德者幾時。始而茫乎其大也，繼而粲乎其明也，久而確乎其信也。嗚呼！道迄孟氏不傳，毅如荀，謂性惡；慤如揚，謂善惡混；醇如董子，謂性者生之質；懿如王通，以性爲五常之本；正如韓愈氏，言性有三品；斯五人者，其絶類離倫，非不卓卓然著矣，而皆昧於論性。今予之愚一朝而識之，天之予我者如此，先儒所以啓我者又如彼，奈何忍而棄耶？然聞之不如見之之親，見之不如授之之精，無師友以爲資，亦終焉寡陋是懼。環視當世，污染淪胥，訕笑迂濶，友且未多見，况於師乎？

足下早登仁山之門，深探王何之傳，質純而氣清，道信而學篤，於僕則又道先齒長，實師而非友也。比嘗幸得見，退而迫困世故，弗獲有請，一年於兹，足下又警迪之以文字者屢矣。僕誠不佞，試以所得於先儒而欲終身行者誦言之。涵養須用敬，進學則在致知，學者工夫惟居敬、窮理二事。正容謹節，存心主一，敬之事也；讀書問道，應事接物，窮理之方也。二者皆主於敬焉。斯言也，先儒所以會聖賢之精微而示人以約者與？備體用本末而入德之要與？僕之生也愚，而師之求也久，方將請事於敬，未能習而安也，而缺焉親炙復若是，如進學何？足下倘嘉其志，矜其愚，而辱教之，賜一言以自證，則先儒之啓我也，足下之成我也，幸孰大焉，幸孰大焉！

（吴師道《吴禮部文集》卷一一，《北京圖書館珍本叢刊》第九三册）

白雲亭記

［元］胡　翰

距婺之東有五十里，其邑爲東陽；未至邑四十里，其鄉爲懷德，其山有曰八華山者，故文懿先生講學之所也。山之麓，邑人許氏居之。其兄弟曰和伯，曰晉仲，自以其生也晚，不及登先生之門，幸嘗私淑諸人，與有聞焉，顧瞻遺躅，流風餘韻又幸而未泯，山川草木猶將被其榮矣，則吾寧能已其興起之情乎！乃作亭山中，書其匾曰「白雲亭」。白雲者，先生故所自號也。因其自號而匾之，尚德也。

余聞之許氏，乃記之曰：儒者之學，尊本明統。宋南渡以來，朱子嘗以是傳之黄文肅公，文肅傳之何文定公，文定之後王魯齋繼之，金仁山又繼之，至先生蓋五傳矣。延祐乙卯、丙辰之間，天下承平，諸公貴人方事文治，聞先生名者，争欲辟致爲時用，先生固辭。而侍御史趙公宏偉自金陵寓書，願率弟子以事先生。先生留金陵，踰年乃歸，從游者益衆，以目眚不能見客，遂屏迹山中，諸生嬴糧笥書，從者如故。去湫隘而就爽塏，暢湮鬱而挹清淑，境與心會，業以專工，固一時之盛也。

先生既没，門弟子人自爲學，逮今未六十年，何其微也！惟兹山表著郡邑，蒼莽百里間，余翹而望之，欲從和伯訪其故躅，曾不能一至焉。若先生之門，則嘗灑掃矣。方年少氣鋭，聞其所聞，而莫究其所以聞也；見其所見，而莫究其所以見也。又況其不得聞、不得見者，安能有諸身乎！事往而世已殊，志存而力不逮，今老矣，獨不能已者，何哉？萬物同宇以生，而人在天地猶一物耳。自幼至老，大都不過百歲，而百歲在天地，猶須臾耳。以須臾眇焉之生，而欲並天地以立，與天地以爲終始者，豈有他哉？惟盡夫人所以爲人之道焉耳。人之所以爲人之道，其理命於天，所以爲性者五；著於人，所以爲倫者五。明而誠之，皆吾固有者也。雖先生之受於仁山，仁山之受於魯齋，上泝朱子之傳，有不得窺者，豈能外是以爲教乎？由朱子等而至於河南二程子，又等而至於先聖人孔子，豈有異然乎？故曰以一物觀萬物，以一世觀萬世者，聖人也。聖也者，人之至者也；人也者，物之至者也。知其至而至之，吾雖不能以一觀萬，然去先生未遠，其道可識也。和伯之所尚，固有不能已者矣。和伯之弟晉仲與余生同歲，學同志，又與余友吴君德基、先生之仲子存禮相友善。他日登斯亭，二三君子試以余言觀之，則凡興起其高山景行之思者，不假他求而得之矣。故余於其登覽之勝、風物之美，不暇摭而書焉。

（胡翰《胡仲子集》卷七，《金華叢書》本）

跋北山遊記後

[元]宋　褧

國子博士金華吴正傳出詩文一編，曰《北山遊記》。蓋其鄉人處士金履祥吉甫、許謙益之、故翰林待制柳貫道傳、今江浙提學黄溍晉卿、編修胡助履信、某官葉某審言、張樞子長、釋無一及正傳前後遊金華北山之所作也。

諸君子以秀爽之資，及宴閒之時，騁遊覽之樂，播賦咏之工，披誦之餘，敬羨不能已，且恨予之不能及也。予行天下，見山固多。始生於歸州之屬邑，曰興山，興山在萬山中；少長於鄂、於荆，壯歲遊朗、澧、湖、湘；延祐己未，自南中還燕，下大江，亂淮泝河，達京師；筮仕後，數被命出使，道齊、魯、趙、衛之交，次歷會稽、四明、温、台、括蒼，由蘭溪過衢、信，踰閩嶺抵漳、泉返焉；繼而蘄、黄、同安、安、隨、郢、峽、均、房諸州郡皆常至；赴西臺幕職，驛過成皋、北芒、臨潼，歸途走商、鄧間道。最所見，大則五嶽之華，亞焉者居庸、太行、終南、太白、藍田、武關、天台、雁蕩、廬、潛、九華、武當、荆山、南條、大别之屬，洞庭之君山、九江之東陵、任城之梟繹、濟南之鵲、華不注也。雖然大率匪舟則騎，或乘笱輿，皆匆遽造次之頃涉歷經過，其形勢姿態雄固峭拔、蜿蜒起伏、晦明隱見、秀麗明潤者固見矣，然未之遊。爲慨念跋涉之勞，未嘗得以歌詩，見於紀述，蓋予資庸鈍而職奔走，求如諸君子遊覽之樂、賦咏之工則未有也。是愈重予敬羡之念。然予身雖勞而所見多，諸君子遊雖止北山固樂，較其得失殆若不相懸者歟？始予雖不獲預是遊，觀其紀述，模寫殆盡，歷如在目前，是亦預也。是則正傳固未嘗以遊夸予，而且以遊之樂見及，又幸余固有以酬之。

去歲秋，天子幸上京還，予備員小司成，偕正傳恭迓乘輿於昌平，馬上指點南口諸峰巒，脉絡蟬聯，盤結維軸，限隔風氣，屏障神皋，相與嘖嘖。予喜其襟度目力殊高亢卓朗，他日歸以告北山諸君子，計必能如予之想像，羡北山之遊之樂。至正癸未五月日跋。

（宋褧《燕石集》卷一五，《文淵閣四庫叢書》集部一二一二册）

答張率性書

［元］虞　集

集今年三月，始得去秋陳貳憲令嗣轉致許益之先生門人所撰行狀及其孤所致幣，猥以集

許先生作得文字，刻本已傳，如集老病山林，亦莫克見，因率性得一見之，甚妙。師道立則善狀中言有《四書叢説》，固略無所聞，而所足成金先生之書，亦未嘗見。又聞柳道傳太常已爲當縷陳以請，則雖不作銘，亦可辨爲學之體要矣。舊歲作《臨川先生行狀》一通，輒此寄上。終莫得其統緒之會歸，以觀其成德之始終，輒亦别録而疏其下，未敢即達。或諸賢不吝賜教，

禮幣二，敢因率性復之。而行狀所述，多所未諭。數月之間，嘗與友生門人細讀而詳閲，觀之，諸名公知先生而舉之者甚衆，安知無文、呂其人之可求？而僕非其人也。

世，而無待於他人之言乎？今益之之事既見於諸門人之所序述，何取於不知之瞽史也？以此方子作《朱子行狀》《年譜》，而朱子之墓銘未見，豈非門人之言足以盡其師之道，可傳信於後敢讓也。知有所未盡，安得不讓乎？朱子作《延平先生行狀》，而延平墓銘未聞；黄直卿、李墓者，呂門下也。是皆大臣一言以定國是，非常人之詞。而呂公之言曰「不敢讓」，知知則不

昔子程子没，叔子爲行狀；張子没，呂與叔爲行狀；表伯子之墓者，文潞公；表張子之欲答諸賢之書而不知其字，無以達鄙見，敢與率性言之。

著之書，但畧見其《詩集傳名物抄》，而愚陋又不足以盡知其爲學之所至也。是以逡巡久之，一日之雅，徒想象其風，致其起敬。至其門人，頗見一二，問其授受之要，多所未解。及求所史卜祝者之所能知也。僕與許先生年相若，而僕早忝溥禄，不能如許先生山林之日長，曾無嘗執筆國史，擬諸史遷，使有所序述。世之以功名自任者易爲言，而德性道學之淵微，有非文

人多，許先生何可得哉！嚮風不勝感慨，相望千里，彼此得以考德問業，幸甚。

（虞集《道園學古録》卷三九，文淵閣《四庫全書》集部一二〇七册）

奉陪郡大夫謁白雲許先生墓

［元］戚剛中

文懿衣冠何處求，婺城城北碧山頭。森森古木空招鶴，漠漠寒雲自結愁。半世工夫存斷簡，千年文脉衍中州。荒墳不有公侯拜，眼底賢愚共一丘。

（《蓉麓戚氏宗譜》卷一，民國庚午年重修）

倒倉法

［元］朱震亨

吾師許文懿始病心痛，用藥燥熱香辛，如丁、附、桂、姜輩。治數十年而足攣痛甚，且惡寒而多嘔，甚而至於靈砂、黑錫、黄芽、歲丹，繼之以艾火十餘萬，又雜治數年而痛甚。自分爲廢人矣，衆工亦技窮矣，如此者又數年。因其煩渴惡食者一月，以通聖散與半月餘，而大腑逼迫後重，肛門熱氣如燒，始時下積滯，如五色爛錦者，如柏燭油凝者，近半月而病似退。又半月而署思穀，而兩足難移，計無所出。至次年三月遂作此法，節節如應，因得爲全人，次年再得一男。又十四年以壽終。

（朱震亨《格致餘論》，文淵閣《四庫全書》子部第七四六册）

虞文靖公并白雲先生門人與張率性書解

［明］張　寧

虞文靖公不肯銘白雲許先生之墓，以書、幣復張率性轉致其門人。門人於先生猶父子，以父事於人而爲人所阻，未有不怒者，庸暇計其可否哉？無怪許氏門人之致辨也。王餘慶聯往復書爲一通，識其末曰：「世固有越世而相感，竝世而不相知者。侍書文章天下所共知，人品氣節亦天下所共知，是惡用以口舌辯？敬書以見古今士俗隆污。」其言意正平和婉，不激不露，度越同門遠甚。後之觀者，止可致感歎於存殁之際，取以爲身之戒勉，不宜巧排力辯，爲死者定枉直於不可致詰之鄉而加之意，非待於君子之道也。公書中語於先生，固已尊待之，至若其論列爲銘，非知之盡則無以詔天下而信後世，意即東萊所謂待人不得不寬，論人不得不盡者。或遽以此議公昧於知人，公於先生言極尊待，豈得不知？所不知者特以行狀多未論，終莫能得其學行道德之詳，而難於序述耳，此豈可與蘇東坡不肯奉詔作范公埋銘者例論哉？寧三復莊誦，因文靖公書見古人爲文之不苟，因王餘慶諸門人之書見古人師弟子恩義之篤，餘不敢知也。是卷流落人間，楮墨如故，而今爲彦章都閫所得，可以托不朽矣。予見卷中題識者無不致疑於彼此之間，敬爲之解。

（《方洲集》卷二二，文淵閣《四庫全書》集部第一二四七册）

仰高祠記

［明］王　崇

仰高祠者，祀許氏先賢也。許氏先有晉孝子孜暨其子生，後有元大儒謙，孝行道學，後先輝映，是以立祠祀焉。孝子，東陽孝順里人，天性至孝。生竭力侍養無不至，親歿，廬於墓。適鹿躪其松柏，孜爲感嘆，鹿輒爲虎所殺。孜又傷鹿死之暴，而虎亦自擲而斃。孜俱瘞之墓側，世號虎峰、鹿峰。又嘗師事孔沖，卒爲制服。察孝廉，力辭不起。詳載《晉書》列傳、郡邑各誌，及我太祖高皇帝仁孝太皇后《勸善書》，備叙行蹟。成祖文皇帝御制《孝順事實》，宸翰褒嘉，各有孜焉。其子生亦象賢崇孝，繼有令聞。晉咸康二年，郡守張公虞奏表其閭。宋政和二年邑令張公述爲之繪像，祀於學宫，尋建祠通衢。淳熙間，縣尹曾公賁重肖像僧處，士張公沖素祀於先賢祠，然未有制令也。端平三年，縣令林公嘉會疏聞於朝，丞相喬公行簡贊議下詔創廟，出内帑襄役，賜額「興孝」。孝子至行久而益炳彰矣。

逮元有孝子裔孫謙，丁濁亂之秋，奮然有志性命之學，游仁山金先生門，得程朱正傳。徵辟屢辭，隱居笠澤，著書白雲洞中，講學八華，齊、魯、荆、越之士從游者殆千餘人，致邑有小闕里之號，學者稱爲白雲先生。史云：程子之道得朱子而復明，朱子之大得先生而益尊，先生之功大矣！先生歿，門人相率上狀於郡，祀於學官。至元五年，廉訪使杜公秉彝建請贈官賜謚，未報。既而謚曰文懿。至我憲宗勅建正學祠於郡城，祀郡先儒何北山、王魯齋、金仁山三先生而白雲先生與焉。先生祀而孝子之德愈有光矣。奈何孝子之廟久而圮壞，址爲豪右所據，而白雲先生之祀又未有特廟於其本邑，爲許氏後者憾焉。

嘉靖己亥，裔孫棖、楷、植、楹、學質、宗長、鈇、滄、沛等陳於邑令王公遵，力復其故址。王公將爲立廟，未幾遷去。越八載丁未，棖復備三祖故實，以孝子廟圮、先生特廟之情請於代巡裴公紳。裴公閱其詞，大爲感動，即移文於郡曰：「白雲先生接濂、洛道統之傳，衍洙、泗儒宗之派；厥祖許孜先生敦孝行於先聞，啓醇儒於後裔；建祠以祀，誠協祀典。其祠宇規制，合作前後二廟，前廟獨位白雲，後廟位孝子孜，而以生附。稱祀則先孝子而後白雲，如此則道統之重既伸，而祖孫之倫亦序。」移下，郡守曹公汴上其事於督學雷公禮，即協贊之，亟命邑令鄭侯綺董是役。建邑城南二百步許西部鄉，近先生之居焉，匾曰「仰高」，春秋以時享祀。過者罔不歎曰：「孝子賢人，百世不泯也如此。」然一時創作，未有記述，棖懼先德歲久復湮，屬余概其本末。

予何言哉？孝子之孝，先生之學，昭揚於古今，炳耀於史册，人人知所景仰者也，豈余言所能讚耶？顧享祀先賢，非爲觀美。君子道明天下，則天下治；道明一鄉，則一鄉治。許氏三賢，鄉之先正也。立廟祀於鄉，固將崇其位號而師模之，約民趍；憑托之，牲祝血；神明之，期民信也。誠一方之人知之，則一方之人知有聖賢之道，是足觀且興矣。後之人有能仰孝子之孝而興孝，仰先生之學而講學者乎？邑之良有司，許之賢子姓爲能時展駿奔，使廟貌常新，不至如舊祠之圮壞者乎？余竊有望焉。是役也，經始於嘉靖己酉，竣事於嗣歲庚戌，迄今歲丙寅根以記請，命於郡伯葉公宗春、邑侯陳公應春而勒諸貞珉，以垂不朽。維時督學憲大夫訪先賢之後，録裔孫鰲旭奉祀，適與其事，遠近稱異之。余曰：「此所以久廟祀者也，豈徒爲衣冠許氏之子孫而已哉？」

歲嘉靖四十五年歲在丙寅秋七月朔，賜進士第、通議大夫、兵部左侍郎加俸二級兼都察院右副都御史、總督湖廣川貴軍務、前禮科左給事中永康王崇撰。賜進士第、中憲大夫、福建提刑按察使司副使、督八閩水陸軍務、前巡按直隸監察御史邑人金洲篆額。賜進士第、南京大理寺評事邑人樓如山書丹。

（《仰高許氏宗譜》卷二五，同治己巳年重修）

重建仰高祠碑記

［清］盧炳濤

賜進士出身、誥授中憲大夫、掌貴州道監察御史、前户部郎中、會典館總纂、戊寅恩科江

南主考官、翰林院庶吉士邑後學盧炳濤撰文
賜進士出身、徵仕郎、内閣中書邑後學吴光鎬篆額
鄉進士、文林郎、蕭縣知縣、景山官學教習後學仁和余光治書丹

邑之有仰高祠，祀晉孝子許公父子、元儒許文懿公白雲先生也。而果何自昉哉？明嘉靖二十六年，巡按裴公紳具題建祠城南，壁許賜額「仰高」，春秋二祭，歲支地丁銀以爲常，許氏子孫世守勿替焉。顧舊制祠宇僅爲前後三楹，前堂以祀白雲，後室以祀孝子，蓋以孝子爲白雲公始祖也。

及我朝康熙甲寅，祠復毁於兵燹，許氏裔輸金重建，規模仍舊，孝祖賢孫同時享祭，迄今百餘年來，永爲定制。嘉慶戊寅，許氏裔孫謀欲廓其基丘，敞其規模，集裔孫襄捐若干緡，己卯四月時霖、邦淇復因上諭有詔各州縣修葺先賢祠廟之典，不敢告勞，請於藩憲陳公中孚，動項興修。明年春，巡撫陳公若霖奉部覆撥帑修葺，復於今制。始董其役者，裔孫肅梓、昌珪、崇梁、正燦、學清、志信等，黽勉從公，乃鳩工市材，揆日庀事，闢隘而敞，易柱以石，梁桷瓦甓之屬，務極精堅。區爲前堂、後寢、正堂三楹，奉安兩孝子及文懿公神像。堂下有軒，爲有司臨祭之位。前爲川堂，承以中廳三楹。始事於嘉慶戊寅秋，蕆於庚辰春，巍乎焕哉！俟其禕而斯時也，有司敬恭，秩祀於上；子孫駿奔，執事於下。妥神靈於既往，垂模楷於千秋，其所係匪細。

會濤以告假省親旋里，許族諸君子相率令濤爲記以識歲月，且述修祠之意，以垂將來者。濤嘗讀《晉書·孝友傳》《元史·儒學傳》，於兩孝子與文懿公行事昭垂千古矣。讀仰高祠録遺文，於先賢建祠立祀之巔末，詳哉言之矣，又奚煩剿取前人成説以瀆告我同志！雖是共居桑梓之邦，習聞先哲之流風餘韻，目染而耳濡，家喻而户曉，雖時代變更，遠者數千年，近者亦數百年，且若聚於一堂，親炙其休光，則其興起也爲尤易，其效也爲倍切，於以敦孝道，勵儒修，行孝子之行，學文懿之學，將以見人材風俗，蒸蒸日上，以共襄聖天子孝治天下，敦崇儒術之雅化，是則諸君子修葺仰高祠之意，非第以崇體貌，飾觀瞻，誇耀於衆而已也。司馬遷《孔子世家》贊曰：高山仰止，景行行止，雖不能至，心嚮往之。請爲轉一語曰：心向往之，豈不能至？諸君子以爲何如也？

道光元年歲次辛巳春三月上浣之吉。

（《仰高許氏宗祠》卷一，同治己巳年重修）

論許白雲先生出處貽孫石臺書

［明］趙祖鵬

自師法不明，俗學無統，寥寥百年，誰復有以儒先爲言者？僭不自揆，訪遐剔幽，靡所不至。去春得王、許手澤於郡城，既又得畫像而登拜之。夏復得仁山稿數種，入秋又得吕、何、王、許四公之家乘於倪氏，一年之閒獲覩五公之蹟略遍，亦一奇也。許公實生邑西之笠津，其從叔觥乃居金華，無子，乞得先生於笠澤，立以爲嗣，時蓋七歲矣。笠澤今在白雲洞北，而先生之號以之，亦一驗也。先生二子，長元，字存仁；次亨，字存禮。仕國初，俱爲大寮，高皇實受業焉。以詿誤被刑，嗣子垂絶。族屬疏於法罔之嚴，考信亡於學術之廢，遂使先生之世，衆罔聞知，重可慨也。古者鄉先生没，以祭於社，學者居國，各祀其先師，所以傳緒明，學業精也。南宋以來，濂洛之學行，諸賢偶有經行之地，皆設書院以祀，况於生長之地乎？昔奉使滕公，生於我東，而再徙吴越，國史書爲吴人，宋太史力辨，以爲宜從本生。若先生之道之學，濂洛世嫡，使生他郡，亦將因其經行，而封埴其蹟，以風學者，况於實生我東如滕公乎？

（《仰高許氏宗譜》卷二五，同治己巳年重修）

集義軒詠史詩·許謙

［清］羅惇衍

天心應未絶斯文，學繼仁山金履祥又有君。自省勤編兼晝夜，隱居叢説集丘墳。星侵南斗憂青眚，風振東陽景白雲。道統遡翁真世嫡，千餘弟子媲河汾。

（羅惇衍《集義軒咏史詩鈔》卷四十九，《續修四庫全書》集部一五四三册）

挽青士侄集白雲公詩句得七言絶三首

［清］許　鼎

鳳梧陰冷峴山秋，雨灑溪風萬點愁。清夜沉吟正相憶，卧看明月過真州。

落日横雲鷹影微，竹間窗户月來遲。玉琴聲斷尋幽夢，衰草滿庭人未歸。

對窗夜草發幽香，感物思人意不忘。幾度論文方契合，那知今度夢尤長。

（《仰高許氏宗譜》卷二四，同治己巳年重修）

萬壽觀

［清］劉續祖

當年先子藏修處，他日哲人提命堂。謂許白雲。已向夢中悲手澤，還從笛裏哭山陽。蛙鳴湖水依前緑，雨過山松照舊蒼。回道生成空仿佛，何堪燈火影凉凉。

（黄仁修、童巒纂《（乾隆）當陽縣志》卷九，清内府本）

（梅峴文昌閣）匾額

［清］姚思恭

人文蔚起。

金華號理學名區，何、王、金、許，麗澤相承。

白雲許先生産於東陽，講學八華山，余蒞兹土，因切高山之仰，遂游其地，謁先生祠。世裔竹巖先生祔食於側，讀其遺碑，覽其景物，殊愜所願。日暮歸，賢裔爾輝年兄欵宿，與聖、與魯、南、武、遷輩把酒論文，皆謝庭蘭玉，爲擊節稱快。次登文昌閣，山明水秀，據一方之勝，斯知靈淑所鍾，確有可憑據。佇看蜚英騰茂，接武前賢，爲王國羽儀，余蓋有厚望焉，因顔如右。時雍正歲在閼逢攝提格阪月上澣之吉，蒲坂姚思恭題。

（《仰高許氏宗祠》卷二五，同治己巳年重修）

許文懿公因飲食作痰

［明］汪　瓘

許文懿公因飲食作痰，成心脾疼，後觸冒風雪腿骨痛，醫以黄牙、歲丹、烏附等藥治十餘年，艾灸萬計，又冒寒而病，加胯難開合，脾疼時胯痛稍止，胯痛則脾疼止。初因中脘有食積痰飲，續冒寒濕，抑遏經絡，氣血不行，津液不通，痰飲注入骨節，往來如潮，湧上則爲脾疼，降下則爲胯痛。辨症精確在此。須湧泄之時，秋深而以甘遂末一錢入猪腰子内煨食之，煨腎散方。連泄七行，次早足便能步。下之見效。後嘔吐大作，不食，煩躁氣弱，不語。似乎虚。《金匱》云：病人無寒熱，而短氣不足以息者，實也。此一轉難極，非細心審症不能。其病多年鬱結，一旦泄之，徒引動其猖狂之勢，無他制禦之藥故也。仍以吐劑達其上焦，次第治及中、下二焦。連日用瓜蒂、藜蘆、苦參，俱吐不透而噦躁愈甚，乃用附子尖三枚和漿水與蜜飲之，方大吐膏痰一大桶。以朴硝、滑石、黄芩、石膏、連翹等一觔濃煎，置井中極冷，飲之，四日服四觔。此等用藥，非神明不能。後腹微滿，二溲秘。用涼藥而二溲秘爲實。脉歇至於卯酉時。夫卯酉爲手足陽明之應，手陽明，大腸在卯。足少陰，腎在酉。此乃胃胃乃腎之關。與大腸有積滯未盡，當速瀉之。俗醫看歇至脉，則云元氣脱矣，歇至屬積滯者有之，但有時候。羣醫惑阻，乃作紫雪，二日服至五兩，神思稍安，腹亦減安。後又小溲閉，痛飲以蘿蔔子汁半盂，得吐，立通。又小腹滿痛不可捫摸，實症。神思不佳，以大黄、牽牛等分水丸，服至三百丸，下如爛魚腸二升許，神思稍安。診其脉不歇，又大溲迸痛，小腹滿悶，又與前丸百粒，腹大絞痛，腰胯重眼出火，不言語，瀉下穢物如柏油條一尺許，肛門如火，以水沃之。自病半月不食不語，至此方啜稀粥，始有生意，數日平安。自嘔吐至安，日脉皆平常弦大。次年行倒倉法，全愈。合痰症虞恒德案看方妙。

（汪瓘《名醫類案》卷六，文淵閣《四庫全書》子部第七六五册）

附録四　許元許亨資料

明史・許存仁傳

許存仁名元，以字行，金華許謙子也。太祖素聞謙名，克金華，訪得存仁，與語大悦，命傅諸子。擢國子博士。嘗命講《尚書・洪範》休咎徵之説。又嘗問《孟子》何説爲要，存仁以行王道、省刑、薄賦對。吴元年，擢祭酒。存仁出入左右垂十年，自稽古禮文事，至進退人才，無不與論議。既將議即大位，而存仁告歸。司業劉丞直曰：「主上方應天順人，公宜稍待。」存仁不聽，果忤旨。僉事程孔昭劾其隱事，遂逮死獄中。

（張廷玉《明史》卷一三七，清乾隆武英殿刻本）

明史・許存仁傳

許存仁，名元，以字行，金華人。父謙受學於金履祥，學者稱白雲先生。太祖克金華，訪求謙後。召存仁，與語大悦。至應天，授府學教授，仍命入傳諸子。尋擢國子博士。從至濠州，太祖將改葬仁祖，謂存仁宜何服。存仁曰：「於禮，改葬，緦。既葬，除之。」太祖愴然曰：「改葬雖有常禮，父母之恩豈能盡報耶？」命有司製素冠白纓，移程皆以麤布爲之。又嘗命存仁進講，存仁講《尚書·洪範》，至休咎徵之説，太祖曰：「天道微渺難知，人事感通易曉。天人必以類應，今宜上下交修，以求格天之本。」帝御白虎殿，見諸子有讀《孟子》者，顧問存仁曰：「《孟子》何説爲要？」對曰：「勸國君行王道，省刑薄賦，其要也。」太祖曰：「孟子專言仁義，使當時有一賢君用其言，天下豈不定於一乎？」吴元年，擢祭酒。存仁深見禮遇，出入殿廷垂十年。自稽古禮文之事，至於進退人才，無不與議。既官國子，列上事例數條，皆報可。會言官以移用官物奏坐存仁罪，太祖覽其章，不問也。既而存仁請告歸里，浙江僉事程孔昭劾存仁寓杭取妾，以象牙飾床，失師臣體。乃詔安置韶州。遇赦歸，復爲忌者所劾，言存仁歸不應赦條，被逮，死獄中。弟存禮有學行，嘗爲北平教授。存仁爲祭酒時，贑縣劉丞直者，字宗弼，元至正進士，由博士擢司業，與存仁同寮相厚，善存仁。將請，告丞直。曰：「不可。主上方天與人歸，公爲儒臣，宜留此以俟登極。」存仁既得罪，始悔不用丞直之言。丞直仕至浙江按察司僉事，以才識爲帝所稱。

（萬斯同《明史》卷一七八，《續修四庫全書》史部第三二七册）

宋元學案・祭酒許先生元

許元，字存仁，金華人。父白雲先生雲濠案：原作「大父白雲」。考諸家文集，作父者是。學於仁山金氏，得朱子之傳。明祖初起，幸金華，訪求其後，乃驛赴金陵。拜京學教授，仍命入傅皇太子及諸王。乙巳九月，始置國子學，命爲博士。奉命進講經史，極陳《洪範》休徵咎徵之應。吴元年四月，上至白虎殿，問《孟子》何言爲要，對曰：「勸國君以行王道，施仁政，省刑罰，薄税斂，乃其要也。」冬十月，擢爲祭酒，最見禮遇。設立教國子條例數十事，皆見施行。既而浙江僉事程孔昭誣劾其過，安置韶州，遇赦，還，卒。參《儒林録》。

梓材謹案：白雲之殁，以先生屬於張子長，先生欲師事之，則以白雲之待己者待焉。見黄文獻所作《子長墓表》。

（黄宗羲《宋元學案》卷八二，中華書局本）

寄許存仁

［元］戴　良

一鳥方北來，一鳥却東飛。夫豈巧爲避，羽短風迫之。方春遊郡城，子有越上期。及今會吾里，而我復差池。常時隔遠道，睽乖固其宜。豈意兩相接，反更事多違。畏塵念彈冠，懼垢願涴衣。士有交臂失，如何弗予思。

（戴良《九靈山房集》卷一，《四部叢刊初編》一四八五册）

許祭酒存仁

［清］嚴遂成

象牙篩床安用之，白雲爲父仁山師。師一再傳守其説，按禮製冠白纓絰。進講《洪範》休咎徵，旋移官物取杭妾。忌者因之擊以舌，謂於師臣體有闕。早知瘞死骨不收，不如不赦留韶州。十年稽古侍君側，少緩須臾竢登極。天與人歸歸不得，知言哉劉丞直！

（嚴遂成《明史雜咏》卷一，《四庫存目叢書》集部二七四册）

送許祭酒還京師序

［明］胡　翰

元年冬，詔崇國子學，大選儒臣，以典教事，於是許先生存仁以適用之才，名家之學，簡在聖衷，由博士超拜祭酒。先生既莅職，致請于朝，俾歸省先墓之在金華者。乃十有二月丙午，謁拜墓下，竣事戒行，内自京師，外及邦人君子，莫不喜聞快睹而稱願之，以爲閭里之榮也，邦家之光也，斯文之幸也。翰雖衰病，將别，猶不能已其區區焉。

自昔帝王之興，順天應人，以有大造于海内。士無貴賤，無小大，無遠近，咸有帝臣之願。故知者效其謀，勇者陳其力，術者、技者殫竭其能，蝟興角立，一切馳騁以就功名。其間克任道德之重，膺師友之選者，計自漢唐以來幾何人也。漢高帝以馬上取天下，若無事吾儒者；唐太宗雖從事吾儒，求其經緯天人之故，培植國家之本，若房、魏諸臣，豈嘗庶幾成周之風乎！皇帝監觀古今，當四方用武之日，即以教國胄子爲先務，先生在皇宫歷年既久，啓迪弘多，至于今兹，遂長成均。優渥之恩，特達之遇，人皆知先生之才、之學，足以致之而無忝也。

翰于先生之歸，嘗聞之曰：「吾起諸生，承輝□明兩之間，自視無他長，惟一誠對越耳。」然後知帝王經緯天人之故，培植國家之本，有出于知力方術之外者。又知先生所以膺師友之選，任道德之重，非人所及知也。此《易》所謂「尊酒，簋二，用缶」者。翰也昔嘗受之先師，而存仁獨能紹而行之。循是以往，苟無替焉，則閭里之榮，邦家之光，斯文之幸也，余將他日以爲先生賀。

（胡翰《胡仲子集》卷五，《金華叢書》本）

南華謫居圖記

[明]蘇伯衡

洪武元年夏，國子祭酒許先生謫韶州，即唐宰相張文獻公祠以居。祠在州城之北，而城南有山曰南華，直乎祠之前，其岡巒起伏，草木行列，朝霏夕靄，不出户域，可以盡得之。先生著書閑暇，時時臨眺而樂焉。曰：使吾爲此州人，奚其不可也？於是號南華逸人，且屬龍虎山道士方壺子繪之縑素云。

初，上行幸金華，訪求文懿公之後，得先生。召之見，未至而乘輿還京師，驛召先生赴京師一見，與語大説，爲立京學，命爲教授，鑄印使佩之，仍命入傅皇太子及諸王。已而改京學爲國子學，拜博士。未幾，學陞正四品，拜祭酒。出入兩宫且垂十年，自稽古禮文之事，至於人材之進退，時政之馳張，無不與議。先生感奮圖報，是是非非，無所顧忌。所爲學校修廢舉墜，更規設法，以教養者數十事，無不施行，其見知於上者至矣。然亦不勝夫人之媢嫉也。會先生嘗以學宫什器用之私室，言路因以移用官物坐之。章入，上覽之而笑，用媒孽先生者不已，於是韶州之命行矣。

夫以文學侍從之賢，一旦以微言而遠謫嶺海間，去親戚而伍夷獠，人將不勝其戚戚，先生不惟不戚戚，且安而樂焉。觀其自號，有終焉之志，此其學問之過人爲何如！蓋君子求在我者而已矣。使其中有所愧，何往而能安？使其中無所愧，何往而不安？是以吾祖文忠公之安置惠州，自言譬如元是惠州秀才，累舉不第，北歸之望已絶，方自肆於山水之間，惟日不足，何曾以謫爲意也？今先生之志，豈不猶之吾祖哉？不然，蠻邦窮裔，連山復壁，蛇蟲之所潛，瘴癘之所聚，此羈人遷客之所以悲思無聊而不勝者，又何足樂也。余故著先生出處之故，覽斯圖者得以考焉。

（蘇伯衡《蘇平仲文集》卷八，《四部叢刊初編》一五三五册）

祭許祭酒文

［明］蘇伯衡

於戲！人生一世，盛衰戚休，雖云異境。自達人而觀之，均夢幻與泡影。夫得吾志也，既非吾榮；則失吾志也，又豈吾病？蓋不以窮達而損益者，惟君子所性。至於人力莫能致者，雖聖賢亦歸之有命。我懷先生，識高才挺。博聞强記，流輩無競。幼承家學，力追先正。蘊爲德行，發爲文章，莫不珠輝而玉瑩；聆其議論，接其威儀，孰不駭視而傾聽。昔先生之未出也，識者見及門之士，拘者以開，躁者以静，散者以斂，惰者以敏，固知其規模可以任國家之政。際聖明之龍興，喜幡然於幣聘，立談之間，機鳴籟應。謂相見之何晚，不煩以官師之職，遂授斯文之柄。侍經筵而領春坊，奉宴閑而陪顧問。對揚惟精白之心，啓沃皆典謨之訓。恩禮度越乎尋常，名聲洋溢乎遠近。凡其義以爲質道以自殉，知無不言，言無不罄。不朋而比，不詭以狥。嗟《易》所謂謇謇，而娼嫉者覆以爲悻悻。吹毛求其疵瑕，中傷成於俄頃。位甫正於辟雍，車忽道夫庾嶺。尚賴鴻澤之滂沛，遄歸安於鄉井。丹溪幽幽，可游可詠。若將終焉，浩乎無悶。然無賢不肖，咸謂方今之時，右文之運。弓旌四出，招延英俊，有如先生之老成，宜膺求舊之眷而冠群公以進。攄胸中之大畜，致君民於堯、舜。以增光於前人，而垂裕於後亂。奈何松柏之堅貞，竟同蒲柳以摧隕。將善類之殄瘁，抑吾道之莫儐。

於戲！天人之際，消長之理，蓋先生之所夙講，亦先生之所自信。齊幽明於一塗兮，尚否泰乎奚訊。而况先生之耿耿者，當不隨異物而斯盡。則其有生亦既異乎衆人之爲人也，肉未寒而名已泯。苟能如此，良有餘矣，而亦可以無恨。吾黨所不能釋然而相與臨穴而悲哽者，夫豈徒懷契分於平生，感死生其猶醉醒！誠悼夫人物之眇然，鄉學之灰冷，環視餘子，譬則蛙黽。念先生不可復作，雖大道之孔夷，而吾其誰與馳騁？

（蘇伯衡《蘇平仲文集》卷一一，《四部叢刊初編》一五三五册）

與許存仁祭酒

［明］許林塘

逖遠英標，荏苒二載，杓明岳峻，未嘗不昕昏在望也。第於萬金往來之際，詢問履候之詳爲慰耳。側聞朝家舉行盛典，開説胄監，祭酒丈席，肇自隗始。先生老成典型，碩德重望，冠冕當世，然則居是選者，舍公而誰？是宜屢賀不一賀也。其如江山阻修，兩臂不羽何！行矣大施教雨，益振宗風，使他日彬彬輩出，致君民於堯舜之世，則其得人之效，超軼乎魯齋魏公遠矣，詎容專美於前元也耶！仆雖待盡田間，無所事於世，亦私竊延佇以想望泰運之來也。

去秋邊寇入境，所過蕭然，焚殺劫掠，不可勝言。賤累雖逃窮山，偶獲苟免，而生計無聊，不足應以公上之需，故未能脱於榜笞督促之域，此固不當爲執事者道，恃在姻契之腆，不覺覼縷，切乞鑒恕。兹因便翔，謹布心腹，顧言加護裍以輅寵光。不宣。

（《昭仁許氏宗譜》卷二五，同治丁卯年重修）

宋元學案・教授許先生亨

許亨，字存禮，文懿之子。學有淵源，而工于文辭。赴任北平教授，宋潛溪作序以送之。參《宋文憲集》。

（黄宗羲《宋元學案》卷八二，中華書局本）

寄許存仁存禮

［元］金　涓

金華有客負材豐，搜抉神奇奪化工。愛酒何殊陶栗里，隱居真似陸龜蒙。欲知晴日鶯花處，盡入新詩品藻中。江漢夕烽然未息，莫將心事較窮通。

年來無事學休糧，蜀墅溪頭有草堂。幾度瞻雲思棣蕚，清宵看月坐藤床。侵晨處士煙霞疾，慚愧才人錦繡腸。樗散聲名甘寂寞，從教詩句只尋常。

（金涓《青村遺藁》，文淵閣《四庫全書》集部第一二一七册）

與許存禮北平府教授

［明］許林塘

別纔信宿，已極馳情，而況將南踰嶺徼千里之外者哉！苟或曠歲不相聚首，又將何以爲懷也。當時親舊中往往渴想一見，迨夫既見，則又成忘言，雖累日閒居作意，思維其所欲言者，僅或得其一二，而終不能罄竭所懷，且如送別之際，沿途握手，若無可言者，既判袂後則有罣罣然，便覺遺忘，似此態度，豈能久居人世者耶？第恐青雲步武，一息萬里，未易回翔。榮還之日，尚可望夫候迎道左也哉！至于吾家景色，不可與今日同語也必矣。公明睿所照，諒不以爲謬妄也。

銅爐見貽，體制高古，足爲晨夕之娱，置諸窗几間，燃柏子而爇蘭蕭，宛如挹吾子之芳馨而親炙之也。伏熱，萬冀珍護行軒，金玉厥躬。不具。

又答存禮

乙卯之秋報事者榮膺召命，職教北平。且北平爲前元故都，其流風遺韻猶有存者，至於今朝，實爲雄藩巨鎮。元功上相出領方面，擁百萬之衆，據上游之勢，以控制北東之陬隅，又布政按察要司以撫綏其氓隸，非列郡比也。是選用師儒，必當世之大賢君子，德行優而譽望隆者主之，非特教育得其矩度，抑望其趨造督府，謁見二師，以講論乎兵民治理之道，其委任信匪輕矣。執事親得文懿先生家學之奥，而先生又親承考亭濂洛之緒，北方學子未能或之聞也。將見振揚正學，作取士類，更窮鄉下邑聞風而興起，以爲朝家得英材之效。矧黌宮乃昔者成均之舊地，今其廟庭與廨舍尚無恙，他日祭酒高遷之佳讖，兆於今日矣，不但慰吾私而已也。

猶記送别丹溪之滸，祖帳競陳，離觴争進，舉盞一酹而行旆已北上矣。雲山此别，倏再周星，緬想講授之暇，亦常常童冠相從，訪金臺之故墟，覽前朝之遺跡，慷慨弔古，以昌大夫詩文者乎？陳生遠將札翰，具審雅候勝常，當路見知，又有省憲府署交相接禮，酬應無虚日，廣文之官不致獨冷矣。

遠辱存問，深佩至情。區區以垂盡之年，形疲神耄，惟思潛幽處僻，以與時相違，奈何時異事殊，悔吝沓至，實不能堪。鄉間去歲自夏涉秋，雨潦浸淫，螟螣害稼，所收十僅四五。以至冬春雨雪，連月不開，驚蟄已過，而積雪盈尺，累日不消，江南所未有也。最是物價騰湧，數倍常年，民生凋瘵，日甚一日。每惴惴焉以度昕曛。仲高來，必能具道之。書樓水館，悉蕪穢而不治；茂林修竹，俱剪伐而扶疏。倘重過舊游，必以爲隔世者矣。索及《名物抄》，謹與鄙詩八語同上，聊將一笑云爾。相望邈在數千里，相見未知幾何時。惟是翹首朔方，目極停雲，馳情而已。臨楮惘然。不宣。

（《昭仁許氏宗譜》卷二五，同治丁卯年重修）

王嵩聘許存禮女啓

［明］許林塘

成均振鐸，久欽山斗之聲名；别駕題輿，無復雲霄之步武。不揣升沉之異軌，輒求扳附以同盟。葑菲不遺，松羅有托。幽閑淑質，諒稔聞敬戒之辭；庸碌凡才，尚未事進修之業。囊已定允俞之約，兹適逢機會之來。綿蕝爲儀，鑒融以意。挽車歸里，所願學者鮑宣；舉案齊眉，應不讓於德耀。

（《昭仁許氏宗譜》卷二五，同治丁卯年重修）

病中許存禮葉孟洛見訪示桃巖詩，因次韻

［元］吴景奎

絶壁巉巉草木稀，晨椵爛爛照熹微。泥丸裹核人何在，藥逕迷花客未歸。空翠倚天開錦樹，亂紅如雨落雲衣。飢餐阿母千年食，還勝山中采蕨薇。

（吴景奎《葯房樵唱》卷三，文淵閣《四庫全書》集部第一二一五册）

送許存禮赴北平教授任序

[明]宋　濂

鴻儒之胄，傳經爲難。非藏髓以接肌，盍鉤深而致遠。欲承家學，罔匪俊賢。景伯之貫五經，仲師之明三統。咸號善繼，致宣令聲。有如婺郡許文懿公爲武夷之世適，作寓内之人師。繭絲馬鬣，析理義之精微；粉墨鉛黄，發箋文之樞要。完經翼傳，著述滿家；簞食瓢飲，肥遯終世。其克生於令子，遂允蹈於前猷。務純秝以自持，斂華英而弗耀。倡道丹溪，衿佩坌集。揚徽京輦，薦牘交馳。天池卒馳於鯤鵬，鍾阜竟辭於猿鶴。

於是上名宰府，試藝銓曹，典五教於北藩，列諸生於東序。朝紳悦懌，侯服推尊。斜川無愧於小坡，西平咸稱爲有子。况當勝國之都，嘗爲人物之藪。教鐸斯振，壹是韶濩之音；藝圃深培，竚見菁莪之盛。如濂不敏，比德知慚。秋髮盈簪，慨年華之易邁；春花夢筆，覺文彩之已非。粗叨鼎鍾之榮，敢忘桑梓之敬。偶它鄉之相遇，慰昔日之襟期。把酒臨風，高情閫朗；炙燈論道，玄義昭融。胡墨突之未黔，遽江帆之催發。雖無藻思，强綴蕪辭。繼前古之芳音，首群英之雅製云爾。詩曰：

有菀者柳，生於河麋。折以送子，而興我懷。我懷伊何，鄉之文獻。人遠言微，不絶如綫。之子之生，實紹前徽。彬彬其文，郁郁其儀。蘭在遠林，其香苾芬。豈期人知，人輒有聞。我傳我經，其謨孔臧。以迪以將，以牗其衷叶。遥遥北藩，在燕之墟。土俗勁悍，柔以書詩。不見白雲，英英在山。起而爲澤，卉木斯蕃。教雨之施，功亦如此。苟專丘壑，孰爲杞梓。學貴有用，於子實多。目送征飆，其如别何？其如别何，獻此春酒。後夜相思，白月在柳。

洪武九年正月十八日。

（宋濂《宋學士文集》卷三四，明正德刊本）

題北山紀遊卷後

［明］宋　濂

同郡許君存禮以《北山紀遊》卷示濂，請題識其後。卷間諸詩，皆鄉先達司理葉公、侍講黄公、太常胡公、禮部吴公、修撰張公之作，禮部紀遊二文亦見其中。然而待制柳公、山長吴公頗皆有所賦詠，惜乎未及采録。因爲檢其遺稿，繕書以補焉，且爲之言曰：

權德輿稱東陽爲山水佳地，今自北山言之，潛嶽之峰如寶蓮華，屹然中居，而三洞、雙溪之勝暎帶後先，佳則誠佳矣，有若先達諸公咸文章鉅儒，同生於一時，同出於一郡，豈非尤佳者乎？何以言之？人物固藉乎山川而生，而山川則專倚乎人物爲之引重。而此諸公其顯而在上者，則已羽儀文化，流聲四方；其隱而在下者，又能播芳譽於天朝，蔚爲當世儒宗，此非人之瑰傑，益以昭夫地靈者歟？

侍講之詩，蓋首倡者，而作於至大庚戌之歲，自庚戌迨今五十餘年，諸公前後物故，而無一存者。間嘗采芝山中，經諸公倡酬之處，巖紅澗碧，其餘榮儼然在目，有不得不感慨於中者矣。嗚呼！北山之雄麗不減於昔，生祥下瑞，當無時而休也，惡知無俊偉疊興以繼諸公之軌轍者哉？大篇短韻，宜不止斯，此卷特其權輿者爾，存禮尚襲藏以俟。

存禮，許文懿公之子，學有淵源，而工於文辭，非惟其性標雅，有山水之嗜，而景行先哲之意尤惓惓云。

（宋濂《宋學士文集》卷十，明正德刊本）

跋樗散生傳後

［明］宋　濂

樗似椿，人呼爲山椿，或呼爲虎目桐，以其葉脱處有痕如之，故名。材極易大，而不中器用，故又以散材稱之。同郡許君存禮有長材而不輕於世用，托樗散生自號，雖其執德之謙，要亦有激云爾。然而白玉在璞，而中夜吐光若虹，雖欲自閟，終不可得。存禮今用薦者教授於燕，將自此而升爲徂徠之松、新甫之柏，建明堂，搆清廟，爲棟爲梁，無所不宜，樗散云乎哉？樗散云乎哉？

（宋濂《宋學士文集》卷三六，明正德刊本）

樗散雜言序

［明］宋　濂

《樗散雜言》者，金華許君存禮所賦之詩也。予嘗獲而讀之，愛其取法比興，有近於古作者。謂存禮曰：「當今之詩，予頗得縱覽，求其如君者，百十之中僅一二見焉。非三十年磨濯光精而宣鬯靈穌，烏能如夫渠出水，弗沾纖塵有如此者？世俗葷腸溺胃，饜飫肥醲，未必能知君。然而至寳不可使埋光而韜采也，予當爲君序之以傳。」已而存禮俾侍史録其全集，示予於龍門山中，因爲之言曰：

《詩》至於三百篇而止爾，然其爲體有三經焉，有三緯焉。所謂三經者，風、雅、頌也，聲樂部分由是而建；所謂三緯者，賦、比、興也，制作法裁由是而定。故周官大師之教國子，必使之以是六者。三經而三緯之，所以聆其音節之詳，玩其義理之純，養其性情之正。詩之爲用，其深且大者，蓋若此。嗚呼！學詩者其可不取之以爲法乎？學詩者固不可不取之以爲法，若夫出品裁之正，合物我之公，高不過激，卑不傷陋，則論詩者又可不倚之以爲權度乎？

夫詩一變而爲楚騷，雖其爲體有不同，至於縁情托物，以憂戀懇惻之意，而寓尊君親上之情，猶夫詩也。再變而爲漢魏之什，其古固不逮夫騷，而能辨而不華，質而不俚，亦有古之遺美焉。三變而爲晉宋諸詩，則去古漸遠，有得有失，而非言辭之所能盡也。嗚呼！三變之後天下寧復有詩乎？非無詩也，詩之合於古者鮮也。何以言之？大風揚沙，天地晝晦，雨雹交下，萬彙失色，不知孔子所删之者，其有若斯否乎？組織事實，矜悦葩藻，僻澀難知，强謂玄秘，不知孔子所删之者，又有若斯否乎？牛鬼蛇神，騁姦眩技，龐雜誕幻，不可致詰，不知孔子所删之者，又有若斯否乎？如是者，殆不可勝數。孔子，吾徒之所願學者也。孔子之所取如彼，而後之作者乃如此，尚得謂之詩矣乎？唐宋諸名家，其近古者固不可絶謂無之，而不及乎爾者抑何其多也！今世之以詩鳴者蠭起而泉涌，其視唐宋又似有所未逮，姑置之勿論。間有倡爲江南體者，輕儇淺躁，殆類閭閻小人驟習雅談，而雜以褻語，每一見之，輒閉目弗之視。詩而至於使人弗之視，則其世道之甚下也爲何如哉！此予於存禮之詩不覺深爲之喜而繼之以歎也。嗚呼！使自一鄉達之於一邑，自一邑達之於一州，自一州達之於四方，咸有如存禮者焉，則詩之道庶幾其復古乎！予雖不能詩，而論詩頗謂有一日之長，因愛存禮之作，不待請而自爲序之，非深於詩學者，殆未有以知予意之所存也。

（《宋文憲公全集》卷五，嘉慶十五年嚴氏校刊本）

附録五　八華山志

卷首

許文懿公遺像

讚曰：

四賢之傑，羣儒之英。學講八華，道闡六經。富哉訓謨，允兮明誠。溯源洙泗，千古儀型。

劉基讚

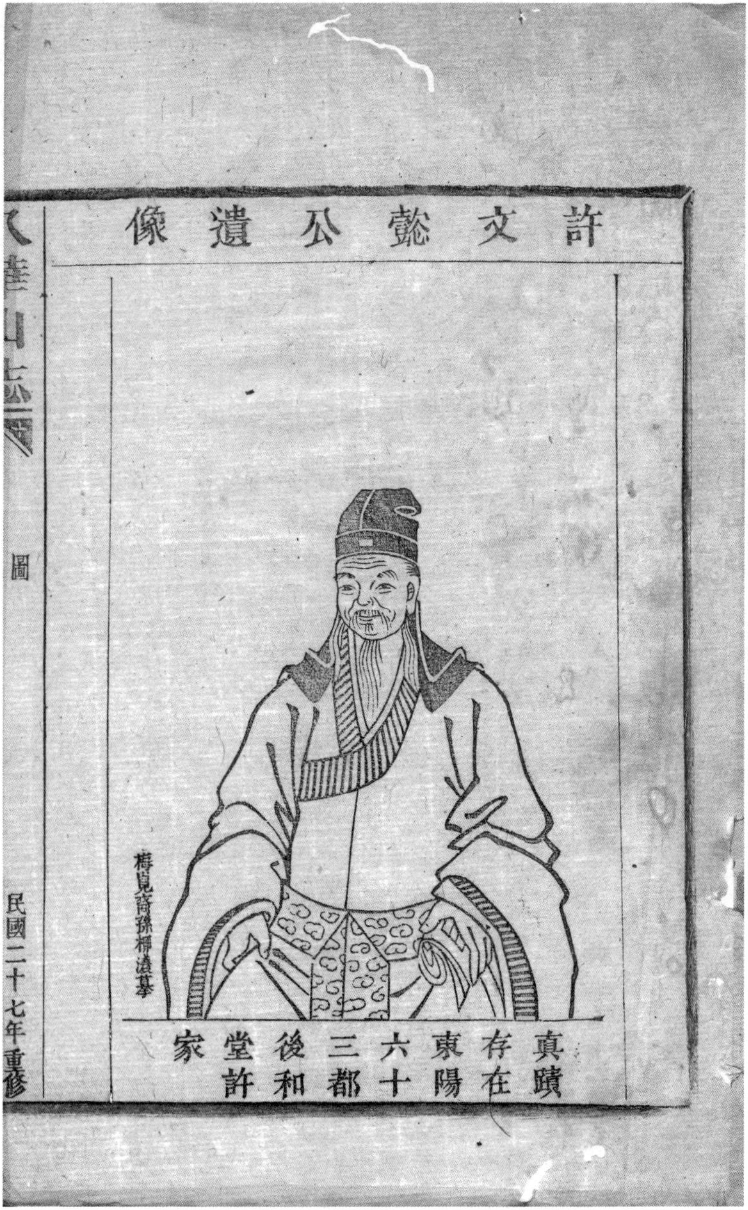
許文懿公遺像
梅見裔孫柳濱摹
真蹟存在東陽六十三都後和堂許家
八華山志
圖
民國二十七年重修

八華山圖

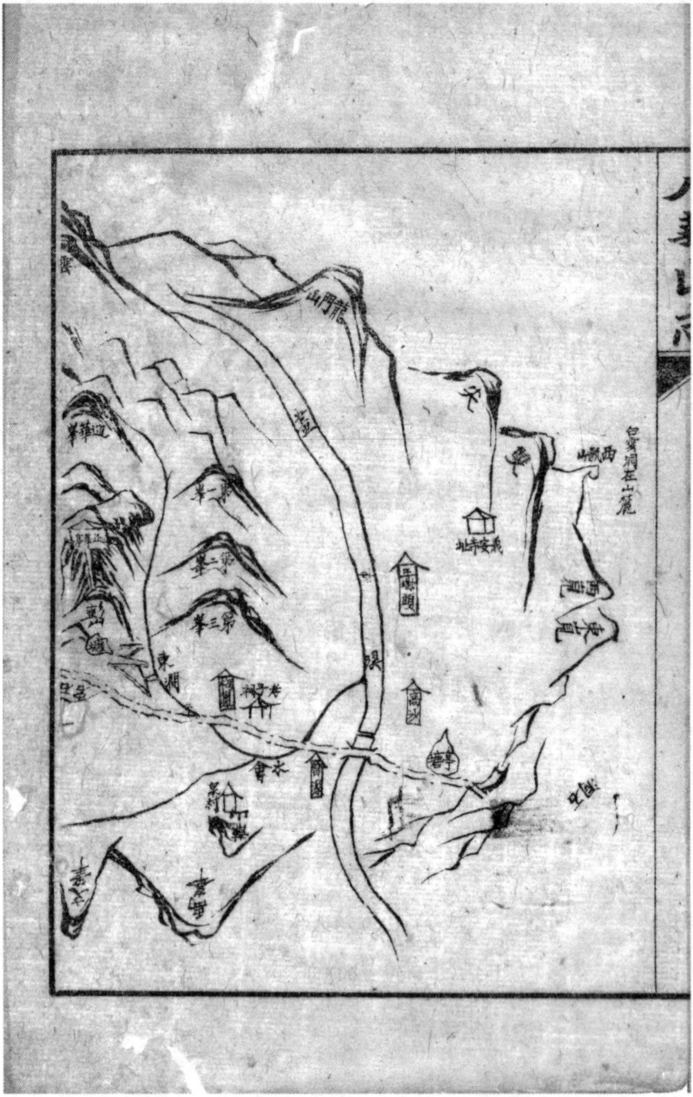

本圖係節略原圖，僅載山外與志有關者，至原圖山中景物另繪方位圖，見《形勝志》。

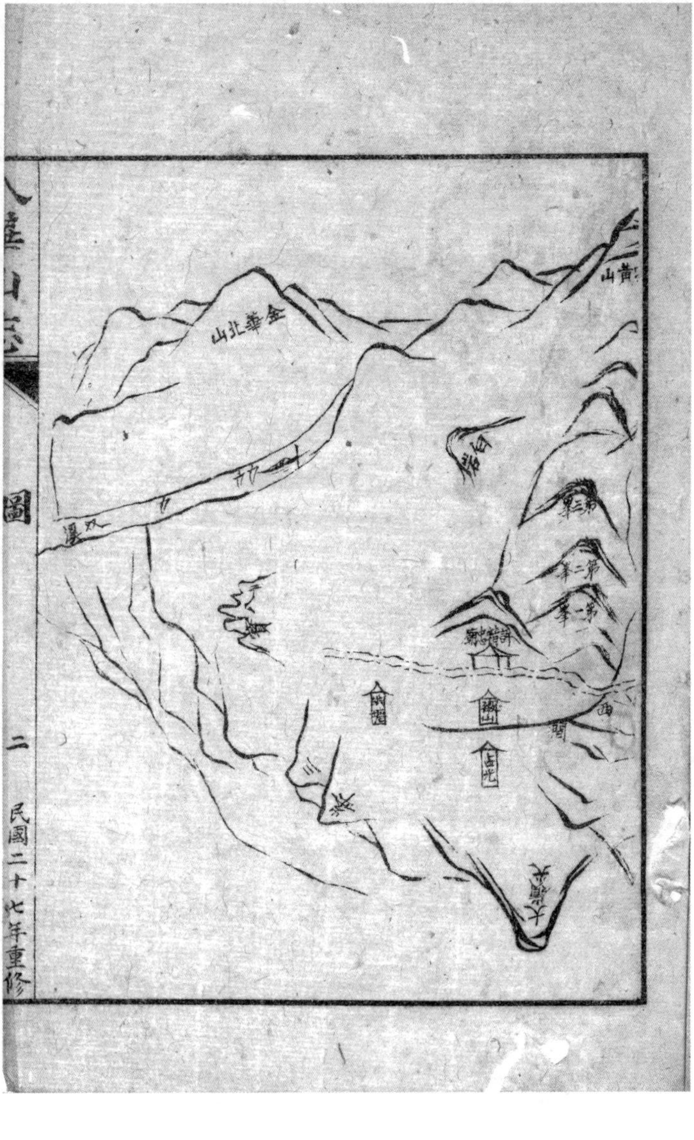

彭山書院原圖

竹巖子遊學多門，意向高超，其建築爲一時模范，此圖足資稽古者參考。

序

先君命烈就學，嘗告曰：「孝子公子姓繁衍，吾支適居八華之下，聞父老言：自白雲公講學後二百餘年，而竹巖公作，山始有志。竹巖公没三百餘年，關心本山代不乏人，關心本志者鮮矣。我家數世業農，稍有積，遺汝讀書。繼往行，存前言，分内事也。」烈每記不敢忘。乃遍訪舊志，梅峴文瀾家藏一本，卷首缺一頁，卷二缺十一頁；會源蔣氏藏一本，間亦多缺。二本相對，鈔存得全，似有天佑。更搜採各方志叢書、鄉賢著述及本族譜牒，三百餘年來，凡關本山言行悉録之。以學不足，力不逮，積二十年不果重修。

廿五年秋，陳君開士膺本縣文獻展覽會徵集員，來訪八華書，悉授之。以刻本殘缺，鈔本錯雜，未與縣會選擇送省編制陳刻。烈羈跡蘭江，去年冬，目擊日人蹂躪我國土，摧殘我文化，寄語陳君預爲保存。陳君報曰：「白雲先生抱民族主義，不仕胡元，斯志可以勵國人。且科學先進國何嘗不重文學？世運一盛一衰，中外皆然。保存國粹，亦愛國之一道。子盍速謀諸里人，重梓印行，以廣流傳？」烈韙其言，托負編校之責。稿既定，乃卸職歸里，與開琴等籌付印策，以經費支絀，時期非常，鐫板不可能，鉛印又不便，雇譜匠用木字活版印一百五十册爲暫時計。因陋就簡，實不得已也。敬陳始末，披于卷首。

中華民國二十七年夏，東陽許氏梅𡺸彦洪公十九世孫鴻烈謹序。

序

陳君開士，通家而未謀面，聞余北還，擕書爲贄來見。書則許君家語鈔録《八華山志》及其編校未定稿也。相見之下，備述許君蓄志，始知此來蓋關心文獻，非專修世誼。遂詢其所欲言，曰：「改編舊志，得毋褻瀆前賢否？許君採集甚富，取之毋濫，舍之毋負否？稿未定，不敢出以示人。幸遇宿學而有誼，願受教焉。」余嘉其辭謙而意誠，爲之解曰：「條分款目，以便閱者，無妨于舊志。惟有闕疑，宜加按語，不可參改原文耳。《白雲傳集》刊有專書，舊志所載純是居山之作，捨其餘以存真相；自萬曆庚辰後，凡關本山言行，悉取之，毋使前人湮没不彰。斯則不濫不負，君何歉焉？」乃受書讀之，約期再晤。陳君質難若干則，余謂紀勝、藝文合訂一卷，毋須刻求分目。人事以建設期間爲先後，景物以出形上下爲先後，于舊志編次無大疵矣。續採取捨固已論之，惟著述多不記時日，叙引爲難耳。總之，詳考志乘，以人爲先後，庶幾近是。于是陳君重加釐訂，謄鈔副本，請余記一言。余曰：「君以急就之稿爲未定，余亦忽遽涉覽爲遂許。君蓄志故慫恿付印，烏敢言鑒定？」實録相見問答之語，爲之序。

中華民國二十七年夏，後學邵萬緜子向撰。

原叙

樓子如山曰：「八華舊無志，志之自今始。」予竊疑之，池之清陽有九華，吾婺東陽有八華，二山並以華名，八與九數亦相近。載考諸圖乘，二山峰巒拔翠，擅勝幻奇，其中寬坦幽静處可田可廬，大概亦不相上下，亡甚異也。夫九華之顯也，以白。自白以前，太史公南遊闕而不録，在白，固嘗恨之矣。若東陽八華，則由白雲氏講道顯，唐宋以前無聞也。比九華所遇，則又較遲矣。吁！匪直也人，山川顯晦遲速，顧亦有時哉？

史稱白有逸才，文高千古，而終不免爲才累，神遊八極，如吾道何？白雲氏繼絶學于東南，上接真承，下開來學，世之稱先生者，必曰：八華山，先生養高地也。顯其名，且得與雲居、白鹿並稱，則過之。顯晦遲速，又敢以爲定論耶？雖然，九華至我朝有陽明、甘泉諸公繼至，人文輪集，駸駸盛矣。而我八華，亦賴應石門、程松谿諸老與吾友許竹巖、賈左韋、蔣龍山、許懷山輩講明理學，而予暨趙東望亦與會講兹山，青衿戴弁之士聞風詣者踵接也，則二華將不得争勝於寰宇間耶？白雲往矣，我輩重來。高山仰止，景行行止。覽景物之無恙，嗟白雲兮何依。幸毋爲吾道辱，幸毋爲山靈羞。

是志也，釐爲四卷，前二卷，首圖像及白雲公諸名賢嘉章。後二卷，則録八華、彭山詩文，附以竹巖子山中雜著焉。梓斯志，乃竹巖冢嗣希尹，屬予校讐之，仍令作序。

明萬曆八年庚辰孟冬中浣，賜進士第大理寺評事鹿屏樓如山識。

編校大意

舊志釐爲四卷，如序所云，因人編次，不分欵目。許君家語續採甚富，若訂爲一卷，則甚錯雜，若插入舊志，則無從附麗，此鄙見所以改編舊志也。竊謂舊志成于明季，當援明季志山善本爲例。爰仿徐弘祖天人之體，約分六款，釐訂三卷。首形勝，次院宇，漸由天而人。次道統，次崇學，則純乎人矣。勝事，天之餘；藝文，人之餘，故又次焉。中學不足稽古，識不足徵今。援例雖善，而内容之分，實多舛謬，故僅以○標節，以△標目，不敢確定凡例。列目于下，改弦更張，修成完善志書，是有望于後之作者。

陳一中謹識。

目録

院宇志二

白雲亭記
瞻雲書院記
八華精舍義田記
小洞天記
華陽墨莊小叙
彭山書院記二篇
迎華觀記
重修八華書院碑記附楹聯扁額

卷中

道統志三

八華講義
八華學規
童稚學規
答門人問
通鑑前編序
論孟集注考證序

詩名物鈔序

讀書叢説序

讀四書叢説序

白雲先生墓誌銘

白雲公傳

存仁公傳

金華學案表

彭山書屋講章

彭山書屋學訓

答或人問

三才志序

國書輯雋序

一元公傳

崇學志四

金仁山許白雲立謚咨文

請四子從祀孔廟疏

卷下

勝事志五

二華奇遇
飛來石
詠迎華亭四十一首附柱聯
柏衙記
八華山賦三篇
霽雪瀑
八華山懷古十首
懷白雲亭十四首
葺文懿公祠作二首
寓八華山三首
登迎華亭
白雲亭
詠景睦菴牡丹詩四首

彭山詩文

竹巖廿八首
高士巖記

高士巖
彭山諸巖六首
松風閣十二首
郊行飯田間暫憩竹巖山居得謀字韻五首
山中雜咏十三首
彭山賦
仲冬重訪梅峴彭山
謁白雲祠
留雲閣詩
五首

附

謁仰高祠
文懿公墓志懷二首
彭山懷古

藝文志六

白雲遺著

文賦　論三篇　序二篇　書四篇　啓三篇　文一篇　賦一篇

題跋　各一篇

銘贊　各一篇

詩詞　五古廿二首附蔣聲父和詩一首　七古一首　五律三首　七律五首　五絶一首　七絶二首　詞二闋

竹巖遺著

書　一篇

箴　一篇

賦　一篇

詩　五古三首　五律一首　七律一首　五絶一首　七絶廿五首附陳白沙詩一首

○雜録

序　一篇

詩　七絶四首

八華山大事表

卷上

形勝志一

○形勝

△定名

彭山書屋後山有峰曰迎華，突兀冲霄，八峰環繞，挺秀如華，因名八華山。面對文筆、禹峰，文筆峰，尖鋭插天，對迎華亭。禹峰，俗稱大禹尖，居文筆峰東，平地卓立，宛若一柱擎天。相傳夏禹治水至此，故名。東聯雙峰、兩峴，雙峰，俗名雙尖。山下有義安寺。兩峴，東峴、西峴也。兩峰相峙，中連三丘山，實八華之東望。北負龍門、雲黄，龍門，山爲義烏之名山。雲黄山，傳大士修真地。見有三塔、雙林，古寺在焉。爲江南第三刹，迺八華之重鎮。西挹三峰、八寶，三峰，義烏筆架山也。八寶山，層巒疊翠，利産金銀。

按：先正朱一新居鄰此山，《佩弦齋集·朱九龍傳》載礦寇事甚詳。八寶本名八保，富産金銀實屬訛傳。

按：舊志寫形勢僅如上述，爲便遊覽，測山中形勝方位圖一幅，附説於此。

本山自對面南山大嶺尖落脉，伏爲平丘。蜒蜿北行五里，至石宕背一脉，西北出起一坡爲本山援特之首。北行崗巒，愈趨愈高，疊起三峰，是爲西支。崗巒漸轉東，正東突崛一山，南向開面如錦屏，爲本山最高之峰者，迎華也。觀址在於此中支，自此峰南下，即振衣岡，岡頭開坦，歧爲二端，右陡削，其下平地數畝，白雲祠在於此；左落脉側東出起一坡，俗名木魚山，景睦庵址在於此。脉南折起一坡，正對振衣崗，居本山之中，白雲亭址在於此，迎華亭聳然存焉。自此南下爲駟馬岡，岡頭東凹一坳，思孝菴、彦洪公墓在於此。前起高峰即彭山，前分兩翼，迴抱如環，彭山書院當山麓正南，墨莊池蕩漾於谷口，今院址儼然可認，池則俗名爲彭塘矣。由山巔分翼陡下處，巖石嶙峋，十七巖、高士巖、墨莊巖俱在於此，左支衍突一坡，坡端爲瞻雲書院址。中支盡於此，當西支將側起迎華之處，幹頭北行前走者直達義烏。東出者環抱迎華，折南與中支夾走，是爲東支。對木魚山起一峰，俗名鐵綫尖。對駟馬崗起一峰，與彭山並峙，一峰即峴峰，上建有閣。峰前歧爲二，右支起一坡，坡西南麓一石壁立，刊有「仰止高山」四字，□□□門户，號曰白雲關。左支直衍，孝子祠建於其端，蓋邑城孝子祠圮，彦洪公奉祀於此，實則梅峴家廟也。二支之間起一坡，曰地鷄山，許竹巖先生墓所在，前數武爲留雲閣址，再前谷口開張，梅峴聚族於斯。

本山間夾二水，東長而西短。迎華峰右肩爲分水嶺，東支繞迎華後南流至木魚山，與鐵綫尖相夾處成瀑布，名曰霽雪，又南流經白雲關下，漸轉東，繞梅峴南面匯會水入畫溪。西支發於迎華右腋，半里至祠西，曰流花澗，直下藏雲峽，南流出山水原，東折繞彭山前，匯東支入會水，今已穿石宕過脉處西流，相傳爲薇山許宏綱所改，語無稽，考諸舊志，觀察形勢，改道無疑。

本山東路自白雲關至迎華峰三里有奇，至白雲祠道途寬闊。西路先入彭山，逾左翼，涉澗與東路合。溯東西澗而上，各有山徑可通，至于名勝所在，按圖遊覽，兹不贅。

形勝方位圖
民國二十七年重修
迴華峯
迴華觀
張衣岡
臨風長嘯
八華書院
流花澗
西支一峯
二峯
三峯
東支一峯
鉄線尖
讀書登臨
對月狂吟
朱明石
駟馬岡
三峯
竹岩墓
留書閣
十七岩
彭山
彭山書院
西路
東路
人力車路
西澗
東澗

圖向上北下南，圖面七千二百分之一，視綫照立體傾斜十分之三度。考核舊志原圖，觀察現今情形，院宇舊址能指其所在之處而不認其痕跡以口標之。高士巖下彭山書院舊址近十年教外人建屋十餘間，供奉彌勒，有污斯文，茲不列圖。

○名勝

△白雲四興

醉餘一眺

在祠西上，可遠視百里，婺城雙溪之勝，芙蓉峰之秀，咸在望中。

讀罷登臨

在祠東上，有巖闊可數丈，先生講習之暇時往遊焉。

臨風長嘯

在亭北，一山高聳，實先生盤桓地。

對月狂吟

在亭西南，兩巖夾立，即先生賦詩處。

△八華十景

霽雪瀑

在景睦菴東，下有浴盆石，水清潔，一名瀑布巖。

卓旗嶂

在景睦庵南，巖石壁峭，高闊數十丈，一名鐵版嶂。

飛虹徑

在迎華亭南路，橫山腰，從下望之如虹。

按：由飛虹徑西行過來朋石，沿山北轉至白雲祠爲柏徑，竹巖子作《柏衕記》，今尚存古柏二株。

觀瀾巖

在迎華亭東南，有巖高峙，可望至畫溪之水。

來朋石

在迎華亭南下數十步，有石當徑口，出探於此，則四方之來集者舉在目中。

藏雲峽

在流花澗口，林木深密，時有雲繞，雖盛暑，寒氣猶逼人。

涵光池

在祠南，方數丈，水絶清，冬夏不竭，引爲流觴曲水。

流花澗

在祠西，流繞篩月臺下，直與畫溪之流合。

按：現已西流經薇山前，入義烏。詳方位圖説。

篩月臺

在祠西，有小壇可坐，每月出林梢，篩影滿地。

振衣崗

在祠北，山絶高，即迎華觀址。

按：舊志十景次序爲徑、峽、石、巖、澗、池、崗、嶂、瀑、臺，竊謂形雖天生，勝由人名，當自下而上順道遊覽，改列其次如右。

△彭山十七巖

雪巖　月巖　桂巖　珪巖

右四巖俱在山巔。

會巖　回巖　壽巖　福巖　寶巖

右五巖俱在雲月巖下。

茶巖　葵巖　榴巖　笑巖　梅巖　桃巖　醉巖

右七巖俱在高士巖右。

竹巖

右巖在高士巖下。

竹巖子曰：各巖大書深刻，至今不磨。惟寶巖内小刻云：「宋紹定三年歲在庚寅戊子朔冬至日，就巖建祠，名曰風月堂。孝男許㮚泣血書憑，奉香火叔許尹石刊。」止此數字。味其風月堂意義，見許㮚公風晨月夕莫不思親。刻石猶存，可以昭其孝矣。余按，宋紹定三年至元延祐甲寅八十五年，辱白雲許公講學山巔，又自延祐甲寅至我朝萬曆八年，二百六十七年，合前紹定三年至今萬曆八年，共計三百五十一年矣。亦不識後之視今，亦猶今之視昔考究年代快睹兹山之盛事者乎？

許㮚公刊巖於彭山，白雲公講學於八華。沐澤被化，後賢迭起，明正統間彦洪公重建八華精舍，供學者藏修，并置田地山塘二百十四畝奉祀事，遺子孫世守毋侵壞。嘉靖間竹巖公、立齋公暨郭松山、蔣龍山先生捐銀置八華祭田三畝，許爲釋奠資。竹巖公更建彭山書院，置田地山塘六百五十畝，爲華陽墨莊供祭迎賓之需。崇儒得道，大業芬芳，後裔當如何繼述，世守勿替也？乃年湮代遠，八華義田雖存，産息移用，祭享乏儀，實背祖訓。八華祭田爲豪右所占，墨莊廢賣殆盡，書院圮壞無遺，從祖時霖公有一望荒蕪、不堪寓目之慨，然址業猶在也。詎百年後即一片巖山爲教外人妖惑詐取之藪，甚至戕伐竹巖古刊？許氏式微，至於斯極。志成于明萬曆八年，距宋紹定三年爲三百五十一年，迄今爲三百五十九年，意者公精通《易》理，預知三百五十年有斯文之劫乎？拜讀今昔數語，不禁淚下。烈不肖，不能恢復書院以繼承德業，僅保山志不没，立碑紀念，以唤起族衆云爾。鴻烈識。

△**高士巖**

嘉靖癸亥二月二十六日刑部侍郎義烏東厓虞守愚大書其扁，刻在醉巖之左，又巖右刻記一章、詩一首。見《勝事志》。

△**墨莊巖**

在高士巖下，刊有《登高》等詩。見《勝事志》。

○**物産**

△**九節菖蒲**

九節菖蒲産于流花澗。

△**芝蘭**

芝蘭産在篩月臺旁。

△**雜産**

山中異花奇鳥、苦茗良藥，品彙頗多，不能備録。

按：舊志物名不詳，但至今端陽日入山採取者甚衆。

○**異蹟**

△**石臼**

石臼在振衣岡下、流花澗西、篩月臺北，世傳日出穀可飯一僧，後有馬僧者鐫大之，遂無轂焉。

△無底螺

無底螺産於涵光池，好異者謂爲仙人所遺。

按：《康熙縣志》：義烏王汶云：白雲先生喜食螺，倒吮之，棄其殼於池，故至今池螺皆無底。中嘗遊白雲洞見紅蝦，相傳爲先生棄食餘之蝦於水，故蝦色皆紅，與此説相似。

△飛來石

竹巖子構迎華亭，乏碑跗，方五尺，求而不得，忽山人來報，山側有浮空石一片，兩面光平如削，適合跗式，咸言飛來石也。吁！余素不語怪，詎有此理？山人曰：「僕素知子博極群書，物理亦當格致。世傳山石飛徙，更僕未易悉數，如舉一二言之。吾浙西湖有飛來峰，鄰封烏傷有飛來山。《詩》云『高岸爲谷，深谷爲陵』；唐武氏時，平地特起一山數仞；又矧飛星在天，落地爲石，屢見經典不誣。此蓋天地化工，神異灾祥，感合所致。」嘻！余怪而識之。詩見《勝事志》。

院宇志二

△沿革

八華山在邑西懷德鄉，余家之後山，八峰環列，奇勝獻華，舊有景睦菴、迎華觀，皆佛廬也，乃先文懿公許白雲先生門人許孚吉庵堂。初，孚吉公緣外祖蕭北野之雅，獲遊先生之門而受知焉。先生病目，倦于應接，元延祐甲寅孚吉乃迎至兹山，講明正學，從遊者無間，遐邇雲集，濟濟造就多士。于時金華稱爲小鄒魯，書諸史志，聞諸郡省。先生没五十餘祀，國初，許和伯兄弟結亭山巔，扁曰「白雲」，名公胡翰記之。既而觀廢亭圮，正統改元，許彦洪公重建精舍，義捨田地，給人居守，奉祀不替，吾師應公典記其事。嘉靖甲午間鄉邑諸友景先生餘風，咸集山中，會文闡學，各捐金斥田供祭，俎豆弦歌，聲聞鄉曲，化及鄰封，亦一時之嘉會也。今人亡會馳，更辱樓大理鹿屏、趙春元東望諸公臨華陽、彭山書屋，期以興起斯文，學者靡不向風欣慕。上泝先生德業，以及于朱、程之緒餘，建迎華亭于舊址，欲俾遊斯亭者，咸知掇採八峰之華，重光兹山之華于寰宇間矣。尚維同志相與圖之于不泐。

按：竹巖子殁，至清乾隆丙子許永鉦等重修八華書院，改面東爲面南，記列後。

△白雲亭記

距婺之東百有五十里，其邑爲東陽；未至邑四十里，其鄉爲懷德，其山有曰八華山，故文懿先生講學之所也。山之麓，邑人許氏居之，其兄弟曰和伯，曰晉仲。伯温伯恭，自以其生也晚，不及登先生之門，幸嘗私淑諸人，而與有聞焉。顧瞻遺躅，日接吾前，又幸而未泯，則先生之流風餘韻被及山川草木者，豈直吾鄉之榮哉？誠有慨於心矣。乃度地於山之冢，構亭曰白雲，而屬予以紀其成。

白雲者，先生故所自號也，因其故號而扁之，尚德也。乃爲之記曰：

儒者之學，尊本明統。宋南渡以來，朱子嘗以是傳之黄文肅公，文肅再傳而爲仁山金公，至先生蓋六傳矣。延祐甲寅、乙卯之間，天下承平日久，文治誕興，名公貴人聞先生名者，争欲辟致，以爲時用，先生固辭。而侍御史趙公宏偉駐節金陵，寓書願聚子弟以事之，先生留金陵，及是乃歸。而從遊者益衆，以目眚不能見客，遂屏跡山中，諸生籯糧笥書，從者如故。去湫隘而就爽塏，暢堙鬱而挹清曠，境與心會，以專精所學。一時師弟之間，其所得宜何如也！

今五十餘年矣，先生既没，而兹山遂表著於婺。余家郡城，日與俚欲雜處囂塵，翹首而視夫雲林煙鳥之外，安能凌躡其巔？而先生之門，則嘗一灑掃矣。方是時，年少氣鋭，聞其所聞，而莫究其所以聞也；見其所見，而莫尊其所以見也。又况不得聞不得見者，安能有諸身乎？事往而世殊，志存而力不逮，今老矣，猶不容已矣。嗟哉！萬物同宇以生，而人之在天地，猶一物耳，自幼至老，大都不過百歲。而百歲在天地猶須臾耳，以須臾眇焉之生，而欲並天地以立，與天地以爲終始，此非有他，不過盡夫人所以爲人之道焉耳。人之所以爲人者，其理命於天，所以爲性者五；著於人，所以爲倫者五。明而識之，無一不盡其當然之則，得其本然之固有者。天理存而人欲不足以間之，此非儒者之學乎？雖先生之受於仁山，仁山之受於魯齋，上泝朱子之所傳，有不得而窺者，豈能外是以爲教乎？由朱子之所傳又等而至於河南二程子，又等而至於先聖孔子，亦豈外是乎？故曰以一物觀萬物，以一世觀萬世，聖人也。聖也者，人之至者也；人也者，物之至者也。知乎至而至之，吾雖不能以一觀萬，然去先生未遠也，固可得而識之矣。

和伯等所尚如此，其兄弟之間蓋有過人者。先生之仲子存禮洎吳君德基數爲予道其事，存禮能紹其家者也。試相與登斯亭，而以余言觀之，則凡興起其高山景行之思者，不假他求而得之矣。故於其登覽之勝、風物之美，有不暇言者以是也。

洪武元年戊申二月初八日後學金華胡翰記。

△瞻雲書院記

八華山，元白雲許先生講學之地。山之東南，先生門人許公三畏之所居也。厥孫彥洪公繼志仍圮屋而新之，以肆講習，故予輩因得文會山中，以追尋先生之遺業。三畏公之裔竹巖子一元與焉。其父畫軒君珏聞其義而是之，思以是私淑其子姓與其鄉之後進，謂山途崇峻，而苦於時登之難也，乃即山之麓，列屋二十，周之以垣，顔其堂爲瞻雲書院。左右則存心、立行齋也，庖湢器用成備而以記屬予。

予曰：八華之立會也，子實紀綱之。今茲之有是舉，竊意登斯堂者，仰瞻白雲之高風，以觀厥成，子盍思所以詔來學？予惟斯道之不明也，其必由學之弗講乎？白雲子奮自元末，當道學之中微，義聚茲山，興起一方之豪杰，而推原尋繹，始乃克延何、王、金氏之統，以上接朱子之傳，其有績於斯道者於今爲烈。予輩既幸而生此鄉，近先生之居若此其甚也，去先生之世若此其未遠也，其流風之未泯，得無有聞知而興者乎？是故一景仰而登八華之堂，師白雲之道，固有志者之不足難而書院之所以有建也。畫軒君之爲此，豈徒然哉！誠懼夫學阻於志之不篤，遷於術之不專，而足爲師道病也，故爲之安其啓處，一其心志，而使之術者專工以無所於外慕而徙業焉耳。然則士之有事於講學而求以致其道者，夫既已不患不得其地矣，而可不思所以自勵其志乎？夫有其地而無其志，有其志而不得其地者，其賢不肖之相去何如哉？身斯道之任者宜不能一日釋然於此矣。夫亦切磋砥勵以聖賢相期，認天理而惇實行，皆自彝倫性分中求之，出則以是道爲上爲民，入則以是道爲孝爲友。雖上質諸堯、舜、禹、湯、文、武、周公、孔子，下及周、程諸子，亦不過是，故曰有爲者亦若是。稽之《八華講義》之所發明，有可得而信者，固未嘗外人情、遺事物，作偶人狀而已，足振起夫絶學而中興之，以爲天下之學者倡矣。是則八華之廢興，固斯道之所由以盛衰，而是舉之成也，不重有賴焉者乎？不然，飾虛名，崇詭習，假道學之門户以文其欺，則書院之設，是乃所以爲訓奸長惡之資焉耳矣，能無負於畫軒君之盛舉？能無忝於白雲子之後人也乎？

仕生也晚，亦嘗與聞白雲之風而竊懷斯道之憂者，然猶冀吾黨之能相與有成而幸瞻雲終不爲虛器也。因自道其情之不容已者，以爲之記。

嘉靖十七年戊戌九月望日，松山郭仕拜書。

△八華精舍義田記

東陽許一元、蔣基、蔣寶輩來學五峰，歸而若有得焉。爰集同志凡若干人，歲會於八華山上，鋭然有求道之志。八華在東邑西四十里，本元儒白雲許子講學之所，元輯厥誌訓，踵門而言曰：「白雲許公之學，其聖賢之學歟？説者謂二程子之道得朱子而益明，朱子之道得許子而益尊，信知言也。粤考授受，有曰：吾儒之學理一而分殊，理不患其不一，所難者分殊耳。於是肆其辨於分殊，而要歸於理一。又曰聖人之道中而已矣，於是事事求其中者而用之。茲其上接濂洛爲朱學世嫡者，然歟？否乎？」

予喟然曰：「將紀摭者之末精也。此趙師夏之臆言，許子常舉之以復吴正傳，又自以爲自得之妙，在自勉者也。按朱子《延平行狀》《問答》中則無之。其曰：『李先生教人，大抵令靜中體認大本，未發時氣象分明，則處事應物自然中節。』朱子以爲龜山門下相傳指訣者如此。其語《中庸》，則以喜怒哀樂未發之中爲一篇指要，必也體之於身，實見是理，如顏子之卓爾不違於心目之間，然後擴充而往，無所不通，其所以求中者如此。又曰：『講學切須深潛縝密。』若概以理一而不察夫分之殊，此學者所以流於疑似亂真而不自知也。其所謂理一分殊者如此。若曰『理不患其不一而難於分之殊』，遂求分殊以歸一，是則無根顛倒之見。告子義外之學，孟子之所以辭而闢之者也，奚以爲許子，奚以爲朱子哉？夫道，率性而已。性原於天，具於心，渾然與天地萬物一體者也。學者果能反躬存察而自得之，則大本立而達道行，萬事萬化不外是矣。故曰『溥博淵泉而時出之』。若曰戒懼慎獨焉，博學審問慎思明辨篤行焉，凡以此也，故曰同此者之謂同道，異此者之謂異端。豈惟之數子者云然？自堯、舜、禹、湯、文、武、周公、孔子，下逮周程數子，以迄於今，雖或所至淺深不同，苟志於道，莫之有易也。觀之《八華講義》，雖其條分彙别，若或支焉，究其歸，則以五倫五性爲之本。而五者之中，尤以信爲四德之基，朋友爲五倫之重，而其實地功夫則或扶導誘掖於人欲未萌之先，或激勵防遏於天理既梏之後；或使之戒慎於不覩不聞之際，或使之謹察於己所獨知之時，皆相與致力一原而非泛然從事於外者也。許子之學受之仁山金子，金子受之魯齋王子，王子受之北山何子，三子者之傳，一則曰立志居敬，一則曰省察克治，一則曰涵養擴充，皆一本也，奚許子之獨爾殊哉？迨其晚年有謂聖賢之學，心學也，後之學者雖知明諸心，推之事，而涵養本原，弗究弗圖，則雖博極羣書，修明勵行，而與聖賢之心猶背而馳也，深得延平之旨而弗之及，愚以是知紀摭者之未精也。《太極圖説》朱子疏請國史改正，蓋學識係人淺深而紀録隨異，昔有之矣。果若人言，豈惟許子蒙疑，抑亦厚誣朱子、延平，而濂洛之脉微矣。不信其自言，而信人之言，不亦異乎？或者曰程門後流爲禪學，朱門後流爲末學，或此類也。何詞之費？嗚呼！前賢學術之指歸，正後學趨向之門徑，而可苟哉？高山景行，崇誠敬以蓄德，後學事也。肆指摘以別異同，俟他日充然有得焉未晚也，夫我則不暇於是。」

元等尊所可信，缺其所疑，作而歎曰：「幸哉！許子得自白於世，八華於是乎益重矣。元先世三畏翁從之遊，更歷時久。書屋蕪圮，皇明正統間高祖彦洪翁起廢崇宇，扁曰『八華精舍』，慮或弗恒，置田若干畝，地若干畝，業於人，俾世守之，使元與弟澄輩得以仰止藏修其間，而元之世澤將托之不朽，容知後之慕今不如今之慕許子者哉？請一言以垂後。」遂次爲之記。

嘉靖十九年庚子元旦，後學永康石門應典書。

按：丘壟列後《崇學志》。

△小洞天記

竹巖子作對山樓，前遡八峰，後對八華，仰白雲也。樓之下環甃爲牆，上開一綫之天，爲予偃仰棲遲之所，名之曰小洞天。

嘉靖丁未季秋之吉，與客落成，採菊賦詩，酣歌論古。客作而言曰：「吾子講會八華，所學者修己治人之道，於凡曲士惑世之術排斥甚嚴，覩子之名居，得非類夫方外所謂洞天者乎？」竹巖子曰：「事固有名同而實異者也。周有明堂、辟雍，漢光武、宋徽宗亦有之。政教有邪正之殊，而功業頓異，天下之事，容可以名同而例之乎？予嘗讀《易》，得《大畜》之象，曰：『天在山中，大畜。君子以多識前言往行，以畜其德。』洞中之天，不猶山中之天乎？吾取以爲法焉。夫前言往行，聖賢之跡也，載在典籍，於斯藏焉修焉，息焉游焉，以求大聖賢之所以得於天者而畜之，抑不識可以無媿於聖賢之學，無負於孔子廣大畜之象乎？願子發我蒙以教我可也。」

客翻然悟，囅然笑，曰：「就事論事，不亦可乎？今夫山，草木寶藏之器，求其草木之所以生，寶藏之所以興，謂不本於天之氣化流行，萬物資生而得之乎？苟失其天，人見其濯濯也，又何貴乎山哉？人也者，德業之器也。天德不凝，亦空空鄙夫耳。人之所以爲貴者，以其所天存焉，仁之於父子，義之於君臣，禮之於長幼，智之於夫婦，信之於朋友，根心生色，何莫而非天之道也？故曰天命之謂性，率性之爲道。是道也，五帝之所以帝，三王之所以王，孔孟之所以師，萬世皆不外吾天性彝倫中得之，董子所謂道之大原出於天是也。吾子果能藏於斯修於斯息於斯游於斯，大畜吾性分之天，則德業之在，子將不勝其用矣。其窮也，以是天爲敬爲畏爲孝友；其達也，以是天爲雨爲露爲豐年。德蒙當時，澤被後世，亦可爲善法大畜之象，無媿聖賢之學者也。周公繫上九之爻曰：『何天之衢，亨。』孔子又從而釋之：『何天之衢，道大行也。』蓋以畜之大者，亨，必大，周孔豈誣人者乎？吾今而後知方外之士特事一身之天，小其天者也，視吾子之天，豈不大相徑庭也哉？」

竹巖子喜而謝曰：「走也不佞，非子之同志，孰能温我顔，牖我衷，發明大畜若此其大者乎？」更爲抱燋執燭，宿客於樓，求講先天後天之學。噫！安得乘八華之白雲，騁草廬之逸馬，徑趨伊洛武夷之庭，以游周孔羲文之天。客曰：「敢不與子懋之？」遂書其説於壁以觀法云。

嘉靖二十六年九月二十二日，竹巖許子記。

△華陽墨莊小叙

竹巖子姓許名一元，世居邑之西鄉曰梅峴。屋之後山曰八華，元儒白雲許公講學之地。嘗與諸友蔣龍山輩讀書山巔，聞海内有陽明夫子，其學大行永康。嘉靖癸巳，贄謁恩師石門公應老先生於五峰書院，朋從數百，樂觀其盛，頗有志向。歸與龍山輩結會八華，諸友日衆，即於山麓曰彭山，建屋一區曰竹巖書舍，往來五峰一紀有餘，更辱松溪翁程老先生、晉菴翁應老先生相繼主會五峰。元嘗與分末席，益聞斯道，不勝感激，輒有求友四方尚友古人之志。

歲癸丑，續蓋小廳三間，上肖白雲公像，時興瞻仰，每歲春秋次丁祭之。左右厢數十楹，諸友藏修之室。左厢南爲正門，友人趙太冲大篆竹巖書屋，繚以垣墻，庖湢井囷，苟完廳事。西暖廳三間，會主松谿翁賜額會講堂，求教於諸友。堂之後松風閣，以其在八華之陽，晉菴翁題曰華陽洞天，亦陶弘景隱金陵華陽怡白雲、喜松風之況。閣之下可以棲遲偃仰，會友陸芝山書扁，規我以廣大高明。閣之上儲書數卷，破我顓蒙；素琴一曲，消我鄙躁。堂前小軒五楹，曰迎賓館、鋪石館。前爲弄月臺，觴客微醺，對月吟哦，亦慕無名公之脱略。臺之下曰墨莊池，人以田廬爲莊，元乃山中狂士，不事田廬，惟以翰墨從事，故以彭山爲墨莊，斯池亦以墨名。池植荷花，亭名君子，聊竊周濂溪之風味。元雖買山乏錢，素以勤儉居家，頗鳩田地二頃、山塘一頃，永爲墨莊供祭迎賓之需，亦竊范義莊之遺響。此誠狂瞽謏智，未免大方家之哈。但元幼有山水之好，長入府庠，爲舉子業束縛，志不及展。年來得以脱身歸山，自謂有山可耕，有水可漁，有書可讀，有酒可釃，天其假我遐齡，與一二知己相羊兹山，濯泉石以長嘯，採荃蕙以高歌，茹虬松修竹之翠，飲清風明月之腴，逍遥塵外，傲睨霞表，遂我初志，以終太平。此華陽狂士之深願，而墨莊之所由作。謂予不信，請質諸八華山靈。

嘉靖三十二年癸丑，竹巖許子記。

按：祭文及丘壑列《崇學志》。

△彭山書院記

竹巖許君一元，邑之聞人也。奮心鉛槧，典籍衿紳，駸駸乎將脱穎矣。既而方圓殊合，竽瑟乖投，乃棄而不售，擬跡小山，陶情大隱，養晦八華精舍，歷取宋元以來名儒碩彦詩文講義捧誦衍繹，思以溯津源之混混，紹墜緒之茫茫。私淑之念彌長，良工之心獨苦矣。既以四方之就學者衆，懼其無所主也，又於山之側建書院一區，名曰彭山，因其地也。軒曰迎賓，志同趣合者於焉傾蓋，而因以投轄也。臺曰弄月，客醉則相與徘徊其上，睹東方月出，怡然而歌，頹然而卧也。臺之下曰墨莊池，松滋玄香，臨流濡穎，取給於斯也。荷之亭曰君子，芳以茹其華，成以食其實也。常稔之田三頃，鮮食之塘一方，往者來者無資於東道之主，成給於廩庖之需也。於是笈而遊者，屐而登者，青衿籃輿而訪者，充牣道途間。華陽之屋，幾與白雲、白鹿相鼎盛矣。夫多士之生，群以頖宫不足而爲書院之創，所以廣教思也。此固有國之典，有司者之責，孰若許君出己有以資衆，流皇明溥博之仁哉？矧士之羣居呻吟佔畢爲青紫計耳，君已蟬蜕塵氛，浮雲軒冕，懸利見之車久矣，而惓惓爲麗澤淑艾之圖，其志詎可量哉？

丁丑之歲，君年已八十餘矣，友人許子應濳，君之宗也，謀所以壽君者而君不樂，曰：「吾惟以道之未聞爲懼，年之就朽爲憂，而奚以壽賀？且徜徉兹山，諸君之勖我者多矣，而未有爲之記以示儆省，豈以老耄而棄我乎？」予聞而壯之，曰：「卓哉！許君血氣既衰矣，而尚不忘國士之交儆，其視武公年未及而功可倍之也。君之向進，奚涘哉？」君嘗寄我《三才志》《八字説》等書，予欲就正而未有其因，乃爲之記而歸之，庶他日遊茲山而憩於墨莊，托楮穎爲先容也。

萬曆五年丁丑仲夏，眷生震所王乾章拜撰書。

又

距邑西一舍餘，山曰八華，迺元儒白雲先生講學地。山之陽曰梅峴，爲許氏世居。許之稱竹巖子者，素業儒，溉白雲之澤者久，卜居八華之麓、彭山之阿，構精舍一區。首爲門，門之内爲堂，白雲先生遺像在焉，常率子弟春秋舍奠於其中。堂之西薄墨莊池爲軒，曰迎賓館，館前鋪石爲弄月臺。頫臺下碧漪萬頃，可以挹天光雲影之徘徊。軒之北爲會講堂，常與同類闡白雲《講義》於斯堂之後。陟重階爲松風閣，雕甍插漢，八牖玲瓏，内儲書數萬卷，每吟諷餘時，得以白雲松風之興同諸人。仍慮諸人所需或不繼，乃斥田地三頃、山塘一頃爲比范義莊之遺響焉。

於戲！嘗謂士君子之處世果窮達之有異耶？觀之子初治舉子業，且有試輒棄去，從永康石門應公、松谿程公於五峰書舍，精修陽明王公學，歸而求白雲先生遺緒而徵之。又與諸友龍山蔣子輩諄諄然反覆而辨之，是何其意之殷也！予嘗造而信宿焉。目其手不停披，口不絶誦，至廢寢食，雖厥肌如臘弗卹也。每深夜燭光透曙，初寂然若夢夢矣。久之忽礶然作拍几聲，是非其有得於發憤之餘者耶？然則子之於茲舍也有得亦多矣。仍屬其後人世其志，他日弗墜子之緒，有如子今日之於白雲焉，則於范義莊周人之意也，固未知爲何如，其爲學者百世之資也，予竊以爲較愈矣。

萬曆五年丁丑七月，望春生愛泉李學道拜撰。

△迎華亭記

夫邑西四十里有山曰八華，元時許白雲寓之。斗折而上，有迎華觀，先生於講習之暇，風晨月夕，曾引其徒賦詩於此。詩曰：「夜深來此倚闌干，十里樓臺俯首看。月到中天花影正，露零平地草光寒。氣清更覺山川近，意遠從知宇宙寬。長嘯一聲雲外落，幾家兒女夢初殘。」百世之下，誦其詩，想見其爲人，先生真風流人豪哉！顧先生之詩未亡，道不墜地，而觀則圮矣。

萬曆己卯，青陽樓如山來，良用興慨，竹巖許子一元矢釋其嘅也。越明年，乃捐資於囊，伐石於山，掄材鳩工，復亭之，仍名迎華，視昔有光矣。命其孫來貢徵記。如山竊聞先生之教矣，先生之教具在方册，大都已於此詩中發之，何也？

丁元之季，皇路黯黑，夷教横流，其猶夜乎？士生其間，昏昏眊眊，不見天日，其猶夜之夢乎？是故有慕高譚玄，遺落虛曠，爲莊蝶之夢；有名利薰心，欲火難滅，爲邯枕之夢；有營營逐逐，旋得旋失，影響剽竊，終無實際，爲槐柯、爲鹿蕉之夢。嗚呼！孰非夢也，孰先覺耶？先生痛之久矣。其心蓋曰：「吾既不得清明之世，以符孔子夢周之意，獨忍舉世大夢不覺乎？」於是屏跡潛思，高搜遠採，溯濂洛之派，濬洙泗之源。道既覺得矣，乃自覺覺人。山間木鐸，振起來學，以共扶聖教，曉然知吾道之正而不昏於邪，知夷之不可以亂華而不昏於出處，知鄒魯之真承有在而不昏於向往。由是高者就，卑者跂，既聾而聰，既盲而視，如夜斯旦，如夢斯醒。先生覺人之功大矣哉！吾嘗繹其詩：夜深，傷時黯也。倚闌、俯首，特立塵表也。月中天、露零地，言上下察也。山川近、宇宙寬，與造物遊也。長嘯雲外而夢殘，其聲之弘且大，而莫不興起也。嗚呼！盡之矣。非先生覺之而誰也？故曰：先生之教具在方策，大都已於詩中發之。詎非覺及門，覺當世？繼往開來，昭揭六經，如日中天，光啓我朝文明之治，與有賴焉。語云「天不生仲尼，萬古如長夜」，胡元微先生，長夜漫漫何時旦耶？然則是詩也，固非徒咏也；而是亭也，又豈可少也哉？許子復之，良是矣。後之來遊者，登其亭，思其人；思其人，師其道。羹墻夢寐，如或見之，則迎華不在亭而在心，白雲不在先生而在我矣。不然，玩具耳；亭之建，贅疣也，奚夢爲，奚復爲，奚以文爲？

萬曆八年庚辰小陽月小雪節，鹿屏樓如山記。

△重修八華書院碑記

有宋理學之傳承，考亭之嫡派者，勉齋黄氏而外，婺州何、王、金、許四先生其最著也。北山何氏以純實工夫受業於勉齋之門，轉相授受，至文懿許先生爲集其大成。先生起自宋元之際，闡明道學，統繼千聖，功在萬世，固已日星昭而江流緯矣。我朝崇儒重道，雍正三年以廷臣建議而白雲先生始與從祀於宣聖之廟，是先生乃萬世天下所同師，亦萬世天下所同祀者也，詎惟八華云哉？雖然，又有説。夫地以人重，思召伯者猶愛其棠，况於藏修遊息、傳經受業而又有家世淵源之屬，其得無意也歟？

先生於東陽爲桑梓之邦，前明嘉靖間建仰高祠以祀，而八華書院乃講學之區也。竹泉雲樹，曠世之下猶有如晤。燈嘗閲其記、誌，元延祐間，許公孚吉延先生於兹，一時從遊者雖在燕、趙、齊、魏，罔不負笈重趼而至。延及有明，若彦洪、竹巖諸公起廢崇宇，置田給脯，招致四方名士，歌吟誦習其間，蓋彬彬極人文之盛，而綿教於勿替，猗歟盛哉！

洎是而後，以迄我朝兵燹，棟宇漸圮。乾隆丙子，先生後裔居梅峴者端里、肅堯、肅填、肅沿、永鉦等慨然創議，圖爲修復之舉。衆志亦罔不翕然，輸金矢力，乃拆其舊宇面東者，始其基，增其礎，覺其楹，高其閈，作堂廡二所，易爲坐北面南之關。經始是年冬，閲戊寅之秋落成。設白雲像以祀焉，蓋以追先生藏修遊息、傳經受業之跡焉。規模煥然，於前有光，人曰：「是役也，許氏諸君誠克繩其祖武矣。」顧余猶竊有望者。先生不嘗自謂曰：「吾生平無以異於人，祗是爲學功夫無間斷耳。」噫！先生所以無異者，正其所以異於人也。而先生之所以異人者，要非人之不可學而幾也，是故先生之遺徽，所謂日星昭而江河緯者，雖萬世之天下猶取而師之，況有家世淵源之屬，寧第春秋享祀之不忒，遂謂無忝紹聞哉？燈不敏，膺司鐸命於先生之邑，愧無所矢職，惟推先生之教人者，與許氏諸君共勵之，以上溯淵源於考亭，則書院之修也，庶幾其不虛已乎！

乾隆二十九年甲申上澣之吉，吴興戴文燈撰。

神龕楹聯

天與名山藏著作

地開幽境貯宗風

右聯語不署年月姓名。又扁一方曰：模范光昭。乾隆廿六年辛巳小春文林郎改授東陽縣儒學教諭倪士弘題。

按：院宇分前後二進。前進廳三間，邊厢各四間，中塑佛像。後進如前式，中塑白雲像，旁列許存仁、許存禮、許孚吉、許三畏、許彦洪、許竹巖六神位。許君家語建議曰：「時霖公德業文學竹巖公後一人，宜列位享祀。」族衆以爲然，中亦以爲然，附記於此。

卷中

道統志三

△八華講義　許謙

按：此篇見前卷四，兹不複録。

△八華學規

諸君以某一日之長來相與遊，未必有益也。然羣居而不同志，則事無成，故敢與諸君約。

心静明理之本

念慮馳騖，紛華牽引，皆心不静。

貌恭進德之基

傲惰之氣，戲慢之容，皆貌不恭。

剛毅乃足自勵

志不堅必有退縮之心。

謙讓可以求堅

氣不下必有拒人之色。

有善當與人共

學問人可共聞，不可私以自妙。

有惡勿忌人攻

至友正欲聞過，不可陰爲陽掩。

以上各自省察，去其所有，勉其所無。

出入以時

晨入各書名於册，以至先後爲次第，昏時散歸。

有故必告

非時特出，必告。或一日或半日不至，次日直書前故於名之下。

言語毋雜

是非無預於己，人之陰私皆不必言。

議論毋嘩

相與議論，當温言盡意以求理勝，剛暴之氣勿形。

觀書毋泛

所明經外，觀通有常。

作事毋惰

有爲期於必成。

勿相爾汝

稱友以字，自道以名。

勿作無益

非進德修業則爲無益。

右請互相警省，同歸於善，幸勿外敬内慢，面從退違。

△童稚學規

仁義禮智信，謂之五常。父子、君臣、夫婦、長幼、朋友，謂之五倫。父子主仁，君臣主義，夫婦主智，長幼主禮，朋友主信，聖賢教人，是要盡此五者，學者所當知。

讀書是要學聖賢言行，所讀經書才曉得幾句一義，便要反身依樣子著實爲善去惡，如此方不虚費工夫。

學者第一要守個信字。

事事著實便有長進。

第二要用個勤字。

一有怠惰便無合殺。

立身以恭敬遜讓爲本。

立必拱手直身，不可跛倚。

拱手必當心。

坐必端正，不可身足動摇。

行必安祥，不可履閾。

言必誠實、和緩、明白，有問則對，應遲者罰。

揖須低頭屈腰，眼視自足，謂揖爲相唤者，撻三下。

歸見尊長，途中遇相識不揖，雖揖不如禮者，皆罰。

長幼當有序，坐則長居上，幼居下，立則長居中，幼居側，行則長居前，幼居後。

凡與人言，自稱其名，學中除親戚有分者隨所當稱相呼外，餘皆以兄弟相呼，不得言爾我。

長者有問，起而對。朋友有故到案前語話，起而答。

讀書須要平仄端正，字句分明，不可雜以他聲。緩誦熟記，背念時全無齟齬爲上。不通者，累至十本，撻三下。

失誤一字，則爲不通。

説書一誦本文，二明訓詁，三解句義，四通章旨，不依此者，即以不通論。

朋友當相與切磋。有疑來問，當實告之，不可欺誑。知而不肯告，不知而撰説以誤人者，皆有罰。不可以小有才而陵人，當自黽勉以求進；不可以無知識而畏人，當自奮發以力學。

貴賤貧富得之於天，各有定分，不可以己富貴而驕誇，不可以己貧賤而諂媚。

竹巖子曰：右《講義》《學規》，元延祐甲寅之歲，白雲許先生講學八華，著之以淑門人，其詞嚴，其義正，先賢之所未發者也。猗歟休哉！迄今二百餘年，其遺文猶能興起吾鄉，吾不知目擊其盛者又當何如也，流之長者，源必遠。先生之學實得子朱子五傳之嫡，斯道之寄，舍先生其誰歟？吾曹山麓之産，近先生之居若是，去先生之世亦若是，雖不敢仰窺宫牆萬一，乃所願學焉而已矣。周子曰：「聖希天，賢希聖，士希賢。」後學志也。願告同志相與圖之，庶不負今日八華之會。

△答門人問　許謙

《太極圖》之原出於易，而其義則有前聖所未發者。周子探大道之精微，而筆成此書。其所以包括大化，原始要終，不過二百餘字，蓋亦無長語矣。謂之去「無極」二字而無所損，則不可也。

太極者，孔子名其道之辭；無極者，周子形容太極之妙。二陸先生適不燭乎此，乃以周子加「無極」字爲非，蓋以太極之上不宜加爲「無極」一重，而不察「無極」即所以贊太極之語。周子慮夫讀《易》者不知太極之義，而以太極爲一物，故特著「無極」二字以明之，謂無此形而有此理也。以此坊民，至今猶有以太極爲一物者，而謂可去之哉？朱子辨之精而曉天下後世者亦至矣，此固非後學之所敢輕議也。此外則無可疑可辨者矣，非朱、陸二子之思慮不及也。

太極兩儀之言，《圖》本於《易》也。而兩儀之義，則微有不同，然皆非天地之別名也。《易》之兩儀指陰陽奇偶之畫而言，《圖》之兩儀指陰陽互根之象而言也。《易》以一而二，二而四，四而八，八而十六，十六而三十二，三十二而六十四；《圖》以一而二，二而五，五而一，一而萬者也。《易》以陰陽之消長，而該括事物之變化；《圖》明陰陽之流行，而推原生物之本根。《圖》固所以輔乎《易》也。惟以兩儀爲天地，則大不可。以《易》之兩儀爲天地，則四象八卦非天地所能生；以《圖》之兩儀爲天地，則五行亦非天地所可生也。夫太極，理也。陰陽，氣也；天地，形也。合而言之，則形稟是氣，而理具於氣中；析而言之，則形而上、形而下不可以無別。所謂《圖》以陽先生於陰，與太極生兩儀者異，此猶有可論者。

太極之中本有陰陽，其動者爲陽，靜者爲陰，生則俱生，非可以先後言也。一元混淪，而二氣分肇，譬猶一木析之爲二，兩半同形，何先後之有？《易》之辭簡，故惟曰「生兩儀」；《圖》之言詳，故曰「動而生陽，動極而靜；靜而生陰，靜極復動」。陰陽既有兩端，出言下筆必有先後，其可同言而並書之乎？況下文繼之曰「一動一靜，互爲其根」，則非先後矣。而下文又曰「分陰分陽，兩儀立焉」。乃先言陰而後言陽，此周子錯綜其文，而陰陽無始之義，亦可見矣。當以上下文貫穿觀之，不可斷章取義也。雖然，動靜亦不可謂無先後。自一氣混沌，其初始分，須有動處，乃其始也。元、會、運、世，歲、月、日、時，大小不同，理則一也。其氣之運行，皆先陽而後陰；一歲之日，春夏先而秋冬後，春夏，陽也；一元之運，子先而午後，子至巳，陽也。數以一爲陽，二爲陰，一固先於二；人以生爲陽，死爲陰，生固先於死。孰謂陽不先於陰乎？但未動之前，亦只爲静，此乃互根之體，終不可定以爲陽先爾。

所謂太極之下生陰陽，陰陽之下生五行。及乎男女成形，萬物化生，《圖》中各有次序，則是太極與天地五行相離，則又不可也。陰陽不可名天地，前既已言之矣，太極、陰陽、五行下至於成男女而化生萬物，此正推原生物之根柢，乃發明天地之秘，而反以爲病，何其異耶？太極剖判，此世俗相承之論，非君子之言也。太極無形，何可剖判？其所判者，乃一元之氣，閉物之後，溟涬玄漠，至開天之時，則輕清者漸澄而爲天，重濁者漸凝而爲地，乃可言判爾。太極、陰陽、五行之生，非果如母之生子，而母子各具其形也。太極生陰陽，而太極即具陰陽之中；陰陽生五行，而太極、陰陽又具五行之中，安能相離也？何不即五行一陰陽，陰陽一太極之言而觀之乎？

所謂「乾道成男，坤道成女」，則二氣不待交感而各自生物，又不可也。此一節自「無極之真，二五之精，妙合而凝，乾道成男，坤道成女，二氣交感，化生萬物」作一貫説下，安得謂不交感而自化生耶？成男成女，朱子謂此人物之始。以氣化而生者，氣聚成形，遂以形化而無窮。真精合而有成，而所成者則有陰陽之異。其具陽之形者，乾之道；具陰之形者，坤之道。又合則又生，至於無窮，皆不出乎男女也。

今所問之言果有所疑耶？或直以周子之言未當也。如其果疑，則以前説求之，或得其梗概；直以言爲未當，則非敢預聞此不韙也。待承下問，敢以爲復。

△通鑑前編序　許謙

按：此篇見前《補遺》卷一，兹不複録。

△論孟集注考證序　許謙

按：此篇見前《補遺》卷一，兹不複録。

△詩名物鈔序　吴師道

嗚呼！《詩》一正於夫子而制定，再正於朱子而義明，朱子之功，萬世永賴，此《名物鈔》之所爲作也。君念朱傳猶有未備者，旁搜博采，而多引王、金氏，附以己見，要皆精義入微，有前所未發。又以《小序》及鄭氏、歐陽氏譜世次多舛，一從朱子補定，正音釋，考名物度數，粲然畢具。其有功前儒，嘉惠後學，羽翼朱傳於無窮，豈小補而已哉？

然有一事關於《詩》尤重者，不可默而弗言。魯齋嘗謂今之《三百篇》非盡夫子之舊，秦火，《詩》《書》同禍，《書》亡缺如此，何獨《詩》無一篇之失？如《素絢》《唐棣》《貍首》《轡柔》《先正》等篇何以皆不與？而已放之鄭聲，何爲尚存而不削？劉歆言《詩》始出時，一人不能獨盡其經，或爲《雅》，或爲《頌》，相合而成，蓋聞夫子《三百篇》之數而不全，則以世俗之流傳、管弦之濫在者足之，而不辨其非。朱子固嘗疑《桑中》《溱洧》諸篇用之祀何鬼神？享何賓客？何詞之諷？何禮義之止？不得已則取曾氏所以論《國策》者，謂存之而使後世知其非，知所以放之之意。仁山屢載於《論語考証》，謂諸儒皆然之。某嘗舉以告君，君方遵用全經，宜不得而取也。今鈔中《二南相配圖》，魯齋所定者，蓋合各十有一篇，退《何彼襛矣》《甘棠》於《王風》，而削去《野有死麕》，則君固有取於斯矣。以君之謹重，慮啓夫末流破壞之弊，卓然有見，寤疑辨惑如魯齋之言，使淫邪三十餘篇悉從屏黜之例，豈非千古一大快？朱子復生，必以爲然也。惜斯論未究，君不可作矣。識於序篇之末以俟後君子考焉。

△讀書叢説序　張樞

按：此篇見前附録二「序跋提要」《白雲先生讀書叢説序》，兹不複録。

△讀四書叢説序　吴師道

按：此篇見前附録二「序跋提要」《讀四書叢説序》，兹不複録。

△白雲先生墓誌銘　黄溍

按：此篇見前附録一「碑傳誌銘」《白雲許先生墓誌銘》，兹不複録。

△白雲公傳　許時霖

傳略。

論曰：吾讀白雲之書，有云「君子之身存，而其道之行不行者，天也。身亡，而其書之傳不傳者，人也」。未嘗不掩卷三歎，以謂道之行與書之傳，其難固若是哉！婺州自吕成公、朱文公、張南軒倡明性學，同時並作，則有陳同甫講經濟，唐悦齋談經史，三家者惟吕氏爲得宗。何、王、金、許衍其脉，而宗風益振，論者謂何如良玉温潤，王如明霞麗天，金如金刀切玉，許如和風被物，其信然矣。顧諸賢各有著述，唐、王爲富，各計八百餘卷，金、許次之。今之所存，金文安獨備，若唐、王、許氏寥寥無幾，大足慨已。文懿公當元運告終，有明龍興，自《觀史治忽幾微》而外，如《叢説》諸書，隆萬之時猶有存者，相去未遠，搜求無從，沈埋之甚未有若斯之速也。雖然，昔歐公得韓昌黎遺文於漢東李氏，卒賴以顯，以知著述之有真精神，必不與東華塵土同一澌滅。矧諸賢之道之學，濂洛嫡系，世敢復有歐陽子得漢東之李氏者出而表彰焉，其爲吾道功臣，不綦幸歟？余故備論之，以竢君子。

從祖時霖公，清乾嘉時人。《白雲公傳論》慨著作湮没也。烈肄業杭垣，採得《讀書叢説》，始知永康胡月樵前輩於同治間刊行《金華叢書》，訪查書目，白雲遺著有《詩名物鈔》《讀書叢説》《讀四書叢説》《白雲集》四種，謹備一言以供學者採讀。鴻烈識。

△存仁公傳　許時霖

明國子祭酒諱元字存仁公者，文懿公冢子也。恪守庭訓，其學一宗朱子，非五經四書不讀，非濂洛關閩之學不講。明太祖下婺州，訪求白雲之後，召元與語，大悦。及葉瓚玉、胡翰、汪仲山、李公常、金信、徐孳、童冀、吴履、張啓敬、孫履皆同時召至，置中書省，會食省中，日令二人進講經史，敷陳治道。已而乘輿還金陵，徵元至行在，拜京學教授，仍命入傅皇太子及諸王。歲乙巳，始置國子學，命爲博士。丙午五月，上發濠梁省陵墓，命從行。八月，進講經史，極陳《洪範》休咎之應，上悦。吴元年四月，上至白虎殿，見諸生有讀《孟子》者，問曰：「《孟子》何言爲要？」元對曰：「勸國君以行王道、施仁政、省刑罰、薄税斂，乃其要也。」冬十月，定國子學官制，擢爲祭酒。明之有國子祭酒，自元始。乃設立教國子法，爲條數十，皆見施行。

元爲祭酒垂十年，出入兩宫，最見禮遇。一切稽古禮文之事，至於人才進退，時政張馳，無不預議。既而浙江僉事程孔昭誣劾其失，有詔勿治，安置韶州。後遇赦還，尋殺。元在韶，即張曲江祠以居。好事者繪爲《南華謫居圖》以相傳示。弟亨公者，字存禮，繼伯承直郎璟公爲後，洪武八年以薦官北平府教授。初存仁即八華書院設教，門弟子甚盛，其最著則東陽張文華一人。

論略。

按：張文華爲許存仁高足，見《金華徵獻略》、邑志。《介節傳》載：張文華字彦光，從祭酒許存仁遊，以仁孝稱。縣令謝寧述職薦于朝，以翰林博士召。赴京面辭，遂放還。有《赴京紀行集》。《别峴山諸友》云：「丹楓滿眼思親淚，緑酒盈樽故友情。」《過烏傷》云：「日落家山遠，天寒客路長。」中考其述職敕書爲洪武十八年，明祖寡恩，許存仁、宋景濂開國儒臣，皆不令終，故有親友之悲；法令嚴肅，勉强就道，故有山遠路長之感。卒得面辭放還，介節凛然。金華學案未採入，爰補列許元門下。

金華學案表

何基

子欽

從子鳳

子宗誠

子宗映

子宗瑞 並見白雲門人

王柏

弟相

族子侃 見上北山門人

族子佖

從孫城

子絡孫

孫

閑 閏 閭 閲

子雲龍

金履祥 見上北山門人

王　貢

車若水

周敬孫—子　仁榮—周潤祖、泰不華、朱嗣壽、陶　凱

楊　珏—周仁榮 見上子高家學、孟夢恂

陳天瑞—周仁榮、孟夢恂 見上簡齋門人

黄超然

朱致中

薛松年

張須立—楊剛中—子　翮

夾谷子奇

聞人詵—子夢吉—吳履

宋濂

子璲

方孝孺詳見明儒學案

唐以仁

子光祖

胡仕寧

樊禹

盛象翁—陳德永見下絃齋門人

林絃齋—陳德永—朱石

張明卿

趙宏偉

張華夫—子明卿見上絃齋門人

鄧文原—王守誠
牟楷
陳紹大

汪開之
倪公晦
倪公度
倪公武
張潤之
王侃
李鏞
吳梅
金履祥—王廷槐 說見藝文志許白雲贈王斗山詩後
許謙—子元—張文華 說見道統志許存仁公傳後
子亨

- 范祖幹
  - 邢泝
  - 子旭
  - 汪與立
- 劉名叔
- 李國鳳
- 葉儀
  - 何壽朋
  - 許元 見上白雲家學
  - 許亨 見上白雲家學
- 敬儼
- 從祖絃
- 唐懷德
- 揭傒斯
- 朱公遷
- 歐陽玄

方用
蘇友龍—子伯衡
胡翰
朱震亨
王餘慶
呂洙
呂權
呂機
李唐—子希明
衛富益—沈夢麟
　　　　黄彝
　　　　鄭忠
戚崇僧
朱同善

劉涓
李裕
李序
蔣元—子允升
樓巨卿
趙子漸
張匡敬
大父衍　父主喜
馬道貫
江孚
江起
王麟—子延齡
合剌不花
何宗誠

- 郭子昭
- 柳貫
  - 何宗昳
  - 何宗瑞
  - 方麟
  - 李亦
    - 蔣允升
  - 鄭謐
  - 宋濂
  - 鄭濤
  - 戴良
    - 李孝謙
    - 〔父士開〕
    - 李弟謙
    - 李忠謙
    - 唐轅
  - 楊璲

金麟

張必大

童偕

童俱

余澤

衛富益 見下白雲門人

〔兄琰 第瑞〕

唐良驥

張樞

吳師道

子沈

胡翰 見上白雲門人

諸葛伯衡

徐原

趙宏偉

潘墀

△彭山書屋講章　應典

所謂誠其意者，毋自欺也，如惡惡臭，如好好色，此之謂自慊。故君子必慎其獨也。小人閒居爲不善，無所不至。見君子而後厭然揜其不善而著其善，人之視己如見其肺肝，然則何益矣？此謂誠於中形於外，故君子必慎其獨也。曾子曰：「十目所視，十手所指，其嚴乎？富潤屋，德潤身，心廣體胖，故君子必誠其意。」

夫子曰：「古之學者爲己，今之學者爲人。」又曰：「女爲君子儒，無爲小人儒。」子思曰：「誠者，自成也。而道，自道也。」孟子曰：「堯舜，性之也；湯武，反之也；五霸，假之也。」聖賢千言萬語，只是欲人反求之己。蓋以性命于人，本自完足，本無假借。有一毫不自己出，則其所爲之事縱得其正，終是私意，與本體原不相干，故「誠意」之首更指點出一個「毋自欺」三字是甚麽，嚴切謹省。夫人心本體，自虛自靈，自知自覺，苟爲物欲所蔽，雖或不能自克，而其一念之知，儼然如有鬼神之尸其兆，天帝之宰其衷，必有惕然不自安者，莫之使之，此即是不可欺之本心，故毋自欺亦只是欲人就本體上做得昭融明净，無少遮隔。《孟子》曰：「人能充無欲害人之心，而仁不可勝用也；充無穿窬之心，而義不可勝用也；充無受爾女之實，無所往而不爲義也。」充其不欺之類至於纖悉隱微，方可謂之毋自欺，方可謂盡心，方是本體。本體至明至正，去一毫不得，增一毫亦不得。比如惡臭，鼻中本自容不得，故纔聞得便自會惡，便自會除避，更無一毫容忍，方纔心安。至於學者無内無外，無顯無微，而一念之私必盡掃除，不肯容藏，亦只是求其心安，得其心之本體。《孟子》曰：「如使人之所欲莫甚於生，則凡可以得生者何不爲也？使人之所惡莫甚於死，則凡可以避患者何不爲也？」凡古之聖賢，所以當生而死，當富貴而寧貧賤，以至處内外、遠近、常變、得失、毁譽之間，不肯徇外以自欺其心者，亦惟致知以求自足其心焉耳。此心之體，天理渾然，無聲臭、内外、終始，不着物累，不有聲色，是謂隱微，是謂之獨，故曰君子必慎其獨也。慎獨是誠意自慊之功，存主處獨知之心，即是良心，人孰無之。故曰小人閒居爲不善，無所不至，見君子而後厭然揜其不善而著其善，以爲人之視己如見其肺肝然。夫小人不能謹於平時，忽所感觸，深自愧悟，豈有附益於外而然哉？此其羞惡之心，實得之天性者自不可揜。此念雖微，即是全體，即是不欺之本。充而達之，即爲盡心。君子慎獨，慎此而已。慎獨之功，又只是個誠敬。曾子曰：「十目所視，十手所指，其嚴乎？」子思曰：「戒慎乎其所不覩，恐懼乎其所不聞。」聖賢用功，更無二法，更不分有事無事，皆吾致知求快之地。則吾心之本體常知常覺，常足常慊，無富貴貧賤、患難得失、遠近大小，俱以一身處之，而本然之體原自不動，是何等廣大，是何等灑落，故曰：「德潤身，心廣體胖。」心廣體胖總是一個天理，總是一個良知，瑩徹大段。「誠意」一章乃聖賢一大緊關頭腦，知得此頭腦，則功夫俱有着落。若徒務外近名，竊取耳目聞見之似以誇諸人，亦或知有心性之學，而又模議相像以爲終身踐履之地者，則行不著，習不察，自欺之罪恐終不免。

今我同志亦有此病否乎？幸用力克去，無負今日之會也。

△彭山書屋學訓　應典

孔子曰：「言忠信，行篤敬，雖蠻貊之邦，行矣。言不忠信，行不篤敬，雖州里，行乎哉？」

邵子曰：「資性，得之天也；學問，得之人也。資性，自内出者也；學問，由外入者也。自誠明，性也；自明誠，學也。顔子不遷怒，不貳過。遷怒、貳過，皆誠也，非性也。不至於性命，不足以謂之好學。」

周子曰：「《洪範》曰：『思曰睿，睿作聖。』無思，本也。思，通用也。幾動於彼，誠動於此。無思而無不通，爲聖人。不思則不能通微，不睿則不能無不通，是則無不通生於通微，通微生於思，故思者聖功之本而吉凶之機也。《易》曰：『君子見幾而作，不俟終日。』又曰：『知幾其神乎。』」

或問周子曰：「曷爲天下善？曰『師曰』何謂也？」曰：「性者剛柔善惡，中而已矣。不達曰剛善，爲義爲直爲斷爲嚴毅爲幹固，惡爲猛爲隘爲彊梁；柔善爲慈爲順爲巽，惡爲懦弱爲無斷爲邪佞。惟中也者，和也，中節也，天下之達道也，聖人之事也。故聖人立教，俾人自易其惡，自至其中而止矣。故先覺覺後覺，闇者求於明而師道立矣；師道立則善人多；善人多則朝庭正而天下治矣。」

大書「忠孝」二字於華陽洞天之壁。

左録《忠經》一十八章，右録《孝經》一十八章，用爲家庭之訓。

愚謂忠孝天經地義，人道之常，子臣分内事耳。世有不忠不孝，故孔子作《春秋》誅亂臣賊子於前，所以戒後之臣子，欲俾人人盡忠盡孝，上不負聖天子之教化，下不負父師之教養，斯爲天地間一大丈夫也。

△答或人問　許一元

或問：「邵子詩：『天根月窟閑來往，三十六宫都是春。』釋之者衆，願子辯之。」曰：「衆論不述。一説圖中十二辰月，每月三十日，一歲共三百有六旬，十日爲一宫，即三十有六宫也。余謂天根，《復》卦也；月窟，《姤》卦也。即十二辟卦《復》、《姤》、《臨》、《遯》、《否》、《泰》、《觀》、《壯》、《夬》、《剥》、《乾》、《坤》。由《復》而往《乾》，由《姤》而往《坤》，一陰一陽，以至六陰六陽。陽爻三十有六，陰爻三十有六，往來十二卦中。陰陽交會，合之而爲三十六宫；二而分之，爲七十二候；五而乘之，三百六十日。日皆春，不誣。」或曰：「亥月純坤，萬物肅殺，焉得有春？」「古人恐人疑是純陰無陽，故名其曰爲陽月，又曰小春。是月也，薺麥葱蒜生，早梅水仙花開，小春稍見於外。龍蛇蟄燕百蟲咸蟄土中，苟無陽春在地，何以存活於來春？井底水泉煖而生氣亦可徵也。《坤》雖陰卦，更有澤火雷風外卦存焉，焉得無陽？又矧《復》卦至

《乾》百十二陽八十陰,《姤》卦至《坤》百十二陰八十陽。陰陽相錯於六十四卦,卦卦有春,陰陽豈得相離?離則天地生物之心息矣,故曰孤陰不生,獨陽不成。陽生,固陽用事,陽必含陰佐使,陽倡陰隨,成萬物,代有終也。陰生,雖陰用事,必含章爲得,主承天時行,含萬物而化光,坤陰,賴陽而有春也,確矣。」或又曰:「坤陰有春,既聞命矣。子謂人身有春,請聞其槩。」「吾聞諸邵子『心爲太極』,又曰『坤爲太極』,商《易》所以重《歸藏》,歸藏猶心極也。周子定之以中正仁義。主静爲心極,心極立,春亦在其中矣。更宜追宗子思子心極之中和,静則戒慎恐懼,存養以致中,動則和順,道德感通,以致和。中也者,先天之春;和也者,後天之春。誠能致此中和之春,亦能位育天地萬物,是亦子思子之春。人身之春,孰大於此?故曰:人人自有乾坤,人人自有此春。雖然,常變叵測,春亦有時而乖盭,雖聖人亦所不免,顧調變何如耳。文王、箕子嘗罹明夷之厄,一佯狂一羑里,幸其有回天之春,闡明《洪範》,著述《周易》,二聖之春不惟在於一身,至今讀其書講其學,歷萬古而長春,是能變日出地而爲晉。又如吾先師孔子亦遭明夷於陳、蔡,與師弟子弦歌自若,祖述堯舜,憲章文武,生春在六經,而爲萬世帝王師。春在萬世,際天蟠地,欲留春者自當備天地陰陽五行於一身,法四時之生尅,嗣續開發收閉,釀此春於心身,故曰『老彭得之以養身,君子得之以養民,聖人得之而天下和平。』」

△三才志序　唐汝楫

士學而有得，形之著述。著述而概天文、地理、人物，厥道宏矣，豈易易哉？索隱者涉於晦，殊域者拘於聞，臧否者舛於評。倘非心得灼鑑，將安能乎？是以遐古之聖神，顓龐誠篤，與三才之道會，而文闡焉。卦繇以辨天，《禹貢》以敷土，麟經以褒貶，天地人之紀蔑尚於此矣。迨世降道湮，管窺徒從而家喙之。若《甘石志》《裴秀圖》諸野史之録，非不工且詳，而誇誕無稽，取證無據，亦不盡無也。

乃今東陽竹巖許子緝學善文詞，於天地人事之理雜見於紀載中者，靡不博極之，且訂諸四方之見聞，久而有得，遂輯是志。列統系於前，析條目於後，星宿躔次有圖，九州分野有形，古今人物有次。有辨疑以開羣迷，有集解以覈典故，有品題以昭勸戒，可謂簡而晰，要而切，使九埏八垓鴻蒙昭代，一披閲間即有所覩。君子曰：是足以察天文矣，奚其晦？是足以覽方域矣，奚其拘？是足以衡人物矣，奚其舛？殆庶幾繼世之餘響，綱目統志之支流也。諸家之藝，斯爲亞矣。嘻！可貴哉。然敷言貴實，明道有基，《傳》曰由孝弟可通於性命，昌黎曰仁義之言藹如也。許子嘗講會八華，家世以醇謹稱，事母以孝聞，蓋忠信孝悌人也。忠信則質純，孝悌則本沃。質純而後其學也確，本沃而後其末也茂。虎豹不得炳其姿，金玉之相欲掩瑜匿瑕，勿能也已。兹志也有裨考證，予固嘉其文，而其行尤足多也，因樂爲之序。

△圖書輯雋序　　趙祖㫤

粵自天地不愛龍馬之圖，洛龜之數，而八卦九疇已昭于古昔。夫何蔡九峰之詮注率襲漢儒諸説，失聖人本旨？我太祖高皇帝嘗深病之，雖金仁山、鄉先正陳大猷各有《尚書疏注》，其於《洪範》獨未之詳。後邵伯賢暨徒王豫有圖説詳明，惜不傳世，學者不無遺憾。吾鄉竹巖許先生幼穎悟博學，遊郡庠，不試於時，即飃然高志，與應石門典、程松溪文德、應晉庵廷育、程方峰梓廬、一松、可久諸先生輩講陽明夫子學於五峰洞天，餘一紀歸，而結屋彭山，構會講堂，延四方同志者日與講明其間，發之爲《三才志》《八字説》《字學引蒙》，暇日復輯《圖書雋語》，遵聖制，備攟諸儒正義，參以己意，於中新八卦圖以覽，豁見聖賢之底藴。總之以和敬爲主，推之以齊家正國，胥此也。噫！有如先生者，其有功於聖門後學，豈淺鮮哉？嗟予晚學，以凡躅扣元壺，終無窾牖。獲是編而閲之，實禁臠侯鯖，不覺思過半矣。若夫充養之士得之，當洪爐點雪無疑焉。

△一元公傳　　許時霖

明恩褒高士許竹巖者，諱一元，字應中。生貌清癯，讀書過目多不忘。弱冠餼於庠，輒棄去，從應石門典、錢緒山德洪二先生遊。嘉靖間，闢彭山書院於八華山麓，捐常稔田二頃以資其費，引四方學者講學其中，繼又偕程文德、應廷育主五峰講席者十餘年。王龍谿畿、羅念菴洪先、鄒東廓守益聞竹巖名，各以書招，極相推重，以母老辭不赴，黄崇明亦稱其有養之士。生平事親孝，母病，侍湯藥，三年不解衣帶。周卹貧困如恐不及，孝祖孜祠圮，倡義出貲三百金，遺姪棖控按院，題準復祭。萬曆改元，詔優禮有齒德者，邑令鄭準首以竹巖應詔。嗣褒高士，知府王懋德復以宿學耆儒薦於督學東升劉。年八十與永康程方峰梓同舉飲賓，既又遥授儒官。卒年八十六，因題其墓曰明恩褒高士許公竹巖墓。

初，公將卒，問諸子孫曰：「十二日否？」至日更問：「辰時否？」乃沐浴，冠帶危坐而瞑。明年，邑士大夫以鄉賢敦請所司。其論學以程子慎獨爲主，而要以一誠。論良知，則曰：「本性固有之善，孝弟之理是也。湛然虚明，隨感而應，但當推致固有之知爲天下之真知，非但聞見之知而已，夫豈外物所能奪者哉？」《答應石門書》略曰：「今學者奈何有專事静坐爲説者，有專攻朱子爲説者，有高談闊論真若聖賢者。自立道學，門户紛紛，激人議論，豈朱陸之果有異同，不足以信後人歟？何學術之弊若此哉？是皆吾會友倡之也。先生講學五峰，以天下斯文爲己任，發聾啓聵，保障狂瀾，先生責也。良知之學，唯上知者可入，今學者天性既不及前人之高明，加以私欲蔽錮，而求其良知，不可得矣。然必先致力於學問，更馴至以推本於德性，以契其源，庶幾不墜一邊，如今之學非特朱門所禁，亦陽明夫子所不取也。」蓋隱以懲龍谿、石簣一派而思有以挽其猖狂矣。所著有《三才志》《八字説》《字學引蒙》《圖書輯雋》《急就章》《通鑑歸正會要》《一統志略》《素琴吟》《轉丸子》《敝帚録》《山中雜著》等書。國朝乾隆甲辰，盧衍仁與澍暨邑賢紳將五峰講會諸賢盧堯俞、杜惟熙、陳正道、陳時芳、陳其蒽、金萬選、盧士儁、趙忠濟、王崇炳併一元俱從祀白雲書院。

論曰：竹巖天分高明，力窮理窟，當路推轂，功名利達，不以攖心，自壯年至啓手足，不廢講學。當時姚江之學大盛，婺州儒者往往宗之，與何、王、金、許別開途徑，然猶殫知行之實功，履知行之實事，虛寂之弊，尚幸多未蹈襲。竹巖起於其間，學業深邃，著述亦富，惜多亡逸。今觀其一二剩簡，源委端詳，不忘鄉先生之家法，蓋將通朱陸之郵，而思攝其異趨者也。《三才志》談理深湛。余觀《地理圖叙》，經濟之藴，略窺一班。《圖書輯雋》剷削諸家注解藩籬，羽翼聖經。讀《素琴吟》，又恍然想見當日高節矣。夫古來忠孝賢達之裔每多淪落不振，竹巖行事，邑乘所登寥寥數行，有微之者，攟摭載籍，以爲將來之徵。彭山書院一望荒蕪，不堪寓目。善作善成，未嘗不三致意焉。《東陽縣志》謂竹巖逃之山林，將以倡興理學，而歿身之餘，漸以荒没，其志足尚，以高隱目之，庶幾哉信夫！

按 時霖先生名昌澍，以字行。道德文章與三畏、竹巖諸子前後媲美。二百五十年有賢者作，梅峴世運固然歟！中不敏，不敢爲先生立傳，閱譜乘，擇其行之最著者列入本志，冀流傳於不朽。先生幼有大志，紹述竹巖，復興八華，故博習羣書，不求仕進。王太守修葺郡名宦、鄉賢祠，聘爲董理，以其能勤且慎也。白雲先生墓爲膺宗侵佔，慨然任保存之責。家本小康，因之蕩盡，然其志不少衰。仰高祠圮，先生請準給帑修葺。其學力足以動人。彭山不能復興，其財力實有不逮，「一目荒蕪」之語，自悲志不遂耳。著有《金華懷忠詩集》《東陽古蹟類咏》《書耕詩存》《茗帚集》《許氏文行録》。本志白雲、存仁、一元諸先生傳論，乃許君鴻烈由《文行録》採入。

崇學志四

△金仁山許白雲立謚咨文

婺州路達魯花赤總管府承，奉江淛等處行中書省劄付，準中書省咨。

據浙東道呈婺州路申儒學傅職徐文虎等言：朱文公倡明濂洛之正學，發揮洙泗之微言，統緒屢傳。而蘭谿仁山金履祥、東陽白雲許謙二先生未嘗仕進，私淑之功，及人甚盛，載道之美，垂世有光，宜加贈謚，以勵方來。浙東廉訪司僉事瞻思將仕，體察相同，廉訪副使暢太中騰章復請。如蒙備咨都省，特加褒贈，實副朝廷崇儒重道之美意。本省今將浙東道廉訪司本牒文，并各儒行狀繳連在前，咨請照詳。準此。送據禮部呈。核準太常禮儀院關送。

據博士廳呈，議得自紫陽朱子倡濂洛之學於江左，而一時碩儒多被其化。皇元混一以來，若仁山金履祥、白雲許謙皆傳其業而得其正，光前修而啓後學者也。夫以仁山之英才大志，而肆力於天文地理、禮樂兵刑、陰陽律曆之書，而各詣其精微。繼探聖賢心術之奥，研經義深潛之藴、古今之變，以成《尚書表注》《大學疏義》《指義》《論孟集注考證》及《通鑑前編》，以示學者。又著詩文曰《仁山新稿》《口稿》，以明其志。其他著撰，發揮聖藴而未就者，又多有焉。許謙始以羈孤誦習，其功已至，復從仁山，深味道腴，致力於分殊之間，自得於躬行之際，所著書有《讀詩集傳名物鈔》，以補朱子之未備；《讀書集傳叢説》，實與蔡氏有同異；《讀四書集注叢説》，以發先儒之逸義；及《觀史治忽幾微》，以明古今之治亂。至天象、地形、禮樂、制度之詳，田乘、刑法之變，醫藥、字學、音韻、陰陽、卜筮、諸子之言，靡勿研究。發爲文章，不事彫琢，歌咏之言，得風人之旨。凡若干卷，曰《温故管窺》，言《春秋》《三禮》者皆在焉。若《三傳義疏》《典禮》《讀書記》皆未脱稿者也。夫二公以博碩該貫之學，淵粹充著之德，涵泳聖涯，潛晦不耀，而聲光益焯，聞望益崇，學者四集，著述皆富，其德業固不在黄勉齋之下也，而易名之典，可獨闕乎？在謚法，博文多見曰文，造道自得曰安，宜合二字爲金公之謚。又按謚法，忠信接禮曰文，文德充實曰懿，宜合二字爲許公之謚。具呈照詳。準此。

本部議得浙省浙東道呈婺州路申舉：保金履祥、許謙學貫五經之精微，道接千載之統緒，隱居求志，著書立言。移準太常禮儀院關：夫二公以博碩該貫之學，淵粹充著之德，涵泳聖涯，潛晦不耀。博聞多見曰文，造道自得曰安，宜合二字爲金公之謚；忠信接禮曰文，文德充實曰懿，宜合二字爲許公之謚。以此參詳上項事，理合準本院所撰以爲兩先生謚號。如蒙準呈宜從都省，回咨本省，依上施行。準此。省府合下仰照驗，依上施行。奉此。總府除已下本路儒學，依奉省府劄付内事理施行，合飭即涓吉備禮于先賢祠，安奉二先生神主，并下合屬州司縣依上施行去後。又承奉浙東道宣慰使司都元帥府劄付，亦爲前事，仰依上施行。奉此。總府合行照會，依上施行。須至照會者。

元至正七年八月初九日。

△請四子從祀孔廟疏

浙江等處承宣布政使司金華府知府等官臣劉蒞等謹奏，爲褒崇正學以隆治道事。準本府知府劉蒞開：竊惟道之顯晦有時，人之抑揚有數。時可矣而道不顯，是天欲終晦之也；數可矣而人不揚，是天欲終抑之也。然道顯則人亦揚，顧所造何如耳。昔孟軻氏没，吾道絶學千五百年，而周程張朱始續其傳；朱熹之門聞道者衆，可以繼道統之傳者，亦只二三子，黄榦乃其巨擘也。熹臨終，悉以深衣幅巾及平生遺書付之，曰：「吾道之托，盡在子矣。」若然，則繼朱熹者非黄榦乎？

榦爲臨川令，婺州金華人何伯㷆適爲縣丞，因命其子何基師事焉。榦一見器重之，因告以聖賢之學必有真實心地、刻苦工夫而後可，基乃悚惕受命，於是因黄榦之言明朱熹之旨，精義新意，層出不窮，熹門人楊與立一見推服。當時學者霧滃雲集，基盡以所聞於榦者淑之曰：「立志貴堅，規模貴大，充踐力行，死而後已。」學者翕然從之，斯道遂大盛於東南。然則繼黄榦者，非何基乎？

一傳而得同郡王柏，資禀英邁，勇於求道，盡探何基之秘，蔡抗、楊棟相繼守婺，趙景緯守台，聘爲麗澤、上蔡兩書院講師，鄉之耆德斑白皆執弟子之禮，而師道爲之再盛。然則繼何基者非王柏乎？

再傳而得同郡金履祥，講貫益密，造詣益邃，盎然春融，怡然冰釋，訓廸後學，諄切無倦。宋祚將移，樊襄圍急，履祥因進牽制擣虚之策，請以重兵由海道直趨幽薊，則樊襄之圍自解。時不能用，遂不復仕。觀其所充拓所論著，蓋親得何、王之傳而並擴之，然則繼王柏者金履祥也。

又傳而得同郡許謙，致遠鉤深，以聖人爲準的；旁搜博采，以義理爲折中。其規模益宏大，其涵蓄益深遠。開門講學，遠而幽、冀、齊、魯，近而荆、揚、吴、越，不憚千里，皆來受業，四方之士以不及其門爲恥。當時中外名臣薦者百數，至以其身之安否爲斯道之隆替。觀其所體驗所著述，蓋盡得何、王、金之藴而益充之。然則繼履祥者許謙也。是四子者皆親接黄榦之傳，以上續朱熹之統，寥寥三百年餘，未從孔門之祀。

成化間，按察司僉事辛訪亦嘗具奏，未蒙准行。當時議者曰：「朱文公熹與吕成公祖謙講道金華，郡儒何基、王柏、金履祥、許謙師徒累葉出於文公之後，而居於成公之鄉，其於斯道不爲不造其徑庭，然造堂奥則未也。」爲是説者，誤矣。聖道之奥在顔子，且曰未達一間，路、夏輩升堂未入於室，七十子宫墻外望者不知其幾，而可輕造哉？要在其有羽翼斯道之功，生而可以淑斯人，没而有以啓後學。如四子者，亦可無愧於孔門矣。議者又曰：「羽翼斯道，莫如著述。程朱之後如胡安國之《春秋傳》，蔡沈之《書傳》，真德秀之《大學衍義》，吴澂之《五經纂言》，學校以之育才，經筵以之勸講，其功偉矣。何、王、金、許之所以爲書，其用恐未若是之專，其功恐未若是之偉。」嗚呼！爲是説者，或未多得何、王、金、許之書而讀之也。何基所著《大學發揮》《中庸發揮》《大傳發揮》《啓蒙發揮》《太極通書西銘發揮》《近思録發揮》《論孟發揮》；王柏所著《讀易記》《讀書記》《讀詩記》《讀春秋記》《論語衍義》《太極衍義》《伊洛精義》《研幾圖》《魯經章句》《論孟通旨》《書附傳》《左氏正傳》《續國語》《閫學之書》《文章續古》《文章復古》《濂洛文統》《擬道學志》《朱子指要》《詩可言》《天文地理墨林類考》《大爾雅》《六義字原》《正始之音》《帝王曆數》《江左淵源》《伊洛指南》《雜志》《周子發遺三昧》《文章指南》《朝華集》《紫陽詩數》《家乘》；金履祥所著有《論孟考證》補《集注》之所未備，《通鑑前編》多先儒之所未發，其他如《大學疏義》《指義》《尚書表注》，天曆初廉訪使鄭允中曾上其書於朝矣；許謙所著有《讀四書叢説》《讀書叢説》《讀詩集傳名物鈔》《觀史治忽幾微》，其他如天文、地理、典章、制度、食貨、刑法、字學、音韻等書，國初亦已梓行矣。雖不能如胡安國、蔡沈、真德秀之顯行於時，亦皆發明聖道，裨益程朱不少，其視吴澂、許衡，蓋不知其孰兄而孰弟也。孔門從祀，若專取著述，不知當時多慾如申棖，愬子路、沮孔子之道如公伯寮，所著何書？雖不能無磯激警醒之功，而終作聖門之梗，方且傴然坐食兩廡，其視何、王、金、許何如也？亦有僭經叛經，詭道非聖，惡人性而詆孔子，善桀紂而僞堯舜，作奸犯科，得罪名教，亂天下而禍後世者，當時徒以注疏附會取之，而今理學大明，則糟粕棄餘，積於無用，今亦巍坐侑食之列。其爲人，其爲書，視何、王、金、許又何如也？議者又曰：「作於朱子之先而賢賢相承，若朱子之曾祖禰者，楊時、羅從彦、李侗，既不得以是之故而列從祖矣；出於朱子之後而賢賢相承，若朱子之子孫曾玄者，何、王、金、許尚安得以是之故而列從祀焉？」爲是説者，蓋專以世次言也。吾祀道也，夫庸知世次之先後乎？如必以世次，則顔無繇、曾晳、孔伯魚固當並之堂上，不當在弟子之列、兩廡之間矣。臣又嘗聞之，朱熹初見李侗，侗語之曰：「理一而分則殊，今君於何處騰空理會得一箇大道理？説天下之事理一而已，更不去分殊上體認？」熹乃幡然悔悟，盡向分殊上尋求理一。由是言之，朱子翼道之功，李侗實啓之，從彦實傳之，今楊時既列從祀，而從彦、李侗不與，則是曾享祀而祖禰不與也。夫人在堂上，方能辯堂下人曲直，臣亦隨衆觀場者也，且學不足以博古，才不足以通今，未望聖道之蹊徑，安敢品題道學於數百載之上？但質之於大儒之格言，以觀其取與否；考之以諸儒之操行，以觀其醇與否；參之以各儒之著述，以觀其有發明聖賢之道否；察之以古今天下之嚮慕，以觀其有淑於後學否。今儒先之許可既如此，諸儒之操存之著述又如此，古今天下後學無不尊仰又如此，則人心未嘗一日而忘諸儒之功也。臣望陛下隆重儒先，紹續道統，乞勅多官會議，將羅從彦、李侗、黄榦、何基等七人加其封爵，俾之從祀，使其不至淪没，則聖道有光，治道增重。

臣嘗思之，理學大明，莫如有宋；治道大行，莫如吾朝。理學屬知，治道屬行，而知行未嘗不相因也。今陛下誠能尊禮往哲，闡明理學，豈不知行並進，政教兼舉，感人心而風後世，綿國祚於無疆乎？此天下之公議，非一人之私言。臣所以先爲之倡者，誠以何基等地方之產，臣地方之官，已嘗祭掃其墓，搜求其書，贍其圭田，而禮其後裔，有司之職，如此而已。若夫主張之任，表章之權，端有望於今日之聖天子、賢輔弼也。當此有道之時，而不得一遇，則諸儒之道終晦，而其人終於不揚矣。臣是以不避僭踰，合關本府轉奏等因，緣係褒崇正學，以隆治道事理，未敢擅便，合行具本，差吏傅暹，齎奏以聞。

按：此疏明正德間具奏不報，迨清雍正二年，禮部尚書張伯仁等奉諭釐定學宫祀典，三年乃列祀，何文定位次西廡先儒真德秀下，王文憲位次東廡先儒魏了翁下，金文安位次西廡先儒陳澔下，許文懿位次東廡先儒趙復下。

△**辯白雲出處**

按許氏家乘，先生諱某，字某。其先晉孝子孜，十七世孫名韶者仕京兆白渠邑宰，遂占籍焉。後有孟寬爲平江吴縣令，又家之。九世祖延壽，宋刑部尚書。六世祖實，元豐間由平江徙婺之金華。大父應鸞，由金華徙東陽。父日宣貢士君生璟與先生。先生之從叔在金華者爲應龍子觥，登淳祐丁未進士，除宣教郎主管三省樞密院架閣文字，無嗣，日宣以次子繼之，即先生也。源委固自歷歷，而黄文獻公《墓誌銘》云：六世祖實，由平江始居笠澤，尋又徙婺爲金華人，父觥云云，以從父兄日宣之子爲嗣，即先生也。王忠文公《儒林傳》：父觥，淳祐進士，無子，以從兄子爲子，即謙也。詳細不同，要之繼嗣一爾。先生於進士觥實爲繼父，至於生父之爲日宣，日宣之在東陽，固無所辭之。據《白雲洞志》：生母陶氏所居去白雲洞不一里而近。陳君采曰：天宫之北，陶氏世居焉。即此也。今其子孫猶有存者。舊志自成化以上，與《東陽文獻録》《人物志》皆無異同。至正嘉間，好事者削去繼嗣一節，而偏主金華。夫爲人後者不復顧其本生父母，此言固不可爲訓也。鄭侯準因而列諸寓賢，與羅隱、陸游、葉適三人爲一則，寥寥數行，復與書院之文重復登載，讀之不禁慨然。其云舊志不知何主，至云以郡名稱先生，則亦未考歷代郡縣之沿革矣。以吴晉之東陽爲元明之東陽，其可乎哉？原鄭侯所以爲此，初非有明見確據，徒以彼時許姓諸族並祖晉孝子孜，而一主虎峰墓，一主仰高祠，各專其祀而不相能。而主仰高祠者又以白雲配食，於是議論多而攻訐起，紛紜彼此，幾成門户。鄭侯改從舊祀，而別祀白雲，其勢不能不舉所生，而歸之於郡寓賢之列，始由此爾。顧毋乃矯枉過甚乎？

先編修趙太沖於嘉靖年間貽石臺孫氏書有云：自師法不明，俗學無統，寥寥百年，誰復以儒先爲言者？僭不自揆，訪遐剔幽，靡所不至。去春得王、許手澤於郡城，既又得畫像而登拜之，夏又得仁山稿數種，入秋又得吕、何、王、許四公之家乘於倪氏，一年之間，獲睹五公之跡略遍，亦一奇也。許公實生邑西之笠澤，其從叔毓居金華者無子，乞得先生於笠澤，立以爲嗣，時蓋七歲矣。笠澤今在白雲洞北，而先生之號以之，亦一驗也。先生二子，長元，字存仁；次亨，字存禮。國初俱爲大僚，高皇實受業焉。先後以詿誤被刑，嗣子垂絶。族屬疏於法網之嚴，考信亡於學術之廢，遂使先生之世衆罔聞知，重可慨也。

古者鄉先生没，以祭於社學者，居國各事其先師，所以傳緒明，學精業也。南宋以來，濂洛之學行，諸賢偶有經行之地，皆設書院以祀，况於生長之地乎？昔奉使滕公生於吾東而再徙吴越，國史書爲吴人，宋太史力辨以爲宜從本生。若先生之道之學，濂洛世嫡，使生他郡，亦將因其經行而封殖其蹟，以風學者，况於實生吾東如奉使乎云云？此心此理，當有同者。抑竊先生生於東陽而設教亦於東陽，長於金華而歸葬復於金華，兩邑志乘俱可籍書，如宋景濂先生之於金華、浦江，未爲不可。徵文考例，其載筆之任與要，未敢以自專也。一邑之衆，百世之遠，不可謂無人。擇善决疑，以俟來者。

按：《元史》載：婺州路總官府以金華儒士金履祥所著《論語孟子考證》來，上命刊行，其門人東陽許謙序之。而東陽許謙之名始傳。《隆慶志》載以郡名稱先生，趙衍故辯之。趙太冲貽書孫石臺，時白雲公祀於八華，邑無專祠。明嘉靖廿六年，竹巖公捐資三百金，遺其侄許棖建祠於南關外，巡撫裴紳署之曰白雲先生祠，於後寢位孝子孜暨子生，如崇聖祠制。廟成，請於朝，賜額仰高，春秋仲上戊日給帑致祭。隆慶間，邑侯鄭準修縣志，改祠白雲公於崇正書院，易其籍貫。迨清康熙間，趙衍主修縣志，故著是辯。嘉慶廿四年，時霖公請帑三百八十兩修葺，兼祀白雲，仍名仰高。道光七年，斯姓訟之官，邑令党金衡以賢孝並重，請帑重建，實係許姓獨任，應爲白雲專祠。另捐廉於西關外，建立新祠，祀六孝。鴻烈識。

△八華山禁諭告示

金華府東陽縣爲恢復先儒書院事。

據府縣學廩增附生員馬谷等連名狀呈：切見本邑五十九都八華山迺元儒白雲許先生講學之地，先生生於邑西白雲洞之笠澤，六歲出繼居金華從父觥爲嗣，以目眚倦於應接，時有婭許孚吉與義士蕭北野者，雅重先生，迎至山中，學者籯糧笥書，百舍重繭而至。屈指數千，罔由棲息，乃更助錢買山。鄉儒許訓孫輩捨山作屋，因而創爲書院，頗有鄒魯遺風。先生既殁，其道大行。國初許和伯兄弟於先生遊眺之地作白雲亭以志景仰，金華胡翰爲文以記。逮今百有餘年，世異時殊，人亡文喪；亭已鞠於榛莽，山盡童於樵蘇。正統改元，許彦洪修廢舉墜，義置田地，春秋享祀。谷等伏念祠宇湫隘，不久或替，則欲超後生晚學之觀感，以振斯文，未獲逢大人君子之作興而舉盛事。幸遇本縣知縣繆素有澄清之志，試爲令長之官。憫虚米之追賠，踏流水而驗實。於焉查得八華山場多系積荒之號，止有基院、基園一處，今爲庵宇，僧人所居，覆踏之時已將書院故址本號及附近四圍荒山之號俱填許白雲今業訖，呈乞查照流水號數、四至給帖、庵僧執照管業，縣爲統攝，出示嚴禁山樣，仍著鄉先儒子孫協力照管。苟有薪水之例，可爲恢復之資。更乞考察立規措置爲屋，或勸義以作新亭，或延師以開末學，登臨遺址，景行先哲，庶幾學者耳目新而德業亦新，將見先儒道學顯而治教益顯，爲此開粘山地號數具呈，據參照，所呈實係文教所關，合當禁約。其措置書屋，照得原捨山許訓孫子孫許景賢等富而好禮，勉以前人之義，勸其重新起蓋。或有不及，本縣量爲設法補助。未敢擅便，理合申禀通行。爲此除申欽差提督學校浙江等處提刑按察司副使李處詳外，合給示，仰發去庵僧常川張掛禁約。八華山場養録柴薪，東至鐵綫尖，南至白雲關大石塔，西至三保界，北至裏平田、北山峰。其彼處居民不得於内樵採牧放，攪擾山場，如有頑違，仰庵僧、當地里老、火甲人等并捨山許訓孫子孫許景賢協同拏送呈縣，以憑究問施行。須至告示者。

明成化二十年正月十九日給。

按：白雲關大石塔即西塢門口「仰止高山」石刻處。

△八華文會序

甲午冬孟龍山蔣子懼友誼之不立，而以語竹巖暨立齋二許子曰：「友之弗以文會也，斯道之由獘歟？古之人比學樂羣，考德論業，維取友之益也已。今之學者廢倫獨立，好是己而重屈人，學之弗明，德之弗弘，會之弗興焉耳矣。吾黨之士獘也滋甚，歲不能再會，而會不及終日，雖有善施而好修講者，奚所須而資焉？吾將思聯合以成其材，要給以永其好者，其必由會乎？」二三許子信而從之。由是月有會，會有規，以善則掖，以過則補，以文則訂，條紀惟周，懲勸惟嚴。既成，以告蔣子雙溪輩，則皆唯唯。以告胡子南川輩，則又皆唯唯。三子者喜相與語松山子曰：「吾觀於此而知斯道之易易也。子容無言乎？」

松山子乃言曰：「美哉舉也！其曷能此乎？夫會有四，以統同者尚其志，以善交者尚其義，以精藝者尚其辭，以律欺者尚其信，以故萃渙以一志，勸率以明義，博習以修辭，久要以成信，四美備而嘉會其庶幾乎。凡與斯會者，尚其毋習於頑，毋狎於便，毋間於猜。惟善相摩，惟道相信，惟聖賢相期。惟窮惟達，惟利惟害，惟多難無相忘。惟盟斯顧，惟好是求。見善則思曰：此會之所講也，而可以弗率乎？斯從善之心益堅；見不善則思曰：此會之所懲也，而可以弗戒乎？斯去惡之心益決。志以孚之，義以幹之，辭以文之，信以載之，而或弗明其學，不弘其德，寡矣。故考終會而觀厥成也，或立功，或立德，或立言，彬彬皆國之器也，非與會之所共榮乎？其或面從而退違，溺淫慝，逞詭辯，滅義毀信，而自比於嚚頑弗友，是則會以蔓惡也，文以飾奸也，而鄉黨爲莠之淵藪矣，與會者能無愧乎？夫亦揚休美，光邦家，以名天下而使人論其世曰：此某鄉會之人物也。嗚呼！惟良顯哉。雖或庸劣而無成，猶不失爲鄉黨之自好，而後有論人於鄉曰：是嘗與某會之盛者！亦維仕之所願與聞也。慎勿使人叱而訾之曰：彼何人斯，而亦玷諸會者也！則三子之志荒矣，無乃重兹舉之累乎。吾黨之士曷相與圖之，幸毋負於今日之自許也。」

明嘉靖十三年十月廿三日，松山郭仕謹序。

△八華山祭田議

里之八華山有元白雲許先生講學之地也。吾黨之士以甲午之冬胥會於其山，惟先生之教是宗。然而被先生之澤，咸思所以自致其誠者，因各以其所有具儀物而舉奠焉。以薦精禋，以秩儀度，翼然趨，悚然畏，匆匆諸若或臨之，一時人心罔不觀感興起。所謂觀於鄉而知王道之易易者，吾於是益信。

然祭有定器，而常品之供則無所取給，仕懼其久而莫之繼也，乃因時罷斥佛教，有改寺建祠之議，以上之司諫秦公鰲，首肯曰：「是義舉也。」迨及舉行，適以公務去。邑令王公遵繼之，仕復以是請，意頗不協，事遂寢。仕等相謂曰：「不可以他求者也，是在吾儕而已。」於是許一元、許位、蔣寶及仕首舉十餘金，以爲之倡，而郭山東、賈度、蔣聞禮、陸九成等相悦以應者又若干人。物不必同而同歸於義，數不必同而同出於誠，以之立圭田，供常品，洽百禮，沛然而有餘。行之數年，禮義無斁，則斯祀之肇也，其不刊之典乎？雖然，具而陳之者，物也；

舉而行之者，人也。有其物矣，而人弗存焉，不可得而祭也；有其人矣，而物弗備焉，不可得而祭也。其人存，其物備矣，而誠勿致焉，雖祭猶勿祭。是故盡祭之義者，不惟其物，惟其人；不惟其文，惟其誠。

明嘉靖廿一年十一月吉，後學松山郭仕書。

祝文

維　年　月　日，後學某等敢昭告于先賢文懿公白雲許先生之神曰：惟公道宗大成，學期至善。三賢是承，百代爲憲。惟兹仲春（秋）謹以潔牲柔毛、粢盛庶品，式陳明薦，尚饗！

按：祭田丘壟列後。

△石門應先生答議祭白雲公書

典啓復：邇來蝸構紛奪，日疏友益，遠承便翰，起敬起惰，爲益不淺。所諭良知未泯而應物未能盡合人心，或至動氣，足見體認真切，惟日不足之誠。而八華盛集賢哲，振興斯文，追蹤往昔，亦足以驗人心之公矣。至於未免動氣，此則工夫未熟，抑良知真體猶恐未能實際，逐物遷流，誤認意見之私爲本然之體，而吾儒格致之功尚欠着落，未免賓主内外之間耳。此程門授受以未發之中爲《中庸》一篇體要者，不可不細作商量也。了此方可謂之良知，此即《大學》所謂知止而定、静、安、慮，得者不外是矣。於此用功卻非專專静坐之意，幸更悉之。今吾黨所病正以良知作一話頭，未嘗日用反躬真實體認下落，所以悠悠度日，未得受用，方且皓首茫然之嘆，當與知己者共勉之，何如？

《義學田記》自承命來病冗相仍，亦無空地可得容身，故亦未暇構思，容日奉寄，決不負也。《竹巖稿》先附去，誌書留查，俟同復也。白雲公忌祭乃當時及門之士所行，若吾黨只當以春秋仲朔或望行之，何如？鄙劣何足辱此，抑未暇也。明春決當率諸友同訪。幸垂督萬萬，冗諒草草。

△丘壟

八華精舍義田丘壟

本丘壟俱坐本都二保遵字號，開如左：

一土坐西坑塢，高田一十畝，水塘一分五釐；

一八華山屋邊，高田一畝，正小塘一口；

一下地三畝正，書院基在内；

一書屋前後左右山二百畝，白雲亭基在内。

右田地山塘及田地頭栚木茶果，山内桐木柴薪，聽從住人管業取給衣糧，養其居守。書屋崇奉白雲公香燭。其糧差彦洪公祠堂輸納，不擾住人。此崇儒重道之盛典，後人當體其心，毋致侵壞，俾世守不替，見後人之孝德，亦斯文之幸也。

拜讀本記及丘壟附説彦洪公置産用意，諄諄垂示，恢復原狀爲春秋仲望祭費，乃吾族紳者之責。　鴻烈識。

八華祭田丘壟

位與兄一元暨蔣賨、郭仕倡義，各出白銀五兩，共價二十兩，買本都二圖黄廿六田地山塘共三畝許，嘉靖三十四年四人均派畝分，各收籍納糧當差。每年收租二十四秤，四人輪流用租買辦品物，釋奠於八華。　物雖薄而禮甚勤，小伸鄙誠於萬一。　後學許位謹題。

聖天子萬曆十年，清明天下田糧，再造流水，丈量前田坐落五十九都七保煩字，開如左：

一九百廿三號，土名白雲祀地。　地七分。

一九百廿五號，土名白雲祀田。　田一畝七分三釐。

一九百廿九號，土名白雲祀田。　田一分七釐。

一九百廿八號，土名白雲祀塘。　塘三分五厘四毫。

右田地塘四號，是許竹巖、蔣平湖、許乾坤、郭松山四人照舊均分，簽業歸户訖。

右列田地塘坐落本都七保，俗謂四家當差是。　清代來子孫式微，祭儀廢馳，而地不值錢，人鮮過問，逐漸産歸豪右。鴻烈識。

華陽墨莊丘壟

本丘壟即彭山書屋公儲田地山塘，開如左：

一彭山之陽，計田一百念伍畝，又地伍十畝。

一占光墨莊，計田一百念伍畝，又地伍十畝。

一彭山至望山，計山一百伍十畝，占光計山伍十畝。

一彭山墨莊塘并占光墨壯塘，共計一百畝餘。

考原叙云願鳩田地三頃、山塘一頃永爲供祭迎賓之需。本丘壟有田地三百五十畝、山塘三百畝餘，以百畝爲頃計，有六頃半矣。姑無論其多寡不同，竹巖公崇儒重道之大業，實有超彦洪公而上之。今遺産僅土坐四維，塘頂田拾秤、黄坭山脚田伍秤，應仰體竹巖公祭白雲公之意，將其産息爲竹巖公春秋仲望祭費。陳君開士撰文附於白雲原文之次。鴻烈識。

祭白雲公文

維　年　月　日，後學許一元敢昭告于文懿公白雲許先生之神曰：

惟公道傳朱嫡，講學山巔，流風衣被，千古仰瞻。元山麓之崖，師式乾乾，跽陳薄奠，用申微虔。尚饗！

祭竹巖公文

維中華民國　年　月　日，後學　致祭于竹巖公一元許先生之神曰：

維公道學，紹述程朱。爲陽明御，防範異趨。維公文章，聖經羽翼。貫澈天人，原始太極。維公事業，志在白雲。雲山生色，蔚起斯文。立三不朽，垂裕我後。俎豆馨香，虔誠世守。尚饗！

△通學舉爲許竹巖先生請入鄉賢呈詞

東陽縣廩增附生員吴良能、杜世業等呈，爲乞録鄉賢以表潛德，以敦世教事。

伏覩鄉賢盛典，無論縉紳韋布，行誼不詭於道者咸得分榮俎豆，非直彰闡幽潛，實以振勵風化。竊念已故府學許生一元性本雅馴，學知原本，因母病而迄侍養，不解帶者三年，怡母壽而迨考終，以善養如一日。幹父蠱而友於出於因心，重先祠而烝嘗軌於典禮。始事永康石門應公，而深契良知之旨；繼事會稽緒山錢公，而致有苦心之稱。續絶學於八華山，且倡舉白雲之祀，墜緒爲之復延；構精舍於彭山麓，以修明八華之規，羣英爲之樂聚。其涵養在身心性情之間而非以炫俗，其操修在綱常倫理之内而非以釣名。其所著述有《三才志》，有《圖書輯雋》，有《八字説》，有《字學引蒙》，生前蒙郡伯王公扁以耆儒，允孚輿論，死後在家族鄉黨，無分疏戚，咸有遺思。是誠聖世逸民，足稱儒者高蹈。呈乞轉達，録入鄉賢，庶幾幽潛可表，抑風教有裨。

按：右爲明萬曆十一年所請，國事多艱，無暇及此，不報。至清同治間，鄉前輩張振柯擬請崇祀鄉賢祠。竊謂許一元學説彙通白鹿、陽明爲儒林正宗，縣志列于《文苑傳》，附《種竹詩》一章，似未盡顯其學。並識于此，爲採幾者考。

△承領荒山平政院裁决書

原告：許企亭等，年齡不一，浙江省東陽縣人，住東陽縣五十九都梅峴莊，業儒。

參加人：許立源等，年齡不一，浙江省東陽縣人，住東陽縣五十九都許宅莊，業儒。

被告：浙江省長公署。

右原告與許立源等因八華山場糾葛，不服浙江省長公署之處分，提起行政訴訟，本庭依法審理，裁決如左：

主文

浙江省長公署之處分取消之。

事實

緣浙江省東陽縣屬西南鄉有八華山一座，參加人許立源等以該山坐西北朝東南部分爲彼等佔管，曾於民國八年培養樹木，時被竊砍，於民國十一年七月呈請縣署示禁。同時原告許企亭等以該山爲伊等上祖許白雲講學之地，前有白雲書院，今改爲八華書院，遂組織八華林業公會，向縣署呈請領墾，經縣署派員併案履勘並傳集兩造，訊明處分，以八華山之鐵綫尖至白雲關、八華庵山場歸許企亭等承領，北山峰裡平田、外平田、搗臼坑等坐西北朝東南荒山歸許立源等承領。許企亭等不服，先後訴願於金華道尹公署及浙江省長公署，均經決定維持原處分。該原造等仍不服，向本院提起行政訴訟，分由本庭審查受理。咨行被告官署，提出答辨書，調取卷宗到院，並命許立源等參加訴訟。兹將原、被告及參加人訴辨要旨分述於左。

原告陳訴要旨：查成化二十年禁諭内載書院故址，本號及其四圍附近荒山之號俱填許白雲今業訖等語。所謂附近，即以八華山爲標準，凡在八華山以内者，均爲原告等所管有。依法律而言，照《國有荒地承墾條例》施行細則第三條，由稟請在先者取得承墾權。許立源等未經官署核準承領以前，遽行呈請禁砍，其不合法可知。民等按照法定手續呈請，故就稟請先後論，應準民等承領。

被告答辯要旨：該訴訟人不服各點，以縣志所載成化禁諭書院故址附近四圍荒山俱填許白雲今業訖並呈請先後爲言，不知志載「附近」二字，其遠近雖無一定標準，而該地久已荒蕪，無人承糧墾種，應屬國有，固無疑義，遠年紀載不足爲佔管之據。該縣從前據許立源等請禁砍伐樹木，飭令照林業公會或《國有荒地承墾條例》辦理，玆以許立源等請禁砍伐在前，照佔管例歸其承領，亦屬持之有故。

參加人陳訴要旨：本案係争北山峰裡平田、外平田、搗臼坑坐西北朝東南一帶荒山，經縣道省，先後處分決定，歸民等承領，經原縣委員勘明，横路分界而路北係屬荒山，已爲許企亭等所共認，民等《昭仁宗譜叙》載柯縣令堂諭已足爲佔管該處之憑證，前以振興森林屢被竊擾，稟請東陽縣公署諭禁奉批，北山峰各處既係荒山，應照林業公會規則，或依《國有荒地承墾條例》辦理。如批所云，未嘗不認民等有承領之權，乃許企亭等探批襲領先儒講學所經之處究不能視爲承襲之業，該許企亭等實無混争餘地。

理由

查《國有荒地承墾條例》第五條規定：凡欲領地墾荒者，須具書呈請該管官署核準，報部立案。本案係争荒山，參加人許立源等於民國十一年七月雖以民國八年培植樹木，時被竊砍等詞呈請東陽縣公署示禁，然並未依法呈請領墾，承墾權尚未取得，遂行植樹，呈請禁砍，核與前項條文已相違反。而原告許企亭等適於是時出具呈請書，向東陽縣公署呈請領墾，則係争荒山之承墾權，自應屬諸許企亭等被告。官署準由許立源等承領處分，實有未合，應予取消。爰依行政訴訟法第二十三條之規定裁決如主文。

第三庭庭長　盧　弼
評　事　徐承錦
評　事　孟錫珏
評　事　麥秩嚴
評　事　王　杜
書記官　王嗣員

中華民國十四年九月九日

通知

平政院爲通知事。據訴與許立源等因八華山場糾葛，不服浙江省公署之處分，提起行政訴訟一案，業經本院依法裁決，於本年九月十五呈奉臨時執政，訓令在案，合將本案裁決書繕本發交該民知照，特此通知。

計裁決書繕本一件

承領荒山圖

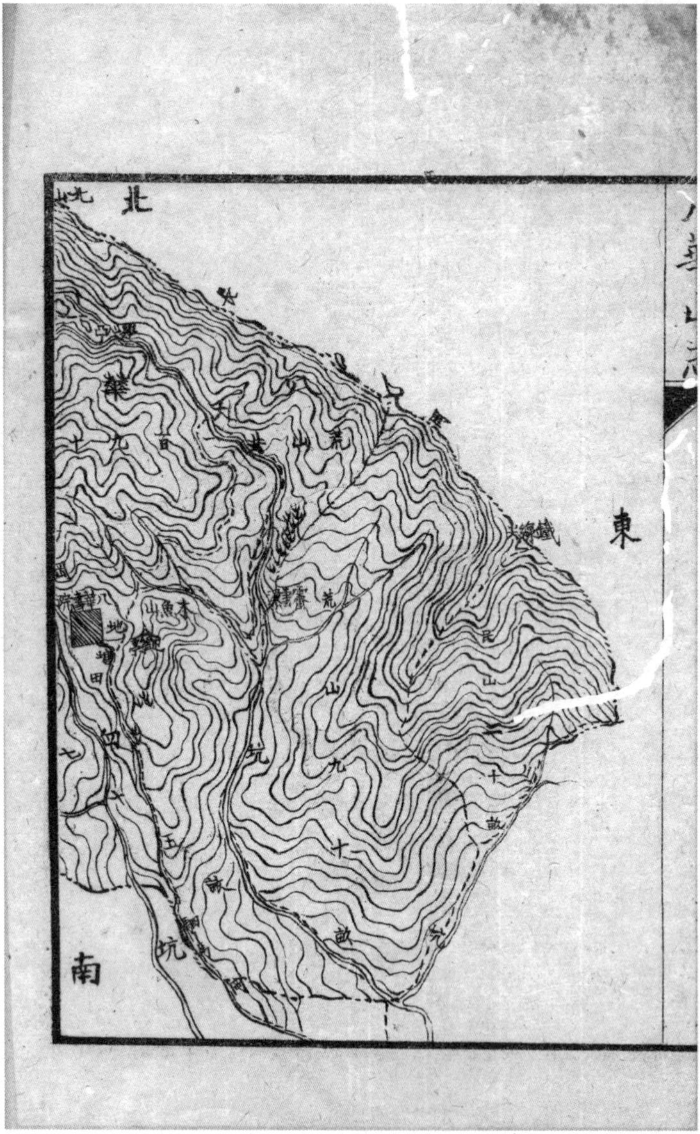

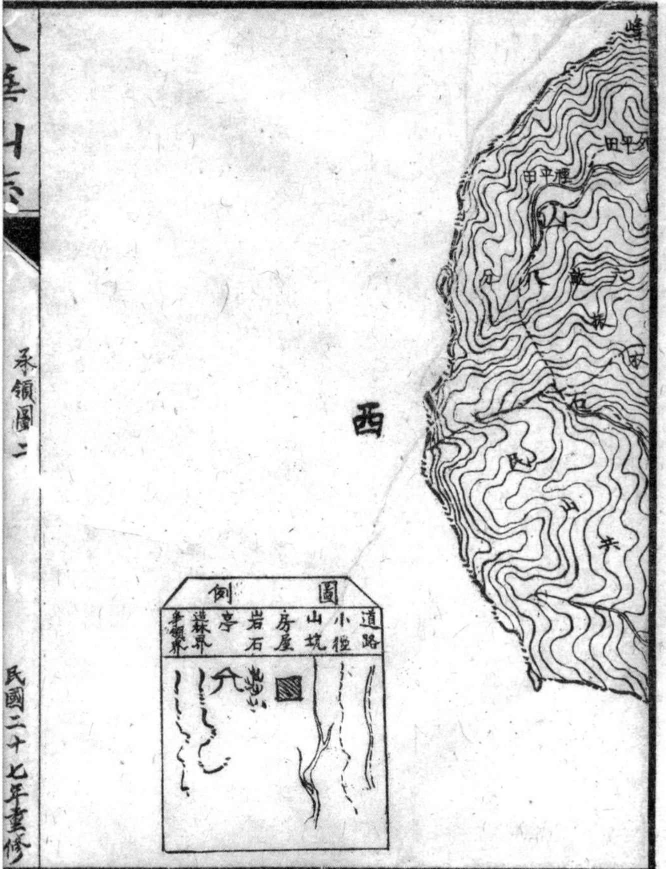
八華山志
承領圖二
民國二十七年重修
西
峰
圖例
道路
小徑
山坑
房屋
岩石
亭
叢林界
承領界

説明

一、紅色綫爲全區造林界。

一、藍色綫内係所爭之區域。

一、全區造林面積計開如左：

甲、民山共九十五畝，分爲兩區。一爲七十五畝，土名石四坑、振衣岡、迎華亭、駟馬岡等處；一爲二十畝，土名川坑。

乙、荒山共二百八十六畝八分，分爲兩處。一爲一百九十六畝八分，土名裡平田、外平田、雞心凸、石四坑等處；一爲九十畝，土名鐵綫尖。

本圖因紅藍綫年久色變，特代紅綫爲—…—…—，藍綫爲—•—•—•。鴻烈識。

右通知許企亭等準此。

中華民國十四年十月五日。

本案承領伊始由烈主稿，計承領荒山二百八十六畝八分，并前民山部分。對於將來收益之分配已附呈備案。十分之五爲恢復八華書院勝蹟之需要，十分之二爲撥補族内小學常年經費，十分之二爲津貼族内子女中大學肄業費，十分之一爲津貼族内子女高級小學肄業費。主林務者應照案履行，重光八華，培養英秀，吾道幸甚。鴻烈識。

△八華山名勝古蹟調查表呈文

八華山爲名勝古蹟，歷宋、元、明、清相傳無異。端陽、重九，遊人登山玩景採藥者甚衆。茲奉浙江省第四區行政督察專員公署令，發名勝古蹟調查表，飭查填造送等因，爰逕呈以防遺漏云。

案奉鈞署令，發名勝古蹟調查表，下縣飭即據實填送等因。民係東陽籍，現任蘭谿縣政府科員。梓里之八華山係元先儒許謙先生講學之所，省府縣志裁入山川勝蹟類爲時已久，似不可以不填。事關政府注重勝蹟，深恐東陽縣政府遺漏，用特備文檢表送請鑒核備查。

謹呈浙江省第四區行政督察專員阮。

附八華山勝蹟調查表一份。

具呈人：東陽梅峴公民許鴻烈

浙江省第四區行政督察專員公署批第一零六二號

批：具呈人：東陽梅峴公民許鴻烈。本年六月廿六呈一件爲填送東陽八華山勝蹟調查表祈鑒核由。呈表均悉，準予備查。表存此批。

專員阮毅成

中華民國二十六年七月七日

浙江省東陽縣名勝古蹟調查表

勝蹟名稱	八華山
地址	東陽五十九都梅峴
史畧	該山周十里，元儒白雲許謙先生講學之所。山内除祠屋外，四興、十景均其留蹟。省府縣志亦有登載山中事略者。清雍正三年從祀孔廟，並於縣南門外建仰高祠，春秋仲戊給帑以祀。
交通狀況	在縣西南四十里。人力車通其山下，距浙贛路義烏站五十華里，義亭站四十五華里。
現在情形	山中童山濯濯，民國十一年組織林業公會，間因承領先後經平政院裁定，計三年餘。現已録養成林，並招茹素多人住持祠宇。
最近修理日期及工作	目下僅修理祠宇，録養森林，二者畧爲着手。
整理計劃	擬設藏書樓、療養院於山上，避暑、修學、養疴允稱佳地。而白雲遺著見於《四部叢刊》《金華叢書》，猶有存者，以財力缺乏，未克闡揚，惟《八華山志》一書係明萬曆八年出版，迄今已三百五十八年矣，應即重修，以廣其傳，現托友好者予以修訂中。

卷下

勝事志五

○八華山詩文

△八華八詠

彭山淇澳竹

彭山淇澳竹，猗猗今古存。凌雲堅節操，棲鳳産龍孫。

西塢徂徠松

西塢徂徠松，類槐名位同。奎星鍾異質，寒暑鬱菁葱。

亭塘亭夜月

亭塘亭夜月，清光映清漣。普照心天處，萬川萬箇圓。

會水會春風

會水會春風，沂浴童冠從。何如風詠樂，高懷慊聖衷。

欸乃畫溪棹

欸乃畫溪棹，歌振武夷聲。知音誰可問，寄響八華靈。

翔集高沙鴻

翔集高沙鴻，齊飛一字同。先天始一畫，啓我觀物聰。

時聆忠廟籥

時聆忠廟籥，報功享盛筵。丈夫立天地，職在忠孝全。

曉聽孝祠鐘

曉聽孝祠鐘，啓聵覺羣蒙。孝忠分内事，感激子臣衷。

按：舊志不署名，玩首句詠竹，定是竹巖之作。

△登白雲亭

昔人已乘白雲去，更結新亭望後塵。吾道千鈞縣一髮，雲霄萬古見斯人。鳥啼故國音容晚，雨過空山草木春。多少勳庸付編簡，可能無意繼陶鈞。　吴　履

隱矣先生志益真，敢將衰景埒漚塵。王孫東去渾忘我，吾道南來亦幾人。紅杏倚雲秦火暗，碧芝斜日漢山春。從今亭上高回首，天下車書總一鈞。　盧　焰

八華仰止平生願，屬老躋攀謁後塵。千聖心傳原有在，百年神會豈無人。白雲不改古今色，吾道常令天地春。稽首祠前杯酒奠，頃猶親炙坐陶鈞。　郭　基

白雲亭上白雲倫，一自亭來經幾塵。怪石關從中道立，芳塘源啓問津人。青山兩歲悲無日，緑樹千年總自春。悵望秋天一寥廓，蒼蒼山外八華鈞。　蔣懷德

歸山漫説前朝事，瀟灑猶能滌舊塵。座上不妨遊夏侶，夢中時見孔周人。雲横不度林容净，水落常年草色春。多少仙蹤亦荆莽，八華名與太華鈞。　盧孝達

曾向源頭辨僞真，幽懷耿耿迴風塵。四賢久已成鄒魯，五教今猶淑我人。罵鳥不隨空谷老，白雲常伴故山春。先生東障百川力，緬想當年幾萬鈞。　吕　璠

墜地可憐猶長我，歸山未只爲胡塵。古堂尺雪惟頹址，末世流風益動人。三日醮鹽傳百舍，八華籩豆合千春。尊崇欲附先師祀，待問當年稟國鈞。　郭山東

何事山中歌白鳥，直從天際嘆氛塵。生平未慰東周志，世變猶來北面人。吾道幸傳千載

緒，此身肯負百年春。慇懃亭上追遺事，徹夜祥光滿太鈞。

郭 侯

八華高處覓玄真，緑樹森森遠俗塵。二百年來興仰止，五傳道學淑吾人。白雲歸岫乾坤老，黃鳥鳴喬宇宙春。門徑蕭條誰道陋，甄陶人物比洪鈞。

許 澄

白雲已去青山在，猶向青山倚玉塵。薦酒漫勤今日斝，傳心欲起昔年人。亭含奎宿羣峰曉，人坐東風幾日春。自昔考亭聲跡泯，八華一席繫千鈞。

郭 仕

亭空木落人安在，仰止高山嘆絶塵。吾道心傳應有主，斯文鼻祖更何人。八華涵翠雲常静，三徑流芳草自春。舉奠亭前尋墜緒，幾多私淑荷陶鈞。

許 位

道在先生統益真，此亭孤迥絶浮塵。已知汗洽金門士，信是羲皇路上人。五品章程來許澤，八華山色舊時春。百年私淑知何在，一髮猶能引萬鈞。

蔣 寶

亭上躋攀不厭頻，恍於仰止見芳塵。乾坤變態知非昨，草木含香信有人。心緒相傳雖似綫，道根常在豈無春。八華山與稽山邇，慚愧斯文荷萬鈞。

李 誥

超然跨鶴留雲去，千古令人嘆絶塵。世遠猶能香細草，亭空元不阻來人。六經氣味皆心榜，八華光華一脉春。撫事不勝松籟寂，先生聲價重千鈞。

蔣 基

誰向山中棲白雲，結亭不爲避囂塵。聖門落莫已多日，南學精華還幾人。隴木煙霞渾物色，砌蘿雨露亦陽春。名山巨海人人在，可忍浮生負泰鈞。

賈天民

大道多歧漫費尋，直將磨拭鏡中塵。白雲匝地長封屋，赤石飛丸肯待人。每愧屠龍無用處，欲隨啼烏去鳴春。自從悟得個中趣，點瑟回琴總帝鈞。
樓如山

白雲書堂何處尋，八華山中訪遺塵。中天六籍懸雙曜，吾道千年屬幾人。雲影天光猶在望，巖光野草尚知春。先生去後我重到，綿力應慚荷重鈞。
樓如山

仰止華山高且尊，回看人世隔紅塵。文章正派傳先哲，道學淵源啓後人。巖畔竹搖風界瀑，峴隈梅發臘回春。丁寧鄭重當年會，孔鐸原來過舜鈞。
樓如山

誰揭新亭號白雲，應教後學踵芳塵。層巒曲澗原依舊，古往今來只此人。清世衣冠還樂聚，空山草木總回春。追思當日歌遊盛，仿佛《蕭韶》滿太鈞。
應廷育

獨上孤亭覓道真，白雲封處絕纖塵。斯文下地未千載，吾道傳鄉只四人。夢草未除山上徑，香蘋聊薦祠前春。先生自去風斯在，魚鳥流形滿太鈞。
蔣聞禮

白雲遐逝何從覓，翹仰新亭更絕塵。濂洛真傳歸此地，東南正學屬斯人。重培壇杏三千樹，旋轉夷山一片春。從此吾東稱小魯，孰知天節即人鈞。
許應潛

洙泗源頭認獨真，飄然逸興出風塵。一誠自立還須我，五教重新淑後人。漂渺白雲千古意，參差綠樹萬年春。昔時婺郡今鄒魯，遥憶先生力萬鈞。
陸九成

縈紆磴路白雲引，旋上山亭拜懿塵。婺學傳芳成古跡，山靈鍾秀到今人。義聲頓作一時會，文藻重迴百世春。况值明時專重道，管教六合藹洪鈞。
郭廷訓

先生闡道率天真，本體常明絕點塵。乍悟性中原有聖，方知道外更無人。白雲已去風仍

在，緑樹依然山自春。今日山中訪遺躅，祥光藹藹滿洪鈞。　許世良

八華空翠鎖層雲，朶朶芙蓉峭絶塵。歧路百年荒舊學，重門千古闢斯文。洪鐘幾叩江山曉，木鐸一聲天地春。珍重而今行樂地，九嶷隱隱聽韶鈞。　許思直

白雲漂渺亭何杳，千載高風迴絶塵。到處若能真見道，此心方不是陳人。遷喬忽聽一聲鳥，深谷應回萬象春。讀罷八華山志好，油然和氣叶韶鈞。　湯克詢

武夷朱子棹歌名

人去亭虛景若何，八華秋色對嵯峨。霜餘木染丹青古，日照峰銜翠紫多。峴首殘碑空墮淚，武夷鳴棹爲誰歌。堂堂遺像高山斗，千古清風滿薜蘿。　金　信

二百餘年事若何，八華風物愈嵯峨。山蹊重闢荆茅浄，巖谷敷榮桃李多。漫説當年無鼎肉，誰知今日有弦歌。時驂風駕追遐躅，賴有青松繫女蘿。　許一元

八華故事近如何，北望空壇對翠峨。萬古衣冠輝俎豆，四時花鳥聽弦歌。青山緑樹春常在，雪影天光意尚多。不是先生遺澤遠，肯教吾道繫絲蘿。　許希周

童冠追隨興若何，斜穿鳥道陟巍峨。風生蘭谷香雪合，雨過芝山瑞藹多。澗底遊魚皆自得，枝頭黄鳥助豪歌。浴沂氣象知無我，勝有春容在薜蘿。　李　心

先生道德重丘山，高接茅亭紫翠間。松映層巒青矗矗，泉縈曲澗響潺潺。白雲繞屋舒還

卷，玄鶴當空去復還。此日登臨倍惆悵，高風千古杳難攀。

徐　信

舒卷隨時樂最真，結亭原不問芳隣。山川秀麗光風滿，桃李敷榮化雨勻。崔顥詩中千古
意，陳摶夢裏四時春。魯齋喬木連飛翠，派衍蘭谿一道清。

林士淵

乾坤極目慘胡沙，砥柱中原此八華。一脉透迤見鄒魯，千嵠寥廓起煙霞。荒亭日暮驚歸
燕，石臼春深擣落花。是處聞風總桃李，愧余生近白雲家。

許　洽

俗後侏儷等熟沙，特將文獻植中華。性天境界懸秋月，粟帛文章熠綺霞。剛育羣才遺碩
果，不將浪語墜天花。釀成風化年來舊，鄒魯東南共一家。

邵世鏡

白雲齋閣倚斜暉，誰爲先生再啓扉。道泳十年春草碧，芝香一縷翠煙霏。立東不盡程門
雪，面北長懷達磨衣。獨抱遺經慚皓首，高風餘韻重瞻依。

趙　點

八華峰在白隴西，翠竹蒼梧彩鳳棲。文煥一天春曉净，雲凝千里玉繩低。秦灰未冷嗟零
落，孔壁猶存費品題。卻快良工心獨苦，何時默化棄筌蹄。

趙　點

韶光燁燁快青晴，杖履華陽自在行。荒草斷碑迷野望，古賢遺像肅羣英。煙雲一片連天
白，桃李千年照眼明。濂洛有人尋往躅，少窗夜夜聽雞聲。

趙　點

桃源無異八華峰，瑞藹翩翩漾碧空。一徑松蘿棲野鶴，百年冠履繫潛龍。期親道岸層霄
外，徒盼心源夜月中。讀罷空庭看物色，白雲縹緲舞雩風。

蔣　清

此生何處着功夫，只在吾心莫浪圖。門外春風他紫翠，胸中秋月自冰壺。千蹊擾擾終殷

鑒，一念惺惺即舜徒。借問白雲歸去後，幾人亭上讀殘書。

趙祖烏

△趙太冲自京師寄懷

八華山者，吾鄉先賢白雲許文懿公講學之所也。道蓁跡蕪將二百年，許竹巖姻長志學惟賢，即景起墜，而白雲重光焉。鵬嘗謂八華遺跡賴竹巖而彰，邑中專祠賴竹巖而建，此二事有功于白雲，有功于東邑不淺。每欲就竹巖此美，期以歸休時與竹巖大啓八華之宇，延致俊乂相講，小抒白雲先生之遺意與竹巖之夙心。今不幸遘此，此意已不可期。茲因蔣會濱榮歸，寄上《八華詩》一卷八首，聊達鄙意云爾。嘉靖四十五年五月朔，後學太冲趙祖鵬宗南頓首書。

洙泗泰山雄，徽萊一道通。淵源承麗澤，蒼翠屹華崧。學統分逾細，遺經況轉叢。白雲千古意，巖壑鎖清風。

負笈通千里，開堂敞八華。言將川上水，密灑避秦家。龍鎖桐江月，鸞棲碧樹花。白雲隨意卷，斯道貯煙霞。先生避元不仕，故居此山。

霞錦散成雨，白雲留碧山。皇猷新鳳藻，《洪範》沃龍顏。二妙言俱顯，諸賢不可攀。心將法授聖，神與白雲還。先生甫没而我高皇帝義旗指婺，首開郡學，延禮諸儒，進見柄用，而先生嗣子存仁、存禮被拔擢。首建國學，以存仁爲國子祭酒。存仁爲高皇陳《洪範》庶徵之訓，高皇深嘉納焉。而諸儒皆能以先生之學弼成昭代文明之運，先生之助大矣。

山因芳蹟重，謚以布衣香。道啓文明運，書傳簡册光。蘭皋奇已試，長嘯澤何長。實見北山地，朱門雄一方。北山何文定公、長嘯王文憲公、蘭皋金文安公，先生師承也。

地逢人乃勝，道與世俱新。吴子詩空在，高亭礎又堙。竹巖方起廢，花鳥復生春。遐邇輸題咏，相過識所親。

幽齋飛夢寐，言笑儼儀刑。歷歷存雙耳，言言在六經。我文勤懋廸，夙夜擬揚靈。况復同懷子，新祠又結亭。

八岫分華翠，雙松入徑幽。書藏巖壑冷，雲護石門秋。俎豆須吾輩，江河自在流。我懷花錦地，明月照遺丘。先生墓在金華之花錦地，鵬嘗置田樹松櫝焉。

古樹丹青合，新祠粉堊光。横經虚嗣響，酹酒擬誰將。今古多同道，山川豈異鄉。盍簪如有約，相予奠椒漿。

△迎華説

古有迎華觀在屋後山，高眺可百里，金華山亦落目中。但高峻難登，余構迎華亭于前山，以便來遊。萬曆八年，歲在庚辰季春之望，八十三朽才許一元撰。

山何有華，以其層巒秀發如華，而狀華平之爲華。天下名山甚多，得稱爲華者甚少。五岳奇卓，爲五方之鉅鎮，惟東西二岳得稱爲華。西曰西華，《白虎通》云西方少陰用事，萬物生華。東曰岱宗，爲諸岳之宗，文曰泰山泰華。余按東岳生華，尤奇。昊羲畫卦山麓，誠千古斯文之祖。孔孟鍾靈而産，爲萬世帝王之師。諸山吐華，莫大於斯，故爲山之泰。東岳之南，挺有吾浙之長山，冲霄競秀，史云金星與婺星争華，因名金華山，郡亦因之而名。宋末元初，秀育吕成公與朱文公、張南軒會講斯郡，繼出何、王、金、許四先生，道宗孔孟，學受程朱，人傑地靈。

金華東百里許，靈鍾東陽之八華。八華獻華聳翠余之家後，白雲許先生講學兹山，朋從雲集，史載遠至幽、冀、齊、魯，近至荆、揚、吴、越，於時金華稱爲小鄒魯。直隸之池亦有青陽之九華，初爲九子山，李白改之爲「華」，近得吾先師陽明王公一遊，斯華甚熾。東陽之八華與青陽之九華，後先闡華、泰山之華，爲之一新。但吾八華之華已謝二百餘年，嘉靖中吾師石門應公，暨與會友賈左韋、陸芝山百數輩，偕續會高賢樓鹿屏、趙東望協力培養斯華，八華復茂。余構迎華亭於山巔，志在泰岳之華，以八華爲發軔。《傳》曰登高必自卑，余欲與諸公泛畫溪之舟，順雙溪之流，鼓徽港之楫，駛濂洛之颼，逆溯洙泗之波，高登泰嶽，遊憩於畫卦之臺，採荃蕙以爲殽，斟寒泉以爲酌，歌春風舞雩之什，泰陋巷清操之琴，俎杏壇，迎華平而後歸，諸公以爲何如？曰願與吾子共迎之，俾吾八華之華與泰岳之華聯輝，用爲華國之華。

華平，瑞木名。天下太平，其華平正；天下欠平，其華傾側。雙溪在金華城外。畫溪在八華山下。

△二華奇遇　許一元

東陽産八華，有觀名迎華。青陽産九華，觀亦名延華。二華出二邑，均鍾陽氣剛。二觀延迎異，望遠同其方。八九數何偶，天造聯其芳。四海華山五，二華實相當。一遇陽明照，一藉白雲光。陽明開李白，白雲接紫陽。雲澤流風厚，吾儕歲奉觴。志在迎華岳，杏壇奠心香。五華原一本，吾道萬年昌。

西華乃堯、舜、禹、湯、文、武、箕、旦所産之方，東華乃孔、顔、曾、孟所産之地，而吾金華亦産吕成公及何、王、金、許。八華九華則固白雲公、陽明公過化存神者也，故曰「五華原一本」。

△飛來石　許一元

飛來一片石，恰落迎華側。我亭碑乏跗，求石方五尺。忽來山人報，有石適中式。匠氏試矩度，喜爲我所得。感謝造化工，免費人爲力。宛似祖龍驅，效拜元章僻。遠挹華峰華，坐鎮迎華刻。敬締山人盟，萬年矢不泐。

△詠迎華亭

許一元

八峰環繞翠相連，朶朶芙蓉高插天。掇拾諸華登泰嶽，目中隘視界三千。

樓如山

霜天晴轉煖，老足軟如童。直上華峰頂，依然雲物同。誕先登道岸，而趁舞雩風。拂壁留題處，瞻依得所崇。

趙祖舄

因過高士宅，還上白雲堂。愧挾雕鏤技，來分俎豆光。浮生皆夢鹿，事世總亡羊。何處聞長嘯，羣蒙闢混茫。

按：右三首刊於碑後。

樓如山

祠與云俱迴，人從高處來。兔狐交野迹，松竹護書臺。歌罷谷神應，遊憐地主陪。登臨無限意，莫浪孟陽猜。

趙祖舄

偶攜雙蠟屐，來躡八華山。香靄浮征袂，寒風吹客顔。煙霞無俗調，吟弄有餘閑。百世荒亭下，猶能起懦頑。

蔣大用

亭築先生舊有聲，華山華水總産情。山連鄒魯東南壯，水匯徽萊日夜清。誰與濯纓臨岸渚，幾人望月坐崢嶸。白雲久矣無蹤跡，今日亭新雲自晴。

顧珊

王立華山接太清，白雲亭築許先生。臺憑篩月舒清嘯，澗逐流花濯素纓。景物漸移千載舊，弦歌不改四時聲。聿新重覩嵯峨室，翠柏森森風日晴。

振古迎華觀，華峰起白雲。今有干雲竹，猗猗萬載春。　　許思聰

千尺嶙峋舊有亭，白雲收盡八峰青。我來重上松風閣，急雨飛濤白日聽。　　許一元

按：此詩《通志》載許元《詠白雲亭》，《府志》載許一元《詠八華山》，《邑志》載許一元《詠松風閣》，採訪皆失察。又《通志》改末句爲「急雨秋濤白石聽」，亦非。

少小攜書到此亭，重來還覺眼中青。而今雙鬢俱成雪，縱有高歌不忍聽。　　俞朝宗

幾年清夢到幽亭，此日同遊眼界青。虛籟俄然響空谷，坐中猶作讀書聽。　　樓如山

萬山迴合有孤亭，竹色雲容交映青。醉後臨風歌一曲，山靈休作步虛聽。　　樓如山

故址依然亭不亭，山光猶帶舊時青。何人朗誦白雲句，還有雲來駐壑聽。　　樓如山

白雲何處共空亭，泉石還流舊汗青。野鳥似知遺教在，有時飛過竹西廳。　　趙祖烏

萬古乾坤復此亭，我來風物眼重青。枳竿竹籟雲間出，醉倚層崖仔細聽。　　趙祖烏

白雲深處寄荒亭，水石無言草樹青。來客魂銷招不得，闌干一曲有餘聽。　　許希曾

今日重遊八華亭，毿毿冷徑柏松青。歌聲風送落天外，山下行人駐馬聽。　　許鳴陽

白雲山上白雲亭，雲去亭湮山自青。勝有松風振巖壑，一天清籟啓人聽。　　許希良

醉上華峰嘆圮亭，亭虛山色尚青青。先生道脉今何在，流水潺潺無盡聽。　　李嘉珍

岌嶪雲山著舊亭，芙蓉面面插天青。一泓道脉流松峽，爲探源頭倚壑聽。

先生棲跡八華亭，道德文章耀汗青。徽辟屢辭何所爲，胡笳滿耳不堪聽。　許延齡

白雲縹緲鎖荒亭，八面迎華入座青。翠竹蒼松時發籟，回琴點瑟静中聽。　杜士顔

八華山亭續考亭，亭前修竹倚雲青。休言雲去無消息，竹籟聲清更可聽。　許來復

折雲深處構新亭，再焕斯文照汗青。我郡新明鄒魯學，後先傳誦甚堪聽。　張　秀

白雲一去只空亭，依舊華山萬古青。俯首倚欄長嘯後，唤回多少夢中聽。　許汝震

振衣高眺白雲亭，亭圮雲歸山自青。信是當年鄒魯地，流風猶足動人聽。　許來賀

試上華峰覓舊亭，修然巖竹傍山青。一天餘籟雲間落，戛玉敲金無限聽。　許來貢

山國週遭舊有亭，時開道眼草青青。天風一振雲間鐸，萬仞峰頭帶月聽。　蔣良知

華山崒嵂迥孤亭，人去依然草木青。白鳥稜稜鳴谷口，唤醒聾聵隔林聽。　許延榮

道人高卧白雲亭，從古山光只麼青。今日八華增勝賞，四時弦誦卻堪聽。　蔣延雷

翠微高處一空亭，二百餘年照汗青。愧我顓蒙猶未啓，仰聞心學夢中聽。　許來倳

總角來遊山上亭，幾年燈火共山青。休訝不識先生面，墜緒心傳自在聽。　許守訓

白雲天際一荒亭，四顧山光色色青。一自依闌長嘯後，至今木石有餘聽。　許守蒙

此日攀蘿覓舊亭，嵐光靄靄滴衣青。憑高身自雲間出，一派飛泉入耳聽。　胡　幹

攀援絶磴步壝亭，八華盤紆竟日青。一種蕙蘭歸路迴，彭山絲竹伴雲聽。　盧堯惠

濂洛真傳自昔聞，近遊仁里獲瞻雲。哲人已逝儀刑在，草木煙霞總是文。　朱　柏

文獻中原起後先，獨將道統集諸賢。流光幸有高明續，風韻依然是昔年。　許宏綱

東陽山水古今聞，横亘虚浮等是雲。獨羡八華岡脊上，一亭千載繫斯文。　朱方

一亭高創爲儒先，回首翻驚創者賢。院續瞻雲文拓會，學規絶勝預當年。　朱方

訪道吴寧稱白雲，我來遊謁爲斯文。先生道學繩朱子，始信東陽有哲人。　王遵

蘋藻千年俎豆芬，中興聞是白雲分。白雲支住原無定，處處青山有白雲。　趙善政

附柱聯

後擁立地錦屏風堆吾錦繡

前對插天文翠筆寫我文章

△柏衕記

邑人盧方伯懷莘子萬曆初年守成都時，親見諸葛祠堂柏大圍三丈有奇，高三十餘丈，參天而茂，蜀人誇爲一省奇觀。盧歸，嘗與親朋歎賞其奇。山中檜柏葱葱，增人興感，爰作記以誌其盛云。八十三朽才竹巖許一元記。

萬曆八年初夏之吉，余攜畫士謝少川、姪希良遊八華，高登迎華峰，圖寫八峰雲物。下憩

書館，盛見翠鬱柏木，無慮百本，夾道班列館前，甚壯觀也。乃余姪鳴陽偕余孫來復、來賀、來貢諸朋儕修業山中時植兹柏，已數年矣。問記於余。余按中朝故事，古有植槐成列者，號槐衙；植柳成列者，號柳衙。「今子之柏繩矩整飭，狀若排衙，余亦號子爲柏衙居士，猶云七松居士、五柳先生，子居之乎？」曰：「陽不敏，奚敢上擬先賢？敢問柏衙之美况，亦有致用之雅否乎？」

「嗟！余少年亦植檜柏於彭山書舍，但樂觀玩而已，亦未解致用之雅。今子之問，大有啓予之不逮。」余惟柏類頗多名，柏曰椈，又有刺柏、扁柏，其檜亦曰圓柏。檜柏性皆耐寒，其材堅緻，其脂芬馥，高人達士愛植者固多，亦有戕殘其性，壞其材者不少，故曰大才當晚成，藏器以待，存乎其人。余嘗曰：「天下美材有有用之用，有不用之用。柏之材美，或用爲夏屋棟樑，濟川舟楫，固爲用之大者也。舟楫棟梁，有時而朽，孰若不用之用者爲尤雅？姑舉一二而言，鐵柱宫之柏一千二百年矣，今猶枝葉垂地，觸物思人，師式可以養身；王教授之墓柏與錦官城外之廟柏，俱歷一千三百餘年，一係觀感以興孝，一係感慨以效忠；大成門北之檜三枯三榮，迄今二千一百餘年，高大參天，天下古今人仰之以希聖：皆不用之用，致用之雅孰多焉！」

鳴陽子曰：「山川尚多變遷，木植遐齡，何以臻此？」「孔子嘗曰：天之生物，因材而篤，傾者覆之，栽者培之，存乎栽植之力耳。許旌陽吾儒固所不齒，原其養民除害之心，亦足以惠斯柏于不凋。乃若王元偉之大孝、諸葛公之大忠，天人交感，鬼神自能呵護二柏而常榮。吾先師孔子德配天地，發育萬物，大成門北之檜宜與天地同其榮枯。今子八華之柏衙有子陽和春風之蕩漾，白雲公陰雲雨露之沾濡，亦當并茂於忠孝之柏，分榮於聖檜之枝，後必有觀感興起，講究聖學於無疆，詎非柏衙致用之雅者乎？子其敏之。特余彭山之檜，培之無力，惟祈天生物之仁以篤養，吾亦不敢不勉。」嗚陽子曰：「奚獨物爾？人亦同然。孔、孟、程、朱不用於當時，致用於萬世，不亦雅之至雅者乎？」曰：「吾子可與格物，可與論學者也。」遂書於八華之壁，以識歲月云。

按：上舊志，下續採。

△八華山賦　許延榮

歲在戊午，鳳曆紀春。引壺宴友，共酌清醇。飛錫無算，頓起精神。因醉漢而抱濟勝之具，復愛遊而喜屐印之新。山靈招客，谷鳥呼人。崔巍在望，佳景前陣。乃偕儔侶，兼同諸父。舉步逍遥，先登西隖。躋騆馬之崇岡，憇思孝之庭宇。過柏徑以翱翔，接朋石而鼓舞。禮高賢，謁鼻祖，歷堂階，周廊廡。白雲垂像於山巔，教澤綿長於今古。斯時也，杉松蓊鬱，百世芳菲，葩盈澗谷，瑶積巖扉。鳴泉上下以譜調，高岳掩藹其靈暉。納萬象于胸臆，竟歌詠而忘歸。

春容如是，夏思清芬。轉盼而易，掃盡塵氛，翠臺篩月，石峽藏雲。振衣則風生肘腋，迎華則簟展波紋。臨池而涵光朗耀，玩澗而流藻香薰。繼河溯以暢飲，又焉知乎赫暑之惔焚。若乃天孫織錦，商飈送爽，楓葉流丹，黄花接壤。叢桂長馨，芙蓉偃仰。布雁字於層空，催刀尺而砧響。逸士騷人，心怡目賞。此皆川岳之奇幽，而實由夫金天之皷盪。冬之日則瀑布凝冰，卓旗飛雪。披鶴氅於煙霄，探寒梅於窟穴。訪高卧於柴荆，追師範於往哲。誰立程門，疇研經籍。歌舊遊，憶陳跡。或酒或詩，或琴或奕，紛交錯之往來，羌莫得而述其馳騁之舄焉。

更有繞庭淇澳之竹，環山飛徑之虹。亭塘瀲漾而映月，會水蘊積其和風。畫溪欸乃以泛棹，高砂翔集而棲鴻。此又四時變幻，日運神工，排青扭翠，而顧盼倍增其雄者也。客曰：地非人不顯，秀非靈不孕。方今玉樹敷華，瓊芝勃興，芳躅遺模，昭然可證。予曰：烈士殉名，達人知命。景行惟賢，知止有定。期嘯傲於林泉，樂徜徉而庚兹山之名勝。

八華山賦　許延榮

萬曆戊午之春，許子與客攜壺遊八華。天氣清朗，入西隅一里許，謁先公墓，小憇思孝菴，緣山而上，歷駟馬岡，接來朋石，轉入白雲關、翠柏徑。其山巍巍，其水潺潺，其土鮮鮮，其居舍祠宇鬱鬱葱葱，凡數十楹。中妥文懿公、彦洪公神，以其土之所入供祭迎賓焉。登拜俯仰，宛然當日過門履庭氣象。面山爲迎華亭，臺榭交錯，奎壁輝映。再上爲振衣岡，憑高一眺，四野廓如，翩翩然令人有凌虛御風之想，移石環坐，列俎而飲。

山翁進而言曰：「此地長山西控，石洞東連，文筆天際，錦屏斗邊。子弟讀書巖畔，父兄僑居山前。時當春日，百卉具菲，瓊葩塞徑，瑶草盈嵠。松杉蓊翳而獻翠，桃李繽紛而成蹊。斯時也，賓朋市集，壺盒鋪陳。泛蘭亭之觴，採北山之薇。玩流花之澗，浴涵光之池。相與詠歌而歸者，不知其幾也。祝融司令，炎颷倏蒸，乃有崇臺篩月，石峽藏雲，喬松挺蓋，密樹流陰，不扇而凉，不弦而清。河朔諸賢沉醉，盧仝七秩披襟。素昊司事，涼風薦臻，則有玄猿長嘯，鴻雁來賓。霜楓飂彩，巖菊布金。藜蒸黍炊，粟獻柑呈。孟嘉乘以落帽，陶令因而搯巾。冬之日，則蒼巖斂色，落木飃零。林梅見素，却桂含貞。卓旗飛雪，瀑布凝冰。地爐芋美，桑落醞馨。袁安卧而巷滅跡，兔園賦而調寡倫。若夫石臼贏粟，蝍螺缺坤，天之所造，地之所成，叩之無始，按之有形。更有彭山淇澳之竹，西塢徂徠之松，仁里忠廟之篇，峴陽孝祠之鐘。亭塘灧漾之月，會水披拂之風，畫溪欸乃之棹，高砂翔集之鴻。此又山志載而里人歌之者也。」

客曰：「人非地不傑，地非人不靈。峴山毓秀，華岫降神，地則靈矣；瓊芝燁燁，玉樹森森，人則傑矣。遊於斯，飲於斯，歌詠於斯，其興爲何如？請書之以識今日遊覽之勝。」客爲誰？邵澹可、許啓衡也。同遊爲誰？少梅、汝潔、汝用、汝聞、汝廉、汝田也。賦者爲誰？八華山下養晦也。

八華山賦　　許學鵬

天開邃域，列翠回環。冠絶今古，巍然一山。亘名賢之道脉，創正學於人寰。崛岉有階，躡千仞而嶫嶫，遞分乎次第；氤氲滿岫，籠萬象而循循，善引以躋攀。其前則騆岡平衍，朋石嵯峨，飛虹駕徑，花澗翻波。碧鑑澄泓，交素魄而清光瀲灩；丹霄霼䨴，貯幽峽而雲氣駢羅。其上則瀑噴珠簾，嶂竪旗纛，衣振崇阿，瀾盱駭矚。迎華亭畔，紅縵生輝；篩月臺中，嬋娟耀目。樹鬱鬱之蒼松，繞渠渠之夏屋。無境非佳，何奇不蓄。芸編擁百城之富，奚煩訪道於崆峒；鄴架萃二酉之藏，足資嘯唫於薖軸。粤稽古大真儒，乘運而起，不事王侯，貞兹素履。學究天人，理判疑似林泉；發其菁英，丘壑綿其宗旨。振聾啓聵，闡制作之精微；述聖追賢，溯薪傳於伊始。仔重遠之肩，授通明之士。升高必卑，陟遐自邇。雪點爐而即化，何論柔剛；金入冶以皆鎔，遑言渣滓。

原夫一中符契，數聖相延。可久可大，不倚不偏。表章宏備，條理燦然，其設科以五性人倫爲本，其講學以變化氣質爲先。經術明而治心有要，義利辨而制事無愆。户屨鱗集，師法昭宣。吴越荆揚，連鑣以至；冀幽齊魯，負笈而前。靡不造廬受範，而齎志惕乾者也。

是知山靈鍾粹，太璞完真，功歸於實，志在存誠，引而不發，浩乎無垠。大本大原，垂大成之統緒；立言立德，靖立異之紛綸。願啓橐籥，步武後塵。漱含芳潤，獨闢荊榛。覩羹墻而有獲，探奥頣以窮神。纘承於絶續之會，而奮興於岑寂之濱，希周孔則規型具在，接程朱而彝訓時陳。自成己以及乎物，先致知以底於純。尊德樂義，富有日新。道之凝也，殆其人與！

△霽雪瀑　許延榮

絶頂雲間一派流，遥看匹練挂峰頭。晴空九夏常飛雪，峭壁千尋噴玉湫。

△八華山懷古

乘閑獨躡翠微峰，重嶺幽香一徑通。石臼有形春夜月，巖花無語醉春風。新亭壁立連霄迴，古木雲留盡日封。俛仰昔今成感慨，幾回默坐想高蹤。 許延榮

名山塵翳豈能干，翠碧巑岏百里看。學溯何王延一綫，道隆鄒魯晰千端。當年馬帳春風古，此日蠡欄夜月寒。爲問斯文疇復振，八華頂上幾盤桓。 盧洪啓

賢者此宏道，門徒四海歸。燈明劉向閣，花發馬融帳。徵士虚承詔，名山永息機。至今庭下草，猶沐舊時暉。 王崇炳

思別歸青瑣，獨來謁白雲。瓣香瞻彼岸，一脉賴斯文。山出煙霞合，水流晝夜分。環觀

絶頂上，松影落紛紛。 姚思恭

遺編留後起，斯道在前賢。花啓春風面，松生霽月煙。此心南北海，一畫後先天。愧我風塵裏，何從置一廛。 姚思恭

此首對文筆峰有感。

嶸嶸迎華亭，峨峨翠柏關。中有飛虹徑，與我爲春顔。史稱子許子，倡道廬其間。説本五性始，跡與三傳攀。著録到五百，窺文斯一班。劇賊楊鎮龍，屠戮如其頑。率服尚凝神，頓禮于此山。矧我讀遺書，探討日不閑。篩月臺岸碧，流花澗含殷。苟不懋前修，何以樹之閑。意到此綴筆，且濯泉潺潺。 杜正靄

此首寫八華山圖作。

佳節登臨覓舊蹤，追陪佳客謹相從。雲歸朋石蒼苔古，雨過彭山草樹濃。耳聽潺湲流碧澗，樓觀繚遶列青峰。興來高咏陽春曲，響度林間百尺松。 許登雲

華岫由來寄隱蹤，逍遥步履共相從。襲人黛色侵衣濕，撲面黄花帶露濃。閑坐月臺探月窟，乍登雲路入雲峰。吟詩酌酒深林下，夢里應生腹上松。 許登雲

西風嵌樹葉初凋，雨瀑煙嵐匝地銷。松老半簾梳月夕，菊開三徑釀花朝。露零掩靄明河注，雲去頑殘怒石驕。我向王金尋舊學，白駒曾駐客逍遥。 王永渠

濂洛真源四子傳，八華風景抑何妍。空聞講席青山裏，況復遺容白社懸。天外筆峰文錦拱，關前柏路屐痕聯。當年慕道門徒盛，幸有芸編啓後賢。　許鼎

△懷白雲亭　許鼎

造化鍾神秀，寒山萬丈雲。達人解其會，風流天下聞。其一
大道直如髮，往來成古今。誰謂後來者，靈源不可尋。其二
亭據蓬萊勝，由來天下傳。記年碑石在，和墨尚生妍。其三
苔紋翻古篆，桂葉晚留煙。春風不相識，白雲遥在天。其四
蘭澤多芬草，坐覺煙塵掃。因見古人情，盤桓以終老。其五
顧盼遺光彩，名豈文章著。覺道資無窮，澹泊生真趣。其六
古道存遺書，白雲生遠岫。此趣誰能攀，馨香盈懷袖。其七
會當凌絶頂，山色遠含空。白雲迴望合，長嘯傲清風。其八
伊人亦云逝，江山留勝跡。佳氣日氤氲，古壁丹青色。其九
清風尚未遐，竟日尋幽處。只在此山中，相去復幾許。其十
登高眺所思，臨風動歸心。賞玩寄他日，空翠落亭陰。十一
迴首天將暝，蘭樽夜不收。舉杯邀明月，夢與白雲遊。十二

夙仰高風淡世華，嵯峨山色尚凝霞。當年學究天人界，此日榮敷桃李花。統繼東南尋墜緒，源歸洙泗溯津涯。迄今鄒魯稱吾地，文物聲名萃一家。

空谷幽人擅國華，華山華水綺成霞。天開石室藏書卷，地聳文峰燦筆花。境静琴詩多氣味，亭餘風月足生涯。自從會得箇中趣，濂洛真詮屬我家。

△葺文懿公祠作　許永鉦

竇婺耿精光，山川邃凝結。磅礴吐華英，有秘則必洩。問誰跡古賢，王金遞作哲。有元紹前修，維公實其特。遯世非務光，素志夙以決。棲息八華山，詎謂烟霞癖。典型殊非遥，濂洛在咫尺。簡編恣討尋，身心得法式。清風灑幽襟，迎華布講席。遠而幽冀魯，近則荆吴越。其人雖已逝，高蹤緬泉石。勉旃步後塵，有作貴能述。努力葺其祠，春秋得奠釋。何當瞻遺徽，咸以正無缺。

瞻仰芙蓉峰，山川何幽鬱。精華復盤礴，靈氣必發洩。問誰應運生，何王諸前哲。有元尋絶學，白雲繼偉績。身世值變遷，素志標高潔。迴殊務光流，仕止以時決。屏跡八華山，豈有煙霞癖。門徒多疏附，迎華開講席。遠而幽齊魯，近則荆吴越。其人雖長往，高風在泉石。勉旃步後塵，祖作希紹述。努力葺其祠，晨夕資奠釋。何當振前徽，咸以正無缺。

△寓八華山　賈緒

此地真岑寂，晨昏鳥不啼。先生留講席，我輩借重棲。春至山花發，林深夕靄迷。詩囊兼茗椀，興到便輕攜。

絶頂捫蘿上，川源一覽空。目窮層嶂外，身立亂雲中。會水環流白，華陽返照紅。何當尋舊好，把酒醉東風。

把酒無同輩，探幽只老夫。野花開躑躅，殘碣認糢糊。勝跡江山在，風流手澤俱。瓣香慚敬祝，枉白一頭顱。

△登迎華亭　賈緒

布襪青鞵蹈亂霞，石亭高聳爲迎華。金烏浴海光先到，玉兔升天色更奢。翠滴巖嵐衣染采，珠凝柏露眼生花。溪山欲對曾安硯，詩雜仙心名亦葩。

△白雲亭　賈緒

白雲亭上白雲停，雲去亭空地亦靈。學溯程朱傳嫡派，朋來吴越闡遺經。名山隱豹人文蔚，元代潛龍手澤馨。道貌儼然留講席，千秋仰止八華青。

△詠景睦菴牡丹詩　賈緒

玉樓春色羨妖嬌，金粉繁華記六朝。借問後庭人在否，梵王鐘鼓夜迢迢。其一

沉香亭上樂如何，國色卿卿世不多。卸卻宮粧歸净土，朝朝風雨念彌陀。其二

抽身孽海想非差，懊悔生從富貴家。玉貌長眉青不改，蓮花臺畔度年華。其三

本是衆香國裏身，楊家妃子墮紅塵。鈴聞劍閣瀟瀟雨，不似連昌宮内春。其四

後庭花，陳後主事。　長眉青，即女道士，出《蘇詩注》。　西竺國，佛所生地，謂之衆香國。

賈先生緒者，吾鄉之宿儒也。設帳八華有年，右列各詩係先生寓山時所作，其外孫甲桊公記存者。　鴻烈識。

○彭山詩文

△竹巖　黄綰

翠竹巖頭結小廬，詩書不放度居諸。乾坤俯仰心無作，木石交遊道自如。蒼雪翻空簾影亂，碧陰浮動日光疏。山林磊落知多少，争似先生高卷舒。

友生應石門會講五峰，許子竹巖遊于其門。石門每道其行，請余作《八華志文》，余

迺知其有養之士，因寄詩以贈之。

絶壁篔簹鎖緑煙，山童日月報平安。香浮吟几春雲濕，翠擁書簾曉露摶。風過餘梢看鳳舞，雷初繞徑起龍蟠。何時解印辭天闕，仝向巖前把釣竿。

潘　晟

北覲南還，適陳欽所，遇訪爲竹巖許君索詩，出渠所著《三才志》，心不備陳其素，余迺知其有志道統者也。欽所重許君之行誼，余重欽所之請，作《竹巖》詩贈之。

繕性支離歲月虚，十年魂夢子雲居。梧桐夜月明高樹，楊柳春風入短廬。八字有言齊物我，三才無象見圖書。玄經欲附山人姓，白首含毫愧不如。

趙祖烏

樗散無能賦子虚，幽懷聊自誦閑居。孤村暮雨搔蓬鬢，二妙春風動草廬。燈火寒門供茗蕨，箕裘清夜説圖書。菉葹誤結江離佩，剡木扁舟興不如。

右二首嗚陽、來貢去訪寄此。

流水高山調不虚，清泉白石異人居。卻憐西蜀揚雄宅，何似南陽諸葛廬。淇澳雨添千箇竹，武陵風遞一行書。離懷欲折疏麻句，已憶巖梅氣味如。

久遊塵網任盈虚，爲愛深山結隱居。何處竹林來二阮，好尋物色到吾廬。清貧原憲長辭禄，恬静王符只著書。已許訂盟歸洛社，自慚司馬意何如。

樓如山

老去凌奇興轉增，冬來猶作洞天登。霜酣楓葉千章木，寒削芙蓉萬壑冰。連床自媿非徐孺，拂袖相看有季鷹。今日不堪尊酒別，八華魂夢幾飛騰。 趙祖烏

自嘆維摩詩病增，偶同叔夜問孫登。松間晝静鳥長寂，桃洞春深水不冰。此日與君歌白石，昔年慚我臂蒼鷹。無端又作等閑別，回首白雲天外騰。 樓如山

獵獵西風欺布裘，卻憐今日又同遊。雲籠竹徑清香靄，日照松窗紫氣浮。千載詞宗追董賈，百年高蹈見巢由。醉來歌罷輪狂興，笑摘寒花插滿頭。 李嘉珍

荀陳嘉客聚華陽，草木光榮萬載香。里有道人來報我，德星乍夜見穹蒼。 許一元

此首謝鹿屏、東望下教華陽。

精廬千尺對南陽，長嘯風雲錦樹香。玄玉蒲輪秋欲暮，小山叢桂自蒼蒼。 趙祖烏

長生原不待昌陽，瑶草瓊英洞裏香。千里八華時入望，白雲修竹倚穹蒼。 趙祖烏

松風高閣送斜陽，何處浮來萬斛香。滿洞白雲流不盡，靈椿丹桂一時蒼。 趙祖烏

龜陵狂客共青陽，坐醉春風笑語香。三日汗流驚浹背，一生幾負鬢毛蒼。 樓如山

先生有道藹春陽，喜見新栽翰墨香。字字嚼來冰雪味，也知原帶八華蒼。 樓如山

道脉迢迢接紫陽，八華今古有書香。我來試問巖前竹，坐對忘言色自蒼。 樓如山

歷歷晴川豈漢陽，陰陰松閣自生香。穿雲更立鰲亭迴，平挹瀟湘萬個蒼。

自憐落莫老鄒陽，何幸同披紫霧香。領略玄談心轉醒，共看雲白共山蒼。　樓如山

儒風千載振華陽，寒谷生春草自香。雲去月明浮瀣氣，綠筠巖畔正蒼蒼。　李嘉珍

洞天深鎖八華陽，四壁圖書翰墨香。翹首松風塵外景，白雲迴繞色蒼蒼。　徐　棟

鰲山亭築彭山陽，孝義流芳草木香。鹿觸有松天地老，鰲山修竹亦蒼蒼。　貫宗正

鹿觸有松，迺孝子許公葬親邑東之鹿峰，鹿犯松栽，虎爲殺鹿之異。我朝成祖文皇帝《孝順事實》御詩有「墓前松柏已蒼蒼，鹿本無心偶觸傷」之句。　鰲山亭在高士巖下，竹巖許子建，祈禱壽母遐齡，亭前毛竹甚茂，亭右又有蓮州，令母時年九十，供奉嬉遊頤老之地。

白雲舒捲八華陽，膏澤旋敷到處香。高士巖前書潤屋，奎光直射九重蒼。　謝時周

筍輿迢遞出層巒，白露玄霜拂醉顏。百里回頭看華岳，可憐輕別有情山。　趙祖舄

一曲狂歌一酒卮，深沉同醉碧梧枝。別來使我難忘卻，夜夜春風入夢思。　趙祖舄

有客凌寒過墨莊，清狂不減漢高陽。何時再入彭山路，醉聽松風舊草堂。　趙祖舄

相將十載費招呼，今日登堂興未孤。不識草玄揚子閣，肯容狂客再來無。　趙祖舄

右四首至婺城寄回惜別。

生平迷目市塵紅，一過華陽透睫空。歸路任從渠浪走，竹叢深處見人龍。　李嘉邦

杜再然

中虚外更直，根蟠節愈剛。實栗棲鸞鳳，化龍天際翔。

△高士巖記　虞守愚

史載東陽有八華山，迺元儒白雲許子高蹈之地。隱居求志，不事胡元，高不可逾也。山之麓曰彭山，古刻雲月梅竹諸巖，巖石甚奇。今有許子一元者，構書屋於斯，會諸友講陽明之學，修白雲之業，德義自尊，醇龐自尚，不願乎其外者也，高孰多之。余弟守中嘗與會八華，數爲余道其山之勝，人之高，邀余往遊，有志焉而未之逮。

昔唐李白與尚書郎張謂遊漢陽之南湖，嘉其勝景，改南湖爲郎官湖，至今不朽。余雖無白之才，有白之興者也。遐想許子之風，亦爲許子改彭山之巖爲高士巖以贈之。寄清高於千古，有廉頑立懦之風。八華巍峩，彭山屹嶪，焉知後人不有高山仰止之興？史稱遊白雲之門者望誾而驕氣自消，踐庭而禮容自飭。吾不知今之遊華陽者爲何如？命工鐫之彭山之巖以識歲月，又焉知後之視今不猶今之視古者乎？

△高士巖

謝東厓虞守愚高士巖刻

一卷頑石産華陽，更歷風霜歲月長。泰岳聯根惟守介，白雲留影藉餘光。胼胝莫怪荆山

璞，神異何拘白石羊。多感東君温我面，點頭遥謝錫恩章。　許一元

巖名高士華山陽，雲錦爲衣荔帶長。大若厓蟠朱孺子，富春磯卧漢嚴光。應羞晳石封三品，不待丹砂起萬羊。直是渾淪全太樸，雕鏤何處得文章。　李有朋

屹然壁立峴山陽，白鹿支分地脉長。聳壑凌霄低華岳，孕靈毓秀顯文光。栽培梧竹棲鳴鳳，芟闢藩籬免觸羊。争仰崆峒齊北斗，高名千古耀奎章。　貫宗正

八華平分自紫陽，五傳剛介一絲長。磋磨慣與昆山錯，壁立難和塵世光。拂翠坐忘賡白鳥，作霖膚寸起商羊。從今人石高千古，月斧雲鐫勒錦章。　邵世鋭

誰將鄒魯號東陽，泰岳分來道脉長。古洞白雲多潤澤，高巖蒼竹復輝光。幽棲絶勝南阿孺，芳躅應存峴首羊。愧我登臨徒仰止，敢云閣筆費平章。　樓一鰲

△彭山諸巖

雪巖

曇曇白雲騣，勝覆彭山巔。觸石膚寸合，沛澤爲有年。　許天錫

會巖

昔年會何友，未省會何文。今有陽明會，高山起白雲。　許泮

桃巖

嘗聞五木精，仙子亦投情。夭夭夾巖竹，灼灼耀門庭。　蔣端仁

葵巖

翠萼丹葩艷，争妍傍石臺。黄中含露笑，只向太陽開。　蔣大經

茶巖

世羨武夷種，清香苦更甜。華陽土亦沃，分培得所天。　許應潛

榴巖

天葩發初夏，實橐秋風中。堪誇金玉質，星房百子紅。　徐宗堯

△松風閣

坐讀此閣，時有松風，猛若千兵萬馬哨緊，萬里長風捲濤；細若回琴點瑟，清廟雅南，乘勝一絶云。

護閣千章秦大夫，飛廉相得大胡盧。輕清重濁諧音律，陶老山中有此無。　許一元

口口風枝匝地秋，振衣高眺白雲樓。泉將道脉通濂洛，山與仁峰接魯鄒。五世遺經未零落，八華芳躅可追求。我來欲識先生面，惆悵蒼厓不點頭。　李有朋

不接高風已六秋，何緣今日此登樓。文章一代超唐漢，道統千秋繼魯鄒。麋鹿山中堪作友，煙霞深處復何求。春風化日源流遠，奕葉朱衣自點頭。　李　埰

冬日堦除草尚春，春風獨駐峴梅亭。雲拖寒溜垂龍液，竹動清標長鳳翎。樂意不窮新景象，神交千載舊儀型。憑欄未盡登臨興，留寫《黄庭》一卷經。　李有禎

彭山西峙鬱嵯峨，樓閣參差掛薜蘿。池草盆魚生意足，天光雲影道情多。圖書插架懷千古，詩酒論心有幾何。屈指故人星落落，芒鞋風雨一經過。　趙　點

我憶彭山三十年，幾回西望思茫然。當年握手彈長鋏，今日臨風説舊緣。雲外好風吹綠酒，竹間茶竈突新煙。山堂空翠誰嘉客，四海人傳有仲連。　趙　點

今日西來訪許由，三才高論與誰投。燈明午夜千山曉，庭藹涼雲五月秋。老去交情多感慨，醉來詩興倍風流。鹿門松柏森森翠，説到無言意轉稠。　趙　點

幾年不見巖前竹，今日來探嶺上梅。半畝天光浮沆瀣，一函山色住樓臺。石階風滑無留澤，蹊徑泉浸有積苔。欲覓芳踪何處是，晴雲團石白皚皚。　李有朋

百里尋真日未曛，華陽得挹洞天春。直攀嶺上三臺閣，擅掃梁間半榻塵。松度白雲終有

跡，梅擎翠峴別爲親。我來已領青風去，見竹曾同見主人。　李有朋

目盱彭山紫翠重，穿蘿躡蹬逐香風。鳥啼谷口春雲白，花綴雕欄夜雨紅。道脉自宜輝俎豆，客心何事嘆飃蓬。開樽喜得逢賢主，巖竹叢中隱卧龍。　陳汝翼

卜築彭山多勝景，天開圖畫筆難描。松風閣外啼春鳥，弄月池中育化蛟。靄靄白雲出岫遠，泠泠碧水發源遥。漫看修竹干雲表，更有文奎燭九霄。　許　法

漫遊湖海覓奇踪，聞説彭山有卧龍。竹操凌寒傾萬卉，巖谷摩漢壓羣峰。雲中白業推陶相，天下蒼生仰謝公。欲借壇前分片席，何緣萍水得相從。　倪文捷

△郊行飯田間暫憩竹巖山居得謀字韻五首　陸槩

不有秋郊役，那知山館幽。高人名尚在，景物更堪遊。修竹依蒼碣，閒雲護緑疇。祇緣供伏臘，亦爲歲時謀。

雖抱杞人憂，還須紀勝遊。萬山迴合處，一徑草堂幽。酒熟供鷄黍，泉清啜茗甌。向隅憂正絶，無補築場謀。

日午暫夷猶，何如此地幽。蟬鳴不離樹，山氣正横秋。簷宇清虚入，軒窗紫翠浮。獨憐農事少，肉食若爲謀。

郊行信迢遞，歇馬爲尋幽。望粒農夫去，烹葵稚子留。歲華涼稍斂，物色澹宜秋。村釀

猶堪醉，終慙藿食謀。

蕭然寥廓外，一望婺天悠。行役吾知倦，登臨興復稠。好山青不盡，幽澗碧長流。摠有蒼生意，應須達者謀。

△山中雜咏　許一元

種竹　一名八物湯。此篇刻墨花巖邊[後半句墨筆手寫]。

年來不惜買山錢，既買青山更買泉。種竹種蓮兼種秫，賒風賒月足詩篇。

桃園賞花

嘉靖壬子二月二十八日，會友陸芝山承王命南行，歸省，遊八華，奠白雲公，諸友同飲桃園，次韻二首。

漫遊得句筆生花，奪錦懸天一片霞。日煖向懷桃蘂笑，風輕拂面柳絲斜。嘉賓氣義薰人醉，東主風流不我賒。說理鶯聲春未老，數花鬬草縵旋家。

春深無處不飛花，對景逢時酌紫霞。世事紛紛何日了，聲華赫赫夕陽斜。新詩老酒無窮味，明月清風不用賒。空眼乾坤觀物態，何須層層在身家。

藏春小彭山

竹巖許子家世梅峴，屋之後，曰八華山，元儒白雲許公講道故址，麓曰彭山。彭塢巖石頗奇，宋紹定三年先人許槖鐫刻雲月桃竹諸巖共一十七，余嘗遊息，遂與竹巖結盟。嘉靖辛卯，蝸構一區，會諸友蔣龍山等講陽明王公之學，上溯濂洛關閩。會友日益衆，歲癸丑續蓋數椽，講堂齋宿，庖湢門亭苟完，甲寅之春落成。余以鄰封會稽亦有彭山，志載彭祖居隱而名，余之彭山不識錢公一遊之否，何名同而地邇？今改曰小彭山，余號曰小錢子。藏春此地，仰修白雲之業，亦孔子假年學《易》之志，因賦一律云：

小彭山塢足藏春，修竹虬松絶點塵。學《易》説《詩》頤野性，傍花酌酒樂天真。滿庭風月逢知己，繞層巖泉得主人。敢借天童來典役，耕樵不盡八華雲。

按：原本爲「藏春華陽小閣」，而石刻爲「藏春小彭山」。又首句「華陽小閣足藏春」，石刻「小彭山塢足藏春」，兹更正。

落成墨莊巖

籬竹茆堂是我家，案頭緗素作生涯。嶺前山月窗前友，詩酒隨時共一賒。

彭山墨莊巖登高

菊月哉生魄，會期也。吾友蔣龍山、郭省齋凡若干人，會文竹巖墨莊，章程畢，載酒山巔，申九日登高之約，遊憩雲月寶桂諸巖，採菊酣歌，臨風撫景，畫溪之煙波，禹山之嵐翠，環左右而競秀者，舉落目中，神怡心曠，飄飄有凌雲之氣，移日而不忍歸。龍山於茲作，鄙偈以識之。

攜酒樂山椒，憑虛氣若飇。酒狂生羽翼，詩興湧江潮。高眺千山破，天遊六鑿消。行人山下過，指我在雲霄。

弄月臺

石臺得月映漣漪，水月雙清臺愈奇。漫説庾樓無限興，須知光霽出濂溪。

荷亭真樂

嘉靖甲寅五月八日，奉老母閑坐荷亭，時年八十有二，笑語移日，漫吟一絶以樂之。

壽萱高坐北窗凉，君子花開滿院香。笑語漫歌供菽水，一朝勝似一年長。

薄田吟

嘉靖甲寅，歲大凶，鄰人哂予山田無穫，吟以自慰。

田薄儉能裕，人微德可宏。古人賦杞菊，千載仰高風。

鰲山亭漫興

散步巖隈學朗吟，漫從紅友覓知音。松風寫我無弦曲，山鳥宣吾没字經。

書窗漫興

知己窗前緗素，陶情盞内黄流。日月不知不識，分外何有何求。

墨莊漫興

案頭寶篆床頭《易》，袖裏龍泉腹裏琴。有水有山兼有酒，無人無我亦無心。

獨坐華陽洞天遺興

空生五十九，世事不掛口。隨興草三才，閑情尚古友。伐檀愧素餐，耕雲甘飯糗。仰天發長嘯，老我從事酒。洗心退藏密，塵緣盡斗藪。備業半點無，詩書亦頗有。厦屋嫌朽材，衡門惜敝帚。榮名琪樹花，摇落亦雛狗。難遜月旦評，鑑别公姸醜。誰云世情凉，孰若躬自厚。只解樂天真，不管我白首。遐想八十翁，何心載車後。盍旦不必鳴，良辰鶡吐綬。乘風賦短篇，問天知己否。

盍旦夜鳴，鳥苦夜何不旦而鳴。　鶡吐綬，鳥常竢天氣清和而吐素中之錦。

按：上舊志，下續採。

△**彭山賦**　**許來俸**

翳彼蒼之高兮，惟兹山與之齊。亘五峰而蜿蜒兮，並八華以嶔崎。中有方塘兮波千頃，上臨傑閣兮望欲迷。仄徑逶迤兮，石迴千盤。虎豹出層臺寥廓兮，松羅十里，虬龍集嶺。上靄白雲兮，疑侵四皓眉。洞天通元竅兮，詎假五丁力。昔人棲遲於是兮，十七名巖存舊磧。因追憶余先高士兮，結宇誅茅。嘗自適飛閣凌霄兮，徐來畫水之風清。孤亭占勝兮，寬貯鰲山之月白。仰文懿以肖遺像兮，衣冠肅於春秋。復武陽明而開講席兮，燈火明以豁雙眸。猗歟！篩臺早晚來皓月，霽瀑差池翻緑雪。西塢松垂百尺青，禹山楓拱千嶂赤。

爾乃醉餘一眺兮，讀罷散行；臨風長嘯兮，對月狂吟。丹霞互明滅兮，挹瑞露以湛湛；好鳥自笙簧兮，擷奇花而灼灼。著書閑歲月兮，《三才》一編；閉户卻幣聘兮，終焉高蹈。嗟哉！哲人既萎兮，後嗣重來；山光猶昔兮，跡掩莓苔。知樂有魚兮，濠梁非杳；解歌惟鳥兮，霖霏頓開。或鼓棹以狎鷗鳧兮，時寄傲於清泉；或岸巾以偕童冠兮，共贈言於幽壑。余獨匪民兮，愧承家學；每懷芳躅兮，付此山嶠。釃酒累千觴兮，自分狂同阮籍；賦詩幾盈篋兮，漫推才追謝朓。從此愿與世遺兮，愛薜衣與羅裳。抑乘風而高寄兮，下俯矚夫大荒。賦已而爲之辭，辭曰：

彭山佳勝跨武夷兮，纘承道脉接紫陽兮，惟余小子志猶初兮，潛修巖穴念先民兮，用告山靈誓將老兮。

△**仲冬重訪梅峴彭山**　**姜騰**

重入巖堂振薜衣，不堪搔首二毛稀。寒雲啼鳥還高樹，疏竹松風自翠微。摹壁舊題難得句，凌霄虛閣漫開扉。英靈似識曾來面，一曲幽香舞夕暉。

△**謁白雲祠**　**姚思恭**

步履聯同輩，雲山過舊堂。千秋仰俎豆，一日見羹墻。地拔彭山峻，天開會水長。東南多理學，於此發光芒。

○留雲閣詩

留雲閣在八華山麓，萬曆丁丑許來復建。

主人卜築八華東，端坐春風披拂中。更有白雲封户牖，他年際會翼潛龍。　蔣問樂

白雲飛繞閣西東，敷彩流光耀閣中。只恐他年留不住，相求同氣出從龍。　胡　乾

高閣凌空峴首東，書聲遥落五雲中。自是八華重有主，争看百尺卧元龍。　許鳴陽

嵯峨棟宇聳華東，時有雲來遶座中。非是青山留不住，卻緣閣裏有人龍。　許來貢

遥瞻巖竹步華東，隱隱留雲遶閣中。莫道眼前無勝界，文明一會起潛龍。　姜　騰

○附

△謁仰高祠　李德舉

金華四先生，淵源出同籍。誰知白雲公，東陽有舊宅。名山城西南，八華留講席。雅韻餘煙林，清風在泉石。亭臺棲遲所，筆墨多遺跡。况復仰高祠，雙峴門咫尺。我幸職此土，以時躬奠釋。道貌何儼然，瞻拜如親炙。誰爲後來者，典型念夙昔。

△文懿公墓志懷　許時霖

雲浄八華青，淵源紹考亭。千秋開覺路，一代肅儀型。笠里人求舊，官山魄未寧。何時奸抵法，重慰九泉靈。

白雲許文懿公墓在金華縣西北婺女鄉許官山，乾隆癸卯爲贋宗德芳盜葬，因稟控府省未結案，隨賦五律柬呈族内諸兄。　笠澤爲白雲生地，今建書院以祀。

蕭條旅況似清秋，轉憶先塋心倍愁。七載間關情未已，一抔剩土志難休。家鄉驛路雲深處，邸舍殘燈客思遒。遥想依間頻計日，何時應擬翻歸舟。

戊申之歲，霖爲文懿公墓盜葬金，邑彭侯不惟不聲其罪，且爲之請，使諸守墓。霖乃鳴諸提學朱公，孑處杭城，不勝無卿，情動輒賦。

△彭山懷古　陳斌中

道學淵源一脉延，後賢繼起紹先賢。彭山依舊人何在，高士巖前倍悵然。

按：寓山修志，長兄來訪，賦四絶。此首啓發中有紀念竹巖子之舉，故附之，非詩足傳也。

藝文志六

○白雲遺著

按：竹巖子云：白雲文、賦、詩、詞迺門人三畏所遺，家藏耳。敢用壽梓，願與同志師式。

△文賦

學校論

按：此篇見前卷四，兹不複録。

朋黨論

按：此篇見前卷四，兹不複録。

雍姬論

按：此篇見前卷四，兹不複録。

送胡古愚序

按：此篇見前卷二，兹不複録。

贈李仲謙序

按：此篇見前卷二，兹不複録。

與趙伯器書

按：此篇見前卷三，兹不複録。

回南臺都事鄭鵬南浼點書傳書

按：此篇見前卷三，兹不複録。

回南臺都事鄭鵬南浼點書傳書蓋鄭有讀書凡例之問

按：此篇見前卷四，兹不複録。

答吴正傳書

按：此篇見前卷三，兹不複録。

上憲使劉約齊啓 辭舉茂異

按：此篇見前卷三，兹不複録。

回潘縣尉啓

按：此篇見前卷三，兹不複録。

賀蕭北野萬户破賊啓

按：此篇見前卷三，兹不複録。

復張子長文

按：此篇見前卷三，兹不複録。

擬古戰場賦

按：此篇見前卷二，兹不複録。

△題跋

題趙仲明神

按：此篇見前卷四，兹不複録。

跋陳君采家藏東坡墨蹟

按：此篇見前卷四，兹不複録。

△銘贊

老老堂銘

按：此篇見前《補遺》卷一，兹不複録。

北野兀者贊

按：此篇見前卷四，兹不複録。

△詩詞

遣興十首

按：此篇見前卷一，兹不複録。

採藥

按：此篇見前卷一，兹不複録。

對竹

按：此篇見前卷一，兹不複録。

山中次韻酬馬生

按：此篇見前卷一，兹不複録。

送胡秋白衢州學正

按：此篇見前卷一，兹不複録。

送姜君澤赴浦江縣教授

儒生解明經，地芥拾青紫。今古不同途，進取頗殊軌。尚餘庠序師，亦藉文學士。彬彬渭川人，自誠聊復爾。時猶困積薪，世乃收苦李。浦陽隔山雲，相望踰百里。苜蓿富朝盤，芹藻動秋水。振鐸揚教聲，衿佩若歸市。買骨天馬來，寧假終日俟。倘遇玄英翁，問訊今何似。

自嘆示許孚吉

主人厭城市，愛此林泉居。下有石一拳，上有松數株。念兹冷淡物，可伴憔悴軀。所期在晚節，俯仰足與娱。我心不可轉，比石堅有餘。峰頭問長松，歲寒知何如。

題友生許三畏牧牛圖

木葉紅欲落，野草青未枯。健犢起跳浪，脱梏行江隅。牧人善防閑，爲擇牧與蒭。母牛徐掉尾，呴嫗鳴相呼。阿童得所托，静中樂華胥。豈惟置簑笠，乾坤一籧篨。苟能物付物，拱默湛如愚。

遊里城棲霞寺，衆將遷書塾

按：此篇見前卷一，兹不複録。

附蔣聲父和將遷書塾韻

至理紛絲毫，人心有長曉。包蒙病爲寇，遺經恣遠討。寄身琪樹林，疏跡羊腸道。寤言對聖哲，凌風發孤嘯。流濯臨塵纓，排雲上瑶島。皎月當天心，清風入懷抱。山空鳥不鳴，更覺興味好。心齋久坐忘，花下風自掃。道人悟真機，隨意生庭草。遠俗似逃禪，不斫自忘巧。安土乃敦仁，習静乃至寶。陋室趣獨便，天章手親校。渠渠恢帡幪，隆古非棟橈。思神窺我牖，屋漏常自保。胡爲得門寡，循墻徒擾擾。誰云斗來室，寬大並玄造。出門荷天衢，入室會冥要。太宇春光融，並作虛堂妙。良霄展文席，共坐談精到。安宅林可曠，懷土真足悼。

聲父公以子蔣源從學八華，嘗與白雲公往來相講。

蔣聲父和前韻後，衆不果遷，再用韻

按：此篇見前卷一，玆不複録。

寺中有蔣身卿索詩，即席贈

按：此篇見前卷一，玆不複録。

贈許三畏留别三首

按：此篇見前《補遺》卷二，兹不複録。

友生許孚吉招飲榴花下

獰風惡雨消餘春，春歸到處成清陰。萬枝濃緑幻春色，絳葩丹蕊俄森森。祝融行部過九地，誤縱炬火燒園林。艷粧炙日色更好，泠泠著雨紅尤深。浩歌相對作痛飲，有花爲伴非孤斟。支頤半醉不成夢，恍惚錯錯供微吟。只愁明日便摇落，徘徊欲去還重臨。會須秋風折珠實，當載樽酒相追尋。

秋夜

按：此篇見前卷一，兹不複録。

贈閑雲屋

按：此篇見前卷一，兹不複録。

三月十五夜登迎華觀

夜深來此倚闌干，十里樓臺俯首看。月到中天花影正，露零平地草光寒。氣清更覺山川近，意遠從知宇宙寬。長嘯一聲雲外落，幾家兒女夢初殘。

迎華觀圮後，明萬曆庚辰竹巖公感白雲公詩，建迎華亭，邑人樓如山有記，入《院宇志》。鴻烈識。

春莫次韻

按：此篇見前卷一，兹不複録。

秋莫有懷

按：此篇見前卷一，兹不複録。

贈王斗山

骨肉斯文氣味投，春風芹藻憶同遊。故人別後無青眼，此日相逢歎白頭。匣劍光横南斗夜，鳳梧陰冷峴山秋。唯應且試連鰲手，未許江干下直鉤。

按：斗山先生名庭槐，邑之畫溪人。金仁山門弟子，年最長，以賓禮待之。時黄溍、柳貫、吴師道、梅斗南、許謙並謁仁山，先生尤重視白雲，蓋先生少仁山十歲，年六十，執弟子禮，長白雲廿九歲，訂忘年交，想見嚮道之殷。吴澄講學屏朱崇陸，先生謀諸白雲，亟請仁山著《論孟集注考證》爲正鵠，尋自著《四書微旨》以闡之。延祐甲寅，會白雲於八華，年七十有四矣。故贈詩一往情深，有青眼、白頭之慨。至嘉靖癸丑，國史編修《會典》，纂修官瞿景淳爲之立傳，金華學案未採入，爰補列仁山門下。

謝趙肅甫遺著

天産瑰奇淮蔡鄉，發揮倚數肇羲皇。靈龜入地千年老，神艾當陽十尺長。遠寄江湖憑驛騎，喜歸蓬蓽對書牀。玩占從此無疑事，感物思人意不忘。

觀水

江源可濫觴，萬里會流派。海鉅莫能量，有容德乃大。

秋思

西風冉冉髩毛侵，鳳老梧衰鎖夕陰。倚遍闌干重回首，斷鴻千里莫雲深。

社日與許三畏諸生同飲

秋豚已腯野雞肥，笑對西風挹酒卮。有耳厭聽塵裏事。任教聾聵不須治。

次韻潘明之祝英臺 秋思

按：此篇見前卷四，兹不複録。

蝶戀花二月十一日

按：此篇見前卷四，兹不複録。

○**竹巖遺著**

△**書**

修縣志上府尊陳元珂推府吴仲禮書

上言仰惟大人撫字金華，人和政理，事及志書，乃文運天開，八邑快覩，千載之奇逢，昭世之盛典。

老母蔣氏見年七十有六，幼習《孝經》女訓，頗知文理，慨世風澆漓，作爲《勸世歌》十章，以喻民俗。鄉大夫應典、郭基、陸九成、李詰等樂爲序首，愚夫愚婦喜其易知易行，刊行傳誦，雖無補於聖朝，亦有益於民俗。今蒙行委本縣儒學教官修戢縣志，但本官狃於傳舊，不敢擅增。切念老母生平心力只在此書，抑且鄉俗興孝興弟，感化傳習。雖云婦人女子之筆不足以承大觀，然古諸侯采民俗歌謠之詩以獻天子，十五國風多出野人婦女之口，是也媿母之歌無似。幸今大人分治古婺，是古諸侯也，勿以人而廢言，合古今人而一之，庸知後之視今不猶今之視古也哉？又元儒白雲文懿公學承朱子之嫡傳，講道本里之八華，《通鑑》《府志》可考。元父許珏建書屋一區於八華之麓，藏修一鄉之士，會講白雲之學，扁曰瞻雲精舍，郭仕爲文記之。景仰先賢，興起後學，有崇儒重道之雅，其文亦未敢擅録。

嘗考本邑舊志，仙釋妖怪有傳，草木鳥獸有歌，較之有關於世教，孰輕而孰重？乞賜批示本學可減者不必狃於古，可增者不必拘於今，正韓子所謂「悦乎故不能即乎新者，弱也」；「知而不爲之者，惑也」。文有關於風教，不必求其工，孔子曰辭達而已矣，取其意耳。若非載道之文，雖工，謂之輪輿設狂瞽之言。冒死干進，牛溲馬勃，庸或兼收；竹頭木屑，亦可待用。孰謂擔夫之舞能助草書之法，斲輪之言可通爲學之心！

伏惟賜覽芻樵，發幽眇之休光；好察邇言，同大舜之取善。敬陳父母一得之愚，不忍寘之污衊之地，情不容已，謹上獻。臨書不勝恇懼之至。

嘉靖二十七年八月一日。

△箴

盤箴又曰百字箴

身之垢，日必濯之，心之垢，日可不濯之乎？身之垢，乃吾自惡之耳。心之垢，人皆賤而惡之矣。既潔乃身，必潔乃心，使外內齊潔，外無惡而內無媿，濯斯備矣。晉有佛圖澄口口腑臟而濯之，雖吾儒之所不道，亦可以諭內濯也。《易》曰：「洗心退藏於密。」吾將請事於斯道。

△賦

遊白雲洞賦用邑侯李正巨韻

陟石甑兮爽敞，探雲洞兮窅幽。聆響泉之古樂，奪清廟之天球。覺風清而月朗，溘雨霽而雲收。蔛寒泉之芳洌，臆黃鳥之啁啾。馮空中之虛閣，詎百尺之危樓。擅蓬萊之嘉號，詎顓孅乎瀛洲。招詩仙以題咏，來學士以遨遊。名陶巖於不泐，青辛相之方眸。地因人以飾勝，薙鄰壤之東甌。人還景以成趣，肆舞雩之長游。賞聖賢之樂事，發爽籟於清秋。仰古人以長嘯，對知己而賡酬。乘白雲以致遠，奚吾道之足憂。流雙魚於濂洛，迹洙泗之源頭。

響泉，古琴之至妙者也。洞中有飛泉，號水樂，故以響泉况之。　山下有不老泉，雙魚在其下。

△詩

豹豕行

嘉靖癸丑八月初，墨莊佃人夜獲一犯名賈升者，與聞鄉老，其犯甘以重罰請貰，鄉老即以重罰歸余。余雖不才，素嫻義利之辨，作《豹豕行》辭謝之，衆皆悦服。其犯以情治之。

南山有玄豹，霧雨不下食。豕狼冒雨奔，飽饜肥鮮側。豕哈豹忍饑，奚苦文章癖。豹云慎爾行，亦免勍弓射。食謀不慮終，一飽或易得。寧餓嘯山林，毋爲飽憂副。與其蠢而肥，孰若蔚而瘠。有能有不能，所性期不易。

鸚鵡行

嘉靖甲辰良月，余修静於松風閣，讀李白望鸚鵡洲而悲禰衡之見殺，如崔塗輩亦皆尤黄祖、曹操，余獨罪衡之不能見機也。衡嘗賦鸚鵡而得名，余亦賦鸚鵡以悼之。

鸚鵡巧能言，不諳色斯舉。翱翔霄漢端，矰繳奚及汝。鷹鸇落臂韝，沉心在腐鼠。鳳凰千仞岡，鷄鶩敢肆距。低飛入塵籠，下食羅鈎距。身安鷄鶩羣，甘同貓犬處。二獸本無恒，一朝爲攫取。嗟爾慧不充，盍求鳳凰侶。欲飛相厥時，展卻冲天羽。欲鳴審知音，可吐驚人語。四海九州空，不必戀荆渚。安否問上皇，何不西飛去。千秋恨未平，欷歔有餘緒。

問上皇，宋徽宗養紅白兩鸚鵡，憫其聰慧，放還山。後郭浩出使，過山中，見二鸚鵡在樹上問上皇安否。西飛去，謂漢獻帝時有劉先主在西蜀，當學諸葛公在彼而不在此也。

謁孝子墓

東山矗萬仞，形勢跨東陽。揚靈炎漢末，哲士産兹鄉。事師既以義，孝親豈尋常。虎鹿自相斃，鷹雉棲其梁。孝廉徵不就，宸翰屢褒彰。有司恩更飫，典守任季唐。迄今千餘載，往躅幾亡羊。寂寞古荒丘，草木空遺光。玉魚猶未泐，金碗賴深藏。登臨一芟掃，感慨甚灩傷。繼絶愧無似，百里奠心香。於昭靈不昧，神其侑我觴。

仲冬聞雷有感寄郭松山賈左韋嘉靖壬寅

陰陽何太謬，霹靂不堪聽。反舌乘時語，山鷄杳絶聲。松筠垂地碧，蒲柳插天青。轉否還交泰，真元依舊生。

戒家庭子弟嗜碁酒不改自責一律庚戌七月九日

三不如人真拙老，一生徒自嘆三同。不才分願隨緣分，狂直從來不苟從。法喜有妻操井臼，神交得友破顛童。省心愧我無徵信，聚石談經尚感通。

蘇東坡平生不嗜酒、不着棋、不唱曲，自謂三不如人。三者，余亦不能。馮衍云不才，不遇於世；剛直，不合於人；妻悍，自操井臼。劉孝標亦謂我之不遇，一同也；剛直，二同也；妻亦悍，家道坎坷，三同也。余亦有此。禪家以法喜爲妻，吾能以法處之，爲有妻也。神交者何？海内大豪傑羅念菴、吕巾石、鄒東廓、王龍溪諸公會講懷玉書院，吾友駱江南、管南屏、李東溪、余叔古泉與焉。江南以余文呈獻，諸公可之，以文字相知，寄書見招，以事老母不赴。續賜《古樂經傳》《卦變》《心統圖説》《字軸》等書，神交而已。生法師與徒講經，無有信從者。虎丘山中聚石爲徒，與談至理，石皆點頭。

題雲鶴圖

清高原曠達，著物落樊維。野鶴閑雲態，何天不可飛。

讀木蘭辭二首

自古嘗稱女丈夫，女中知有木蘭乎？忠君孝父猶完節，愧我男兒一事無。

孝烈將軍贈木蘭，轟轟名節播人寰。女兒有此何奇絶，男子虚生不汗顔。

唐時封爲孝烈將軍，立廟在北京保定府下。

和楊鐵厓竹枝詞二首

鐵厓有四妾曰桃花、杏花、柳枝、竹枝也。

西子湖邊桃杏花，東風一夜落誰家。可憐冰玉孤山種，不結芳鄰香自遐。

鶯鶯院鞠萋萋草，燕燕樓虛唧唧蟲。雲雨陽臺元是夢，風流誰解一場空。

解責沈文

丈夫不遇亦何妨，孔孟當時有晏臧。泣璞不售終是玉，世間多少沈諸梁。

世間多少沈諸梁，贋作真兮否作臧。果自信兮能自樂，便無知己亦無妨。

題魯男子不納嫠婦圖

多少英雄喪本心，只因大欲最難禁。閉門不納流離婦，作聖功夫到展禽。

題關雲長明燭達旦圖

老瞞計欲陷忠良，無奈雲長大節剛。一點赤心紅似火，五更燃燭萬年光。

題便面菜圖

古人嘗説菜根甜，我亦知音已有年。何苦萬錢充一飯，詩文美味屬虀鹽。

感潘墨成磨鏡帖

老來症犯淫書癖，亂治多方反有災。對證不須多藥石，靈丹一點向心開。

復南昌守陸芝山邀遊滕王閣辭謝嘉靖乙卯六月

幾時風送滕王閣，一醉西江第一臺。借問陳蕃榻存否，南州高士亦應來。

邑侯肖軒趙公索余山砌湘妃茶作詩，侑送一本

湘妃春色醉春光，風送清香到峴陽。肯托知心能解語，與君齊唱滿庭芳。

咏敝帚

材畜南山用在人，經綸惟解滌風塵。千金自愛由他敝，可試門庭日日新。

遊西峴峰爲山靈謝殷仲文

東西兩峴爲邑之奇觀，亦八華之東望也。晉有郡守殷仲文來遊，邑人愛之若羊叔子遊襄陽之峴山，因名東西兩峴焉。余按殷侯不過一文人耳，臣事桓玄，玄敗，又事他姓，反覆不忠，一旦臨鏡無頭，生已褫其魄矣，終不免死於何無忌之手，恐山靈必不安其號矣。余竊爲山靈謝之。

亘古三丘壯士遊，何名兩峴隸殷侯。山靈羞見遊人面，鏡裏無頭已自羞。

再遊白雲洞次婁江秦公韻

高登石甑覓奇蹤，看破雲山千萬重。不信洞天春色在，杏花笑日倚雲紅。

遊禹山八華之面山

嵬嵬卓立出雲顛，作鎮東南幾萬年。不有夏王來一顧，幾乎埋没我擎天。

遊雲黄山即塔山

東風吹我塔山巔，恍若騰身在九天。便覺塵緣能解脱，目中何有界三千。

遊八寶峰

寶藏斯興動利宗，貪夫生死溺其中。杜公不識金銀氣，只寶詩書寧固窮。

近年争礦殺傷甚衆。

遊石洞書院二絶

石洞亦八華之東鄰也。隆慶元年九月，立齋子邀余同遊，作鄙句以識行蹤云。

桂壑亭亭播遠芬，紫陽過化滿山春。洞天勝有中秋月，萬古清光燭我人。

東闕長衢一洞天，八華西峙翠相聯。昔年吾婺稱鄒魯，兩地分來得二賢。

二鳥臆言

萬曆癸丑冬至前先庚三日，余與山人遊憩雲月巖左，有鳥作聲不解。山人曰名爲寒號鳥，其糞即藥中五靈脂是也。隆冬毛羽盡落，耐寒而號「得過且過」，際春毛羽稍長，又鳴「鳳凰不如我」。嘻！奇哉，安分樂天之鳥也。山人曰山中更有一鳥，聞其聲鈎輈格磔，又鳴「行不得也哥哥」，鷓鴣其名也。性惟向日南飛，雖東西回翔，開翅之始必先南翥，畏霜露稀出，或夜飛，銜木葉覆背以防患。嘻！奇哉，知幾保身之鳥也。余今始悟先師夫子曰可以人而不如鳥乎之訓，蓋爲勸戒後學而言之也。茲聞二鳥之奇，儘可師式，余亦詎能閣筆而嘿一言乎？山人曰願聞其旨。余謂高人達士或觸物興思以題詠，或觀物感激以勸懲，存世教以風後學，斯爲有用之學也。嘗聞柳柳州懲臨江麋、黔州驢、永民鼠皆恃愛不知自反而取敗，叙三獸以作戒，蘇坡老羨其戒，亦以河豚魚、烏鰂魚作二説以自警；韓文公亦詠喚起、催歸二鳥以勸，咸重風教者也。又矧古有九鳥趣民役作，謂之九扈。大則帝王，金天氏裁十一鳥以名官，取節焉以勸之也；小則烏鵲，孺莊子稱其無欲靈明而永年。鳥其可輕視乎哉？山人曰：「僕但能解鳥之聲而不能解聲之義，拜子之教，喜而不寐，請志之，以爲世訓。」遂賦二絶云。

得過且過寒號鳥，喜值春和擬鳳凰。安分樂天異凡鳥，鵬騰鷃笑没低昂。

謾啼行不得哥哥，銜草周身避弋羅。向日南飛解忠節，時行時止慧何多。

鵬騰鷃笑，《莊子》曰窮北有鳥曰鵬，摶扶摇羊角而上九萬里而適南冥，斥鷃笑之。

賦圖書輯雋始成

山中無事，隨興草《衍圖書集雋》二卷，賦鄙句三章，以見人心靈明，精微潔净，乃先天之學，人極由此而立，亦一太極也，可與天地合德，鬼神合其吉凶。箇箇人心自有易範，奚用乎占圖書？但呈祥顯數，寓理於中，寫天地之秘，聖人則之，畫卦叙疇以口民用。若夫聖智之士，先知先哲，遊乎羲禹之天，故曰「畫前有易方知易」。

八十年來只事身，消閑一卷易相親。何如邵子胸中畫，三百六旬都是春。

三百六旬都是春，人人自有一乾坤。須知太極即人極，立極從來只是人。

立極從來只是人，執中精一屬天君。精微潔净先天學，始信心非明鏡塵。

又聞陳白沙與湛甘泉詩一首，余之春適與之暗合，附録如左：

静處春生動處春，一家春化萬家春。今君料理春來處，便是乾坤造化人。

此詩意在成己成物也。知坤静之春自孔曾思孟已後，周邵程朱得之，不意近今亦有陳白沙得之，宜其爲甘泉湛公、一峰羅公之師，當時豪傑稱其爲活孟子云。

○雜録

△序

墨莊座右序　樓如山

道之鳴於吾東也，實白雲許文懿公爲之倡。公自元季講學邑西八華山，山之陽爲許氏世居。許氏之學疑獨有心印，然相沿二百餘年，甫得竹巖子者起而載煬之，其亦數，非偶然歟？竹巖子少負特趣，嘗胠篋諸碩儒之門，業舉子，歸而稱首於上庠。既輒棄去，東之華陽洞天，尚友昔賢，周爰學海，垂五十年。藜宵膏漏，殫東壁之儲，靡不月光其罅隙，指鈎其眇玄，一旦喟然有感，深爲道計。括三才，蒐九有，掬其沉瀣之清真，被之朱弦之雅操，學者爰是的然而知崇期之歸焉。先生今年已八十，志篤於初，豈亦憒樂相乘不知其境之至於是歟？然先生固爾，其佳逑蔣安人亦何所得而同一揆也？是又足以見先生之刑於與？受其太安人之佑啓者實深。太安人亦蔣氏，嘗攄其心蘊成《格言》以爲兹世勸，厥曾踰上齡，安人今特嗣此徽音耳。噫！是豈徒區區壽者云乎哉。所謂「年抛造物甄陶外，春在先生杖履中」者，信矣。不寧於是，其賢子姓竹列鯉庭，胥駸駸然懷向往勢，是其爲吾道計與爲先生壽者，尤未可量也。惟如山頃以漫浪歸青陽，默體夫性命之要，偶得先生《八字説》而閲之，恍然深有契悟。嗟夫，世之知命者不可謂無人，而八字之指不知孰能得其心之同然也。愚殊欲躬欵華陽而請悉其餘，夫何虚邪之間忽踰歲月。今遇姜華源者徵言其墨莊之座右，因稽先生之素槩以爲之豫言，尚期不日從而薾白雲之勝馥，飫彭業之真腴，敢以年之相後而顧望其絶塵之步耶？惟先生素善於進人，幸於是焉而蚤爲之所。

萬曆五年歲次丁丑夏五月既望。

△詩

宦寓嚴陵寄王右丞墨刻并詩二首 賈左韋

雲起毫端王右丞，漁陽塵動減才名。何如吟弄華峰下，常領乾坤風月清。

輞川昔日寫清真，孟口平田跡已陳。可似彭山雲壑裏，百年往復見斯人。

按：樓序、賈詩舊本列在彭山書屋下，無關院宇，故列于此。

留別許家語 陳一中

修志竣事，許君餞别，囑跋一言。余謂大意具于卷首，毋庸贅言。賢如白雲、竹巖皆無後，天道難言，世俗澆漓，邪説横行，往事已矣，後事莫必，夫復何言？兹感其誠意，賦詩一章以勵其餘，工拙不計也。

底事雲山恨未休，蒼松翠筆各低頭。勸君慢灑臨歧淚，記取斯文仔細收。

和韻謝陳開士　**許鴻烈**

閣筆還歸休，叮嚀留語棒當頭。華陽鉦鼓斯文鐸，勝似璣珠鄭重收。

《藝文志》終

八華山大事表

宋紹定三年庚寅許㮚書刻**彭山十七巖**，寶巖内小刻云就巖建，許㮚泣血書，叔許尹甲口口許一元自記。

元許孚吉父許源孫建**景睦菴迎華觀**，明萬曆八年庚辰許一元口口　藏春小彭山道記。

元延祐元年甲寅許孚吉迎**白雲先生講學**，一元作小叙。

元延祐元年甲寅學舍不能容許孚**講堂**，清乾隆五十一年丙午許一元刊彭山墨。

元延祐元年甲寅許三畏父許訓孫協同許孚吉捨山作屋創**八華書院**，明成化二十年申辰馬口口柴薪禁諭告示。

明許和伯晉仲兩兄弟建**白雲亭**，明洪武元年戊申金(下缺)
明正統年間許彥洪建置**八華精舍義田**，明嘉靖十九年庚子應典記。
明嘉靖十三年甲午許一元、許位、蔣寶、郭仕四人組織**八華文會**，明嘉靖十三年甲午郭仕作記。
明嘉靖十三年甲午後許一元、許位、蔣寶、郭仁四人集資購置**八華祭田**，明嘉靖二十一年壬寅郭仕作記。
明嘉靖十三年甲午後許一元父許珏建**瞻雲書院**，明嘉靖十七年戊戌郭仕作記。
明嘉靖廿六年丁未許一元建**小洞天**，時嘉靖二十六年丁未(下缺)
明嘉靖十年辛卯許一元建屋曰竹巖書舍，三十二年癸丑續建松風閣，會講堂爲**彭山書院**，明嘉靖三十三年甲寅許一元詠口口山詩，萬曆五年丁丑王乾章李(下缺)
明嘉靖三十二年癸丑許一元置田地山塘三頃爲**華陽墨莊**，明嘉靖三十二年癸丑許一元(下缺)
明嘉靖三十三年甲寅許一元刻**墨莊巖**明嘉靖三十三年甲口口莊巖登高詩。
明嘉靖四十二年癸亥義烏虞守愚扁刻**高士巖**，明嘉靖四十二年癸亥口口刻詩一首。
明萬曆五年丁丑許來復建**留雲閣**。
明萬曆七年己卯許一元建**迎華亭**，明萬曆八年庚辰樓如山作記於亭之右前方。

清乾隆廿一年丙子許肅填、許永鉦等改面東爲面南，**重修八華書院**，清乾隆五十九年甲申戴文燈（下缺）扁。

民國十一年壬戌許企亭等承領，至十四年乙丑九月確定**承領荒山**，民國十四年乙丑平政院裁（下缺）

民國廿七年戊寅八月許鴻烈敬立**竹巖紀念碑**，文曰：　明高士許竹（下缺）

絳守居園池記注

[唐]樊宗師　撰
[元]趙仁舉　吴師道　許謙　注
黄靈庚　整理

整理説明

黄靈庚

古來若稱有「不可句」之奇文，必以唐樊宗師《絳守居園池記》爲言。宗師，字紹述，河中人。始爲國子主簿，元和中，歷絳州刺史，進諫議大夫，未拜，卒。韓愈之於宗師，非惟交誼之深，蓋在師友之間。故其銘樊之墓志，稱樊氏「得書號《魁紀公》者三十卷，曰《樊子》者又三十卷，《春秋集傳》十五卷，表牋狀策書序傳記紀誌説論今文讚銘凡二百九十一篇，道路所遇及器物門里雜銘二百二十，賦十，詩七百一十九，曰多矣哉，古未嘗有也。然而必出於己，不襲蹈前人一言一句，又何其難也」！其揄揚之不置。韓氏至或詩文之苦澀，則學於樊宗師，則亦可見矣。然宗師之文多佚不傳，其存世者惟《絳守居園池記》云爾。

自宋以下，《絳守居園池記》始有注，至元有三家：趙仁舉成宗大德官晉州時作《絳守居園池記注》，後吴師道、許謙作「正注」，後又作「補注」。今存於民國胡宗楙《續金華叢書》者則有四種云。

一是《絳守居園池記注》，首銜「元趙仁舉注，吴師道許謙同注」。正文後爲趙仁舉注。次爲「正曰」，次又爲「補曰」，蓋所謂「吴師道許謙同注」者。然孰爲吴師道注，孰爲許謙注，已不能别。細審之，「正曰」後，多爲吴師道之説，而「補曰」後，多爲許謙之説耶？又不盡皆如此。首有明陳良器作於弘治甲寅序，述其《記注》編纂原委，謂師道《補注》得之於其裔孫令濟云。末有吴師道二跋，一則作於元仁宗皇慶二年，一則作於延祐元年。

二是吴師道録許謙圈點批畫本《絳守居園池記》，實許謙句讀本也。其分全文十一段，段與段間以一横綫標識之。則《園記》分段，蓋自許謙始也。

三是許謙注《絳守居園池記》，謂「此吴先生録東陽許氏定句疏説」。故不録《園池記》全文，惟見有許氏注者，則列《池記》句文，且繫注於其下，凡四十一條。

四是吴師道依趙注校定本。其曰：「余先見趙本，後求得碑本，字畫間有壞缺處以趙本校之多異，蓋傳録者固示得其真也。趙本之誤，既附見於後注，其碑本所缺，則補以趙本。若趙本義亦通，意其有所傳，則姑存之以俟考擇云。」則見其用功之深矣。

許謙、吴師道皆從金履祥學，同門友也。二人同注《園池記》，蓋受學于師門時，即元仁宗皇慶、延祐間。許、吴雖出一門，而學問出處頗異：許則以修己及人、弘揚聖學爲任，終身不仕，且不喜爲文；吴則于英宗至治元年舉進士第，出仕高郵，而專注于古文辭也。故察其所注，大略亦頗見其志趣、學術風格之所在：吴則以考據見長，以駁正趙注者居多；許則疏理文脉關節，必求其理義之所安。如「自將失敦窮華終披夷不可知」一句，吴氏「正曰」：「喜致平治，侈耗害時，言奢也；失喪其敦厚，窮陋其華麗，言儉也。此兩節因上文州地興廢、人附爲奢儉而云，終披散夷滅，往事不可知已。此結上文。」其意猶未相貫。許氏則曰：「天時人事相推移，『自將』至此敦義之失、華麗之窮，終披散夷滅，亦不可知也。此言地廢而人附儉，以己守絳，故因以爲戒。文以二『將』字對言興廢。」則文從意順，讀者豁然開朗，如雲霓散矣。二人之注，自見其高下。

陳良器所序、張樞所跋之本，固不可得見，蓋已放失久矣。胡宗楙所梓者，據山陰樊氏後裔漱圃弘治寫本翻刻。別有文淵閣《四庫全書》本。今比較二本，《四庫全書》本多作删節，致文理不通，而胡本未删，蓋存其舊。則二本之優劣，不啻若霄壤矣。如「世説總口其土田士人，令無磽雜擾，宜得地形勝，瀉水施瀍，豈新田又蕞猥不可居」一句，《四庫全書》本注：「令，善也。『世』至『令』一句，『世』之言者，此地既善，宜擇其形勝處以爲園池。」胡本注：「令者，善也。蕞，小貌。『世』至『令』一句，『世』之言者，總校絳之土田善而無磽，士人善而無雜擾。此地既善，宜擇其形勝處以爲園池。令既得形勝，瀉水施法，則新田開爽，豈又蕞猥不可居邪？」則胡本氣完神合，而《四庫全書》本删之過甚矣。故以胡本爲底本，而以《四庫全書》本爲參校本，不再計較其時先後矣。觀今蔣金德氏以《四庫全書》本爲底本，前後出校有二：一則「氣蓄兩河涸」句，注引《説文》：「汾出太原晉陽山，西南入河。」蔣校云：「『南』，據《説文》補。」案胡本固有「南」字。一則「豈新田又蕞猥不可居」句，注引《左傳》「晉遷新田」。蔣校云：「『遷』，原作近，不辭，據《左傳・成六年》文改。」案胡本固作「遷」未誤。於此亦可見兩本之優劣矣。再者，胡刻四書，除吳氏依趙注校定本外，前三種皆與許謙之注有關，俱不可偏廢。所謂許吳「合注」者與吳氏別出許注四十一條本比對，多見異同，「合注」中猶存許注舊説而不在四十一條内者，且有相互校勘之價值。是故不取蔣氏所爲，但用許注四十一條本，而廢棄「合注」本。許吳「合注」，本因趙仁舉之注而爲，若不存趙注，則其間相因相承之跡不可知矣，則趙注亦宜保留，一併整理，似不可廢棄云。時維庚子之歲六月季夏，浙江師範大學人文學院黃靈庚識于金華麗澤寄寓。

絳守居園池記注解序

夫物之始晦而終顯者，是固其美自有不容晦者，亦必係乎有所遇焉。惟文章也亦然。昔昌黎韓子之文起八代之衰，爲百世之法，且無不顯，尚或廢棄敝篋而不之省，又必爲歐陽子所得，於是大行於世，況其餘者乎！予幼讀韓之文，見其爲樊紹述誌墓之作，稱其著述之多，古未嘗有。又不襲蹈前人一言一句，心恒慕之。僅得見其《絳守居園池記》，然讀之尚不能句，又寧敢論其意義？聞宋有王晟、劉忱，皆嘗注之，散逸無傳。惟灤陽趙伯昂箋注者存，求之未得也。

予友鄒平言君宗本以己丑進士起家，筮仕爲絳州守，入爲南都庫部正郎，再擢廣平郡守。近年遷佐來池，嘗爲予言："始至絳時，歷閱廨舍，見馬櫪下一石穩穩有文，命出而洗剔其污垢，則是記之刻也。亟墨一本，朝夕玩焉。時州署後有堂名次公，久廢，爰復爲樓而甃是刻於中壁，且浚厥池，環以危堤。方欲博爲咨謀，求通斯文之義以傳，而遽以憂歸。嗣守者取其文，刻而成書，題曰《奇文集》，至於始得之由，殊弗之及。暨句讀釋義，亦無聞也。"宗本之言如此。

居無何，奉臺檄往會九江節推吴君令濟同按民訟於兩郡境上。令濟，金華人，正傳先生之嗣孫也。詢知宗本昔嘗守絳，因舉園池之蹟爲問。且曰：「是記趙伯昂雖有注，而先祖又爲之補遺正誤，尤明且備。」宗本聞而喜甚，遂求而得之以示予。予一閱頃，昔之囁嚅於口者，亹亹成誦，而礌磈於胸次者，豁然以通。如宵征而獲炬，如理亂絲而得細其端緒，其爲快何如也！宗本謀繡諸梓載，以首簡之筆屬予。夫斯文也，誠奇文也。然沈冥數百年，人鮮知者，甚至淪擲非所。其晦也固久，一既遇吾宗本，表而出之，則已顯於其地矣。迄今且踰二紀。池之去絳，又在數千里外，復於是得其注釋之全者，而顯諸四方，豈非奇遇也哉！宗本之用心亦勤且厚矣。抑文章之顯晦，有時猶如此，則夫人之行止通塞，槩可知焉。此予之所以重有感於斯文，是用詳其顛末，僭書諸端，而未暇計夫佛頭著穢之誚。弘治七年，歲在甲寅，春三月吉，賜進士中順大夫直隸池州府知府前南京大理寺正仁和陳良器序。

絳守居園池記注

元趙仁舉吴師道許謙同注

絳守居園池記

補曰：不曰絳州園池，又不曰絳州刺史園池，而曰絳守居園池，亦故異其題引也。

絳即東雍，按春秋時爲故絳。《寰宇記》至後魏，始改爲東雍州。雍，去聲。爲守理所，爲太守治所。守，去聲。補曰：唐諱治字，故云理。稾參實沈分，《左傳》：高辛氏有二子，伯曰閼伯，季曰實沈。堯遷閼伯於商丘，主辰；遷實沈於大夏，主參。大夏今晉陽縣是。參，所金切。分，去聲。氣蓄兩河潤。酈道元《水經》：澮出絳縣，西入汾。《漢書》：汾水出太原汾陽縣北山，至汾陰入河。《説文》：「汾出太原晉陽山，西南入河。」言東雍蓄此兩河之潤澤。正曰：氣蓄，風氣含蓄也。補曰：《左傳》：韓獻子曰：「新田有汾、澮以流其惡。」有陶唐冀遺風餘思，《尚書》注：堯都平陽爲冀州。《詩・國風序》：乃有堯之遺風焉。思，去聲。正曰：堯初爲唐侯，後爲天子，都陶，在冀州。《書》：「惟彼陶唐，有此冀方。」《詩・唐風・蟋蟀序》：「風俗憂，深思遠，乃有堯之遺風焉。」晉、韓、魏之相剥剖。《史記》：三家分晉，而不言趙者。蓋韓、魏分平陽、安邑，趙分晉陽故也。世説總□其土田士人，俗説總括其土田之經界及士民之名數。正曰：不必以俗代世。補曰：碑「總」下滅一字，義不可知。其字漫黑。唐諱世爲代，諱民爲人。此諱民而不諱世，不知何謂。

令無磽雜擾，《孟子》曰：「地有肥磽。」磽，瘠薄也。令無山石田土與民不得相雜擾。磽，口交切。正曰：令土田無磽，士民無雜擾。宜所以皆得其宜。正曰：句非，「宜」屬下文。得地形勝，瀉水施灋，言既得地之形勝，所以能瀉水施法，後有鑿高槽、絶竇墉是也。灋，古法字。補曰：《考工記》：「瀉水施法。」又以澮瀉水，今用其語。瀉，洗野、四夜二反。豈新田又蕞猥不可居？《左傳》：「晉遷新田。」今絳縣是。言豈新田小鄙，不可居邪？蕞，寸外反。正曰：本文明白，注少「又」字。州地或自有興廢，言此絳州之地，或自有興廢之時。州字或屬上句。正曰：本文明白，「州」屬上句，不可通。中讀則可。人因得附爲奢儉。人亦因之得爲奢儉。正曰：本文明白，注不必用「亦」字。將爲守說，致平理與，漢宣帝云：「庶民所以無歎息愁恨之聲者，政平訟理也。」與，平聲，下同。益侈心耗物害時與？增益其淫侈之心，耗蠹其物，仍韓、魏之剥剖以害時與？《文中子》：「其秦漢之侈心乎。」二句不定之辭，故下句斷之。斷，去聲。正曰：本文明白，不必汎引。自將失敦窮華，若爲太守者自失敦厚，將窮奢華。正曰：自將失喪其敦厚，窮陋其華麗也。注以「自將」二字分屬，非。終披夷不可知。果若失敦窮華，終披分其家，夷滅其身，亦不可測。正曰：喜致平治，侈耗害時，言奢也；失喪其敦厚，窮陋其華麗，言儉也。此兩節因上文州地興廢，人附爲奢儉。而云終披散夷滅，往事不可知已。此結上文。陴緬孤顛。陴，城上僻倪也。《左傳》「守陴者皆哭」。緬，險峻也。言絳城女墻峻險孤高。僻倪音睥睨。緬，疑陑。女如字，下同。踒倔《廣韻》：「不向前貌。」言絳城形勢如此。踒，苦下切。倔，渠切切。正曰：踒踂，行貌也。倔，屈强也。言城墻之峻，其狀孤高顛跋，踒踂屈强，若行不前也。注句非。玄武踞。本名玄武。宋〔一〕時諱玄，故曰真武。俗説此州不利太守，故以真武廟厭之。至今北城謂之玄武岡。正曰：併見下。守居割有北，割，太守之居北地。正曰：明言北城名玄武岡，則是地之北，形爲玄武之踞，守居割其地。若如注説，則踞作據乃通。《曲禮》：前朱雀，後玄武。

地理家有玄武之説。補曰：「有北」字本《詩》。**自甲辛苞大池泓**，正東西地包池大而深也。泓，烏弘切。正曰：甲東辛西，中包含大池也。苞、包通。**横硤旁**，《説文》：横，闌木也。硤，石也。言以木石甃其池之四旁。**潭中癸次**。潭中，北地。補曰：中，當也，陟仲切。**木腔瀑三丈**。腔，《説文》[二]：「内空也。」言木槽内瀑出水高三丈。補曰：或是言長。**餘**，三丈之高有餘，水濺在池中。或屬上句。**涎玉沫珠**。涎如玉，沫如珠。補曰：涎垂故言玉，沫濺故言珠。**子午梁貫，亭曰徊漣**。子北地，午南地。爲二橋，貫徊漣亭。北者謂之通仙橋，南者謂之采蓮橋。正曰：爲梁貫南北，中有亭曰徊漣。按咸平中，孫沖序云：「亭池渠堤等，故處多徙移。」諸亭異於樊文且多，皆非當時所名。今通仙、采蓮，又孫序所無，疑亦後來名之者。**虹蜺雄雌**，《爾雅》：「雄曰虹，雌曰蜺。」《楚詞》「建雄虹之采旄」。《西都賦》「抗應龍之虹梁」。《中都賦》「亘雄虹之長梁」。言二橋如虹蜺然。正曰：注引泛。**穹鞠覰蜃**，穹鞠，曲脊貌。《晉・天文志》：「凡海旁蜃氣象樓臺，廣野氣成宫闕。」言水中見橋影如虹蜺，曲脊而俯覰蜃狀。鞠，居六切。蜃，時忍切。正曰：注不必言影，亦不必引《晉・志》。**礙佷島坻**。礙，止也。佷，鬬也。《禮記》「佷毋求勝」，《孟子》曰「好勇鬬佷」。《説文》：水中有山可依止曰島，水渚曰坻。言二橋如虹蜺。鬬于島坻之上。佷，胡懇切。坻音池。正曰：《廣韻》：狠戾，難行也。《詩・小雅》「止戾」，假字但言止而不進之意，恐非言鬬。**淹淹委委**，淹淹，漬也。委委，美也。狀水橋之景。《詩・國風》「委委佗佗」。委，平聲。**莎靡縵**，莎靡，皆草名。《禮記》「靡草死縵」。《説文》：「繒無文也。」《漢律》曰：賜衣者，縵表白裏。言莎、靡二草似繒帛鋪地。縵，莫半切。正曰：《記》「靡草」注：「薺，葶藶之屬。」莎靡不得言二草。靡縵，當是靡曼，言莎之色美爾。**蘿薔翠蔓紅刺相拂綴**。言藤蘿之翠蔓，薔薇之紅刺，相僉連遶。正曰：《説文》：莪蘿，蒿屬。《爾雅》：「唐蒙，兔絲。兔絲，女蘿。」陸佃云：「在木爲女蘿，在艸爲兔絲。」今文與薔並言。薔，延緣而生，又非木類，與二物不合，當是止言薔。薔有翠蔓，故云蘿薔也。南連軒井，言池南連香亭之北軒，軒下有井。正曰：其南接連有軒有井處。陣中踴曰香，香，亭名也。言薔薇花陣中踴出此亭。承守寢睟思。寢，卧也。睟，視貌。思，念事也。言香亭可承奉太守如此。睟，雖遂切。西南有門曰虎豹，謂左畫虎、右畫豹，故曰虎豹。左畫虎，搏立，韋承造《釋虎豹記》云：「韓王元嘉始創之旨，乃以五行所克勝其災而滅其禍。」以寅主東方，故畫東垣。搏，手擊也。言左壁畫虎立，若有所擊。搏，補各切。正曰：作搏擊而起立狀。萬力千氣言虎之力有千萬斤之大也。正曰：言虎氣力之多。底發，底，致也。發，奮怒也。底音旨。正曰：底，典禮切，下也。趙本誤作疷，故以致釋之。此言虎之氣力從下而發也，當連上作一句。㲋匿地㲋，豕也。匿，藏也，隱也。若藏隱入地。虎屬木，以木臨亥位，故以豕承之。匿，女力切。正曰：虎起搏立，㲋匿在下也。亥位之説無謂。努肩，腦口牙快抗，《説文》：快，不服也。抗，拒也。努肩，腦向前，露口牙，以抗拒而不服。雹火雷風，黑山震將合。此形容虎與㲋鬭氣也。右胡人鬅，鬅鬙，髮亂貌。黄帤纍珠，《説文》：「帤，幡也。」《禮記》「纍纍乎端如貫珠」，《漢書》「印何纍纍」。言幡上綴纍珠。纍，垂也。帤，於元切。纍，力追切。正曰：引《漢書》「纍纍」下當有注「纍垂也」字。然此義易曉，不必泛引。丹碧錦襖，言胡人著青紅二色錦衣。正曰：丹，赤。碧，深青色。襖，袍也。身刀囊鞾檛縚。檛，瓜頭，環尾，柄尺餘。言胡人身有刀，脂皮作鞾似囊。縚，土刀切，與絛同，或屬下句。正曰：言鞾皮似刀囊文。縚，以繫檛，或是。言胡人身有五者之物，從上説則「身」當屬上句。似下説義長。汼屬下句，不通。白豹玄斑《釋虎豹記》云：豹主西方，故誌西壁。言豹白質黑章，在胡人旁。飫距，言豹自以舌舐其距。飫，過飽也。疑非此字。正曰：飽舐距，故曰飫，何疑非也。掌胛言胡人以手撫豹胛。正曰：不必以手代掌字。意相得。言豹與胡人兩意相得。正曰：自「飫距」下作一句。東南有亭曰新，虎豹門之東南有亭，名曰新。正曰：與西南有門對文，非謂虎豹門之東南。

前含曰槐。言新亭門口又有一亭名曰槐。含，青頷。有槐屓護，屓，作力也。《西京賦》「巨靈贔屓」。言有槐若施力遮護槐亭。屓，虛氣切。正曰：「有槐」句與下「有柏」文勢同。屓護，屬下文。霽鬱蔭後頤，摯虞《槐賦》曰：「豐融甚霽，蓊鬱扶疏。」言若黑雲氣蔭亭之後簷也。補曰：頤，頷也。簷下垂若頤頷也。後「頤」與前「含」字相顧。渠決決緣池，西直南折廡赴，《西都賦》「決渠降雨」。決決。流行貌。廡，堂下廊也。言渠水緣大池西來，到南折回赴廊內去。補曰：似韓子「水濊濊循除鳴」句。注引《西都賦》，不切。可宴可衙。言此處可以宴集，又可決事。此，正守居之後廳也。正曰：此，非後廳。又東騫渠曰望月。騫，疑騫，音軒。《說文》：「飛過貌。」《西京賦》「鳳騫翥於甍標」。言堂東過渠有亭曰望月，今爲四望亭。正曰：正是騫字，趙本誤。此形容亭勢如鳥騫飛也。《楚辭》「騫翥」，楊脩書「飛騫」，杜、韓、柳用此字不一，非特《西京賦》也。俗多與騫字混，説見《韓文考異》。此「東騫渠」，是承上文之渠言之，注言「堂東過渠」，非。補曰：碑缺「渠」字。又東騫窮角池，言又過池之東南角。正曰：又東騫者承上望月言之，本文明白，注不必添「南」字。窮角池者，極角之池，當下至「柏」字句。研雲曰柏。研，磨也。有亭名曰柏。言亭之高，故曰磨雲。有柏蒼官青士，蒼官，松也。青士，竹也。言亭邊有柏有松有竹也。正曰：有柏句。補曰：蒼官、青士。指松竹。據注云爾，不知樊意政如此否？後來王介甫之用蒼官，楊廷秀之用青士，皆出於此。劉斯立亦曰「蒼官青士，列侍堂下」云。擁列與槐朋友，言松竹柏序立而相親，與槐爲朋友。正曰：當以「列」字屬上文句。巉陰洽色。言槐柏陰高而松竹之色相和合也。巉，鋤銜切。正曰：陰色不必分屬。北俯渠，俯，低頭也。言北向俯視池渠。正曰：北俯下至「西」字是一句。憧憧來，《易》曰：「憧憧往來。」《說文》：「不定也。」言池渠之水憧憧而來。憧，尺容切。刮級迴西。言近新槐二亭之階轉西而去。刮，古滑切。級，居立切。補曰：刮，磨切也。學《漢書》「刮席」字。正曰：刮柏亭之階級，非新槐二亭也。渠緣池西直南，又東騖渠，又北俯渠刮級迴西。蓋渠從西來，歷南東北而復西，故以「迴」言也。**巽隅間**，言園池之東南辰巳之間。隅，疑隅。正曰：字書有禺字，日在巳曰禺中。**黄原玦天**。黄原，絳南原也，其土赤色，故曰黄原。《白虎通》云：「佩如環而有缺處曰玦。」言南原盤回掩映，見天如珮玦。正曰：黄原斷如玦見天也。補曰：柳子厚「水縈之若玦」，蘇子由「山斷爲玦」。語類此。**汾水鉤帶**，言園池内顧汾水邊絳東南，若鉤帶然。正曰：東南見汾水如鉤曲帶邊。**白言謁**，言此處可以白事告言請謁也。正曰：句誤，見下。**行，旦艮間**。言平旦日初出時，間行於園池内，望東北艮地。正曰：當以「白言謁行」句。「旦艮間」連下文。東北寅艮地，以旦言寅，如上言巽隅。趙誤。**遠峊青縈**，遠則有岡青翠縈繞，而形勢秀絶。正曰：本文明白，不必注。**近樓臺井閭點畫**一作畫察。近則樓臺井邑點畫之間，皆可察見。補曰：按字書，有畫無畫。畫，界也，胡界切者，兼訓繪，俗書作畫。上文有畫虎字，此謂樓臺井閭可點畫而察見也。察，亦可作明察義。然趙本作「點畫」，語亦奇。**可四時合奇士**，言對此遠近之景，四時可會合奇異之士。正曰：本文明白，不必釋。下句同。**觀雲風霜露雨雪**，言合奇異之士觀雲風霜露雨雪。正曰：注再言奇士，贅。以「雪」字句，不通。**所爲發生收歛，賦歌詩**。爲，助也。言春夏雲露雨則萬物發生之時，秋冬風霜雪則萬物收歛之時，皆可助奇士四時賦歌詩也。爲，去聲。正曰：自「可」字下至此作一句。「士」、「歛」字中讀，意自見。注以爲字爲助，失句意。去聲，非。雲風雨露霜雪，分屬春夏秋冬，有不通者。**正東日蒼塘**，亭名也，以其近水池之蒼碧，故曰蒼塘。**蹲瀕西漭望**，漭，大水貌。言池邊蹲踞西望。蹲，在昆切。**瑶翻碧瀲**，若瓊瑶之翻翻，碧色之瀲灔。正曰：本文自佳，注添字無謂。**光文切鏤**，《六韜》云「雕文刻鏤」，《西都賦》「溝塍刻鏤」。言水之光瑩，波文似雕刻然。補曰：碑缺「光」字。正曰：文勢與上句同，二字一義，注失之。**棃𥦗撓撓收窮**。撓撓，𥦗也。言棃樹深遠撩𥦗，掩映遮盡。撓，奴巧切。正曰：𥦗，趙誤作深𥦗字，妙。𥦗，坑也，谷也。言黎樹深而趨下，撓撓爲動，收斂以至于盡也。正北曰風，隄守居正北有隄，隄有風亭，故曰風隄。正曰：風，亭名。下文可會。脱赤熱可見。「隄」屬下句。乘攜左右，言隄高峻，顧左右，可以乘攜。一説登此隄，必用左右扶策則可上。正曰：隄之勢如乘如攜，在左右。北迴股努，股，髀股也。言隄上北去，往來兩股甚施力也。北，疑比。正曰：隄形勢如股之努也。墆捩蹴墉，墆捩，《廣韻》：隱蔽也。蹴，蹋也。言隄上樹木隱蔽若蹴蹋絳北城。墆，徒計切。捩，力計切。蹴，子六切。正曰：墆，隱翳也。捩，關捩也。言隱翳其關捩，若蹴蹋城墉，承股努而言。銜渠歆池。銜，含也。歆，饗也。言隄勢高峻，下顧池渠，可含饗也。正曰：此形容隄勢包渠若銜含，受池水若歆饗也。南楯楹，言風亭中俯臨，見大池之闌檻與洄漣亭之棟楹。正曰：南闌楯楹柱，指風亭也。本文明白，於大池洄漣何與？景怪爥，爥與燭同。《西京賦》「光熖燭天庭」。言楯楹雕刻形采奇怪，皆池中照見。正曰：注引《西京賦》，贅。此言景象光怪，相照燭下，有蛟龍龜黿文章故爾。蛟龍鉤牽，若蛟龍之相鉤紐牽連。正曰：本文明白，注「若」字，誤。寶龜靈黿，黿，《説文》蚌屬，長爲黿，圓爲蠵。言若神龜大黿，皆池中照見。黿，薄猛切。一音牌。正曰：本文明白，注非。文文章章，《亢倉子》云「萬物章章」。言照見似蛟龍龜黿之文章也。正曰：注「似照見」三字，誤。與上同。自南楯楹以下，言臨池之景，蛟龍龜黿，言池中之物。注以楯檻雕刻言，故或言「似」、言「若」，全不成文理。下句誤同。陰欲蟄歊，陰，闇。欲，啜也。蟄，下也。歊，欲貪也。《東都賦》「欲野歕山」。言似蛟龍之屬，或闇啜者有之，或下貪戲者有之。欲，呼合切。蟄，都念切。歊，呼南切。正曰：陰，闇。蟄，下。欲，歠。歊，笑貌也。陰蟄言水中，欲歊言蛟龍龜黿之狀。補曰：柳子厚《晉問》「呀呷歙納」，白樂天《石記》「欱雲歕雷」。煙濆靄褧，桃李蘭蕙，褧，《説文》：「檾也，枲草也，麻屬。」《詩》云「衣錦褧衣」。言桃李蘭蕙加之以煙靄，似錦上著禪縠衣也。褧、檾，皆口迥切。補曰：濆，散也。神君僊人，衣裳雅治。《詩》注：「上曰衣，下曰裳」。又言煙靄在桃李蘭蕙之上，似神君仙人衣裳，閒雅豔冶也。可會脱赤熱。遇夏日如袁紹河朔之飲，自可脱去赤日暑氣。正曰：不必引河朔飲。西北曰鼇亦亭名也。其基址如鼇背而隆高，故名曰鼇。正曰：見下。蝝，原，《廣韻》：豕掘地曰蝝。言守居西北有原，形勢如此。蝝音灰。正曰：蝝，趙誤作蝝。蝝音緣，蝗子也。字見《春秋》。鼇蝝，亭名。原字屬下句。鼇蝝，或因原名也。此文「甲辛」以下，言近。「巽隅」以下言遠。自分兩節，其言近者曰甲辛、曰子午、曰西南、曰東南，而不言東北、西北。其言遠者曰巽隅、曰南、曰旦艮東北、曰正東、曰正北、曰西北、曰正西，而不言正南、西南，豈亦但據所見乎？注者不察。開哈儲，開，開懷也。哈，笑也。《楚辭》「衆兆所哈」。儲，積蓄也。言此蝝原之上，開懷一笑，蓄積憂愁，皆無有也。哈，呼來切。儲音除。正曰：此句或是言原之形勢，如開口哈笑，散儲蓄也。「原開哈儲」，與「隕乘攜左右」句同。虛明茫補曰：碑缺此「茫」字。茫，虛，空也，天地之間也。明，昭也。茫茫，遠大也。言原上見天地之間昭明遠大也。正曰：言空明廣大而已，不必言天地之間。嵬眼澒耳，嵬山貌。澒，大水聲。言原上眼中見山，耳内聞水也。澒，胡孔切。正曰：聳動見聞也。注下二語可削。可大客旅鐘鼓樂，《詩·國風》「鐘鼓樂之」。言可延賓客，以大鐘鼓而宴樂之也。樂音洛。正曰：可大會客旅，大作鐘鼓之樂。提鷳挈鷺，二亭名也，在鼇亭南。《漢書》曰「左提右挈」，《西都賦》「招白鷳」，《鷫鷞賦》「提挈萬里」，《雪賦》「白鷳失素」。言原勢高峻，可以提挈卑飛之鷳鷺也，故用此以名亭。鷳音閒。正曰：此文凡亭名，上必有「曰」字。二亭説，非。「提挈卑飛」義是餘，亦不必泛引。倡池豪渠，倡五音。篇音弼，威儀也。言池渠威儀雄大也。正曰：趙本「倡」字誤。倡有二音：蚩良切者，訓樂。尺亮切者，訓導。又發歌也。今按「倡」「豪」與「提」「挈」皆對文並類。他訓似難通。當從發歌訓。號，亦作譹，今省文。言倡歌呼譹於池渠之間，承大會客作樂而言。其下「憎乖憐圍」，形容鷳鷺鶩擾之狀，意皆相顧也。憎乖憐圍。乖，離也，背也。圍，守也，圜也。言園池内隨水土之形勢，乖者憎而削之，圍者憐而存之。正曰：憎鷳鷺之乖散，憐其圍合。餘見上。正西曰白濱，亭名也，在大池正西，以其近水，故曰白濱。正曰：不必引大池。薈深。薈，《説文》：「艸多貌。」言艸多而深遠也。薈，烏外反。補曰：碑缺「深」字。正曰：注「遠」字，贅。梨言有梨園，在白濱亭北，與蜯原、橫埒相近。正曰：當連下文而作讀。梨，指木言。注説皆非。素女雪舞百佾。《左傳》：八佾舞者，天子之禮樂也。佾，者，舞之行列也。《淮南子》曰「素女黄帝時方術之女也」，《史記》「秦帝使素女鼓五十弦瑟」，《思玄賦》「素女撫弦而遺音兮」，《月賦》「集素娥於後庭」。言梨花似數百行素女雪中舞也。正曰：素雪，皆以梨花之白言也。注引素女太泛，數字可削。水翠披。此説稻田也。言青水澆稻畦如分翠也。正曰：田水稻翠。披，開也。聯聯千幅，聯聯，驚視貌。言稻畦若絹帛之幅數千也。聯，虚郭切。正曰：千言其多，注亦不必加數字。迎西引東土長崖，言絳州城西有長土崖，自西來至城下。正曰：注失「迎」、「引」二字意。補曰：不曰「長土崖」而曰「土長崖」，語亦奇。挾橫埒，挾，攜也。橫埒，卑垣也。左太沖《蜀都賦》「峻阻塍埒」。言土崖西來，俯視橫埒，似有攜挈意。埒音劣。塍音繩。正曰：注引《蜀都賦》，無謂。日卯酉。日卯酉之時。正曰：卯，日初出時。酉，日没時。樵途塢徑幽委，言漁樵之途，村塢之徑，皆深闇委曲也。正曰：注多「漁」字，亦不必言「皆」。蟲鳥聲無人，言無人，唯聞蟲鳥聲。正曰：「聲」字當讀。補曰：黄魯直《送王郎詩》全用此句。又《贈黄從善詩》云：「鳥聲無人兮，我友夾即。」風日燈火之，到卯酉，詩雖有風日，亦必用燈火，言陰暗也。一説有風日燈火之時。正曰：風日，爲燈火也。此句妙，注者不察。補曰：「異禺間」以下與「正北日」以下，文勢似相對。異禺「白言謁行」句上無「可」字，且艮間「四時合奇士」句上有「可」字，正東蒼塘首言蹲望，後言水與梨終之，而不言「可以何爲」。正北「會脱赤熱」、西北「大客旅鐘鼓樂」句上俱有「可」字，正西首言梨與水，而末言上崖、塢徑幽委，故亦不言「可以何爲」。晝夜漏刻詭姽絢化。《吴都賦》「其荒陬譎詭」，又「闠闤譎詭，異出奇名」。又《高唐賦》「譎詭奇偉，不可究陳」。詭，譎也，詐也。姽，閒也，美也。絢，文采貌。言晝夜一漏一刻，美惡怪異，變化萬狀。一説晝夜屬上句，言風日之晝，或燈火之夜，漏刻之間，美惡怪異，變化萬狀。詭，過委切。姽，魚毀切。絢，許縣切。正曰：屬上句説，非。見下。**大小亭餖池渠間**，餖，飣餖，貯食也。言大小亭如貯置於池渠之間。餖，徒候切。補曰：餖字似昌黎《南山詩》語「晝夜漏刻，詭姽絢化」。此句以時物之變化引起。「大小亭餖」以下，又再總言之。**走池隄上，亭後前**。孫沖《園池記序》云「竇水上走別一亭曰姑射」。言激池中水至隄上亭之後。前、走，去聲。注同。射音亦。正曰：按孫沖序，此文下云西北，正與姑射山相對，最居北城上。據此文，乃是再總言之。引彼不類。**陴乘墉**，陴，城上僻倪也。《毛萇詩傳》曰：「墉，城也。《易》曰『乘其墉』。」言女墻在城上。正曰：陴，見前，不必再出。**如連山羣峰擁**。《海賦》「波如連山」。言女墻乘城若連大山，羣峰擁出。正曰：本文明白，連上句，以「墉」字讀，意自見。下同。**地高下**，觀看地之高下。正曰：注贅。**如原隰隄谿壑**。《尚書》「原隰底績」，《西都賦》「原隰龍鱗」，《中都賦》「山谷原隰」，《吴都賦》「原隰墳衍」。言如原如隄，地之高也。如隰如谿如壑，地之下也。隰音習。正曰：原高，隰下。此言見高下，如原隰之隄障谿壑。原隰，見《詩》《書》，不必泛引。**水引古**，按《圖經》「鼓堆水」。言園池之水引自鼓堆。鼓疑古。補曰：鼓、古，音同可通。**自源卅里**，言鼓堆在絳西北三十里。補曰：卅，悉合切。《説文》「三十并也」。**鑿高**有高處水不得過則鑿之。**槽絶**有絶處以槽閣之。**竇墉**。《左傳》「篳門圭竇」。竇，穴也。墉，城也。言鼓水穴城而入。正曰：《左傳》不必引。墉，見前。**爲池溝沼渠**。**瀑㶟潺終出**，㶟，水會也。《詩·大雅》「鳧鷖在㶟」。潺，水聲也。言鼓水入城爲池溝沼渠，瀑卻會一池，是水之終也，至無所用則出矣。㶟音叢。正曰：當以「渠」字句，謂引水既爲池溝沼渠，猶有餘瀑，沛聚潺潺，終而溢出。**汩汩街巷畦町阡陌間**，汩汩，疾流貌。左太沖《吴都賦》「潮波汩出」。言水既園中無用，流至街巷畦町阡陌之間。汩，于筆切。一音骨。非也。正曰：此但言餘水之多，注不必云「園中無用」。《吴都賦》不必引。**入汾**。則入汾水矣。正曰：連上是一句。「間」字讀。注無謂。**巨樹木**，園池中所以大樹木者。正曰：下至「沮」字句，木中讀，注可削。**資土悍**，悍，勇硬也。言樹木之大，藉土之力也。悍，胡旦切。正曰：見下。

水沮。《詩・國風》「汾沮洳」是也。沮，漸濕也。言樹木藉土之硬，加之以漸濕。所以大也。沮，將豫反。正曰：資訓不一，助也，取也，賴也，稟也，給也。按此當從稟訓爲長。悍，有力也。言資土之悍水之沮也。沮，又子余反。宗族盛茂。《莊子》「枝葉盛茂」。宗族樹之枝葉也。言大樹木所以枝葉繁盛豐茂。正曰：宗族，言衆木也。補曰：碑作「茂盛」，通。旁蔭遠映，《吴都賦》：「宗生高岡，族茂幽阜。擢木千尋，垂蔭萬畝。」言樹木繁大近者蔭而遠者掩映也。錦繡交，果枝香，《魏都賦》「錦繡襄邑」。石曼卿詩「生香不斷樹交花」。言樹木若錦繡相交加而香也。正曰：當以「果」字句，謂果色不一，若錦繡之交。注引《魏都賦》。不切。石曼卿詩乃出於此。畹麗畹者，《説文》「卅[三]畝也」。畹疑婉，言稻田之美麗若婉字上下可通作一句。正曰：畹雖訓卅畝，《楚辭》不云「滋蘭九畹」乎？枝香畹麗，當作一句，承「錦繡交果」而言，謂畹畝之華麗也。絶他郡。言此園池勝絶之地，爲之郡也。正曰：趙以他爲地，誤。此謂他郡之絶也。考其臺亭沼池之增，若稽考臺亭沼池增創之旨。正曰：本文明白，注「旨」字，贅。蓋豪王才侯襲以奇意相勝，言園池之增修，蓋因豪王才侯各以奇意相争勝負之所致也。正曰：本文明白，注贅。襲，重也。至今過客尚往往有指可創起處。言過客行人往往指點尚有可增脩之處。正曰：本文明白，注「行人」字贅。「脩」字非。余退常吁，余，紹述自謂也。退歸常吁嗟。正曰：不必注。後其能無言增脩之人，今後或無。正曰：「後」至「者」字一句。果有不又言增脩之人，今後果有不？不，《説文》音缶。一説上下通作一句。正曰：見上注，讀不爲缶，非。補建者。言補建之者。正曰：若上以不字句，則此三字何謂其能無，疑辭。「果有不」，決辭，連用六字爲疑辭，亦文之好奇也。池由於煬，言園池脩建始於隋煬帝時。正曰：此言池之所始，注非。當下至「拒」字句，「池」字、「安」字中讀。反者雅、文安，「及」當作「反」。雅，辪雅也，絳人。文安者，姓裴，聞喜人。曾應漢王諒反。因據此城。《隋史》雅爲粹字，蓋書之誤。正曰：及字誤無疑，何必言當作。

發土築臺爲拒，發土築臺，以拒王師。誅雅、文安既誅。或囑上句。幾附於污宮。《禮記》「殺其人，壞其室，洿其宮而瀦焉」。明其大逆，不欲人復處之。《説文》「瀦，水所停也」。幾，平聲。壞音怪。瀦，陟魚切。水本於正平軓，言正平縣令梁軓始引鼓水入城。正曰：「連」下至「便」字句。「水軓瘠」三字中讀。補曰：軓，趙作軌。字書軓，父鋄切。軌，矩鮪切。釋者並謂車轄頭，音異義同。按孫沖序云：「隋開皇十三年，内軍將軍梁軓爲臨汾令。十八年，改臨汾爲正平。」軓字世謩，材令也。雅、文安、軓三人，非甚顯者不著其姓，亦好奇之過也。病井滷生物瘠，憂井水鹹，生物不豐茂。滷音魯。補曰：瘠，瘦也。《唐志》太原井苦，不可飲。李勣引晉水以甘民食。皆地近斥鹵故。引古所以引鼓水。古疑鼓。正曰：古堆，見前。沃浣人便，既鼓水入城澆灌洗濯，人以爲便。幾附於河渠。緣絳人爲便，幾至疏入官河，附於《河渠》之書。正曰「疏入官河」，四字非。嗚呼！紹述歎辭。正曰：不必注。爲附於河渠則可，言爲河渠猶可。正曰：不必注。爲附於污宮其可？若爲污宮作棄地，更不若爲河渠也。原紹述本意，言守州者當師梁軓，不可以雅、文安爲法。補曰：其「可」字，用《左傳》襄二十六年子産語。書以薦後君子。故書此以進後之君子。正曰：不必注。長慶三年五月十七日。唐穆宗年號也。補曰：觀記中所書景物，皆深春至中夏時也，豈紹述特詳於所已見者乎！趙本末有「記」字，據結語云「書以薦後君子」，則已具記意。碑本「長慶」以下別作行，無「記」字，是亦變體也。

樊紹述作《絳守居園池記》文體奇澀，讀者不能句。前代注解者數家，趙仁舉出近時，宜益詳且精。余視之尤疏陋，因爲是正數十條，並補其缺遺者著于右方。按紹述文甚多，鮮有傳，是篇獨爲好事者蓄示詭異，折儇淺以資笑，甚矣人情之好奇也！當有唐元和、長慶間，昌黎公以文雄一世，從之遊者若李翺之純、皇甫湜之健、張籍之麗、賈島之寒苦，巨細無不有，而號稱險怪奇澀者，詩則盧仝，文則紹述。惟韓子足以兼之，故《月蝕詩》效盧，銘樊墓用其體，若將約其横騖，屬其殘斷，而矯其甚者。夫韓子之奇，奇之正也。二子之奇，奇之偏也。文章貴不用意，溢於正而奇出焉。蓋非能奇之爲奇，而不能不奇之爲奇也。是作也，其出於自然邪？其有意爲之邪？識者其知之矣。然昌黎盛推紹述，謂其詞必己出，至不煩繩削而自合，文從字順，則其他文殆不盡若此矣。或曰：子譏時人好奇，復從而辨釋之，不幾同浴而笑裸裎乎？曰：非也。周誥殷盤，有奥義缺文焉，是誠不可以意通也。而此也，餙夷以艱，襲昭以幽，易當以異，徐而察之，可見矣。彼解者，疲精竭力而猶惑焉。則樊子豈非過人者哉！皇慶二年，歲在癸丑九月廿九夜，吴師道書。

昨歲北土示余此文，因覽注者之謬，爲是正數十條，復題其後以見意。暇日取視之，似未盡也。遂信筆疏列其下，迄篇終焉。愚才非博洽，且未嘗一至其地，詢考故實，安知舛戾不甚於斯人邪？又惟疲神蹇淺，措意指摘，見誚識者而不辭。但此文亦有平易明白，不煩訓釋者，而注反失之。因知世之小夫曲士，穿鑿淺陋，以求古人之説者，皆此類也。覽是，亦足以戒云。延祐元年甲寅十月書。

絳守居園池記

此吴先生録東陽許氏圈點批畫。

絳，即東雍爲守理所。禀參實沈分，氣蓄兩河潤，有陶唐冀遺風餘思晉韓魏之相剥剖。世説總□其土田士人令，無磽雜擾，宜得地形勝瀉水施瀼。豈新田又蕞猥不可居，州地或自有興廢，人因得附爲奢儉，將爲守悦致平理與？益侈心耗物害時與？自將失敦窮華，終披夷不可知。陴緬孤顛跒倔，玄武踞守居，割有北，自甲辛，苞大池泓，横硤旁。潭中癸次，樜瀑三丈餘，涎玉沫珠，子午梁貫。亭曰徊漣，虹蜺雄雌，穹鞠覻蜃，礙佷島坻。淹淹委委，莎靡縵，蘿蔷翠蔓紅刺相拂綴。南連軒井，陣中踴曰香，承守寢，睟思。

西南有門，曰虎豹，左畫虎搏立，萬力干氣底發。彘匿地，努肩腦，口牙快抗。雹火雷風，黑山震將合右胡人鬅，黄帟纍珠，丹碧錦襖，身刀囊韡檛縚，白豹玄斑，飫距掌胛意相得。東南有亭曰新。

前含曰槐。有槐，肩護霿鬱蔭後頤，渠决决緣池西直南折廡赴，可宴可衙。又東騫渠曰望月。

又東騫窮角池研雲曰柏。有柏，蒼官青士擁列，與槐朋友，巉陰洽色北俯，渠幢幢來刮級迴西。

巽隅間黄原玦天，汾水鉤帶，白言謁行旦，艮間遠豈青縈近，樓臺井間點畫察。可四時合奇士，觀雲風霜露雨雪所爲發生收斂，賦歌詩。

正東曰蒼塘，蹲瀬西漭望瑶瓻碧潋，光文切鏤，棃壑撓撓收窮。

正北曰風隄，乘㩴左右，北迴股努，墆捩蹴墉，銜渠歆池，南楯楹，景怪燭，蛟龍鉤牽，寶鼉靈廲，文文章章，陰欹墊廠，湮潰靄聚桃李蘭蕙。神君仙人衣裳雅治，可會脱赤熱。

西北曰鼇蟓，原開哈儲，虚明茫茫，嵬眼湏耳，可大客旅鐘鼓樂，提鷴挈鷺，倡池豪渠，憎乖憐圍。

正西曰白濱，薈深棃素女雪舞百佾，水翠披啷啷千幅，迎西引東土長崖，挾横埒日卯酉樵途塢徑幽委，蟲鳥聲無人，風日燈火之。

晝夜漏刻詭姽絢化，大小亭餖池渠間走池隄上亭後前。陴乘墉如連山羣，峰擁地高下如原隰隄谿壑。水引古自源卅里，鑿高槽絶，竇墉爲池溝沼渠瀑，潈潺終出，汩汩街巷畦町阡陌間，入汾，巨樹木資土悍水沮。宗旅盛茂，旁蔭遠映，錦繡文，果枝香畹麗絶他郡。

考其臺亭沼池之增，蓋豪王才侯襲以奇意相勝，至今過客尚往往有指可創起處。余退常吁，後其能無果有不補建者，池由於煬反者雅、文安，發土築臺爲拒誅，幾附於污宫。水本於正平軌，病井滷生物瘠引古沃浣人便，幾附於河渠。嗚呼！爲附於河渠則可，爲附於污宫其可，書以薦後君子。長慶三年五月十七日。

絳守居園池記此記守居之園池，非記守居也。舊注兼守居言，故多誤。此吴先生録東陽許氏定句疏説。

絳即東雍爲守理所絳，春秋爲晉都，秦屬河東郡，後魏置東雍州，後周改絳州。此言絳之爲州，就東雍舊治之地爲治所。**世説總□其土田士人令無磽雜擾宜得地形勝瀉水施法。豈新田又蕞猥不可居**令者，善也。蕞，小貌。「世」至「令」一句。世之言者，總校絳之土田善而無磽，士人善而無雜擾。此地既善，故宜擇其形勝處以爲園池。令既得形勝，瀉水施法，則新田開爽，豈又蕞猥不可居邪？**與園池之建守以政治得而爲樂乎？或守費財以遂侈遊乎？**此言地興而人附奢。**自將失敦窮華終披夷不可知**天時人事相推移，「自將」致此敦義之失，華麗之窮，終披散夷滅，亦不可知也。此言地廢而人附儉，以己守絳，故因以爲戒。文以二「將」字對言興廢。**陴陋孤顛跒倔**，此言城之最高處，蓋北城也。**玄武踞守居**守居，踞城之北，在孤顛下。**割有北自甲辛**割守居北之半，以爲園。**苞大池泓**園苞池在中。**潭中癸次**池之中而最深處，正當癸位。蓋池在園北，而少偏於東。**木腔瀑**蓋激渠水入池。**徊漣**此橋上之亭也。**虹蜺雄雌穹鞠覷蜃礙佷島坻**雄曰虹，色盛者，喻橋。雌曰蜺，色闇者，喻橋影。穹鞠，曲脊貌。蜃，大蛤也。言橋與影相合，中空而圓，如蜃狀。島坻，喻亭影。橋與影在上下如虹蜺之雌雄然。此但言水上有橋。未見橋之形何似也，故再言橋之穹鞠，并影而覷之，則若蜃然。於是可見橋之形，中隆而兩下，亭影倒侵，高厚而止者，若島低小而立者。若坻上句。子午至徊漣八字，正言池上之橋亭。此句十二字，兼言池中橋亭之影。**香**此園最南之亭也。蓋池之南則有莎草，蘿蔓連至其南，則建香亭。**承守寢**謂香亭前承守寢居之後。**睟思**於此亭可視可思。**虎豹**此入園之門也。東西與香亭並。鬅音朋。胛音甲，背胛也。前含曰槐。槐，亭名。徊漣之上著「亭」字，下香則蒙之，其次叙門，故新上復著「亭」字。槐以下，凡言「曰」者，則亭也。皆蒙之爲臨於槐，故以槐名亭。若以新亭之前有槐，則「曰」字既不辭，而下「有槐」二字爲複矣。「前含」者，謂槐亭處新之前而相含受者。蓋此記叙園池景物，自正北之池始，次言池上之橋及亭，遂言橋正南之亭，次及入園之門。於是循而東，由東南至東北，次正北，次西北至西，而終自西南之門。循東爲新亭，又東爲槐亭，是爲新亭之前也。可宴可衙亭之大可以宴，亦可以聽政，不必言後廳。謂可衙，而又先言宴，則非廳可知。望月亭名，可於此望月。霌徒對反。又東騫窮角池研雲曰柏東偏臨渠，有望月之亭，直望月之北，至於東北園之窮池之角。而渠自東折北之地，建亭曰柏。研雲者，言亭之高也。下蒼官，即柏也。與槐亭文勢同。若柏非亭名，則下有「柏」字爲贅。巉陰洽色北俯此言柏竹不及槐。刮級非亭則無級。巽隅間黃原玦天汾水鉤帶《地理志》汾水出太原郡汾陽縣北山，至河東郡汾陰縣入河。絳州即河東郡之絳縣也。蓋汾水自絳州東北而南下，經絳州，則折而西，絳正在回折之間，故園之巽隅有黃原，如玦而倚天。汾水過於其外，折而如鉤，縈而如帶。白言謁行日記中四隅，則據園而言東、北、西則據池而言。園之東南，正當守居之左，蓋絳依山而城，故白言謁者且於原上往來也，以園則在巽，以城言則在寅甲間也。艮間遠峊青縈近遠岡之青者縈紆而來，近於城之艮間，故可俯瞰，洞見城市。蒼塘池正東之亭名也。下三句，皆言西望池水遠且文。梨，則池西白濱側之梨也。收窮者，極西城也。漭莫朗反。風隄正北池隄上亭名。乘攜左右北堤上築基特高起，爲亭乘於上，若提挈左右然。北迴股努墆捩蹴墉衙渠歆池隄上既築高爲風隄之基，其基北出直抵北城，如股衙渠。謂此股跨渠上，而渠流出於其下。蓋北城之内即渠，渠之南即隄，隄之南即池。衙渠歆池，指隄之南北也。南楯楹以下言，池煙漬以下，言亭兩傍之景。蛟龍鉤牵池中未必有蛟龍，此言池之大爾。可會脱赤熱言風隄之亭，面背皆水，兩旁花木陰翳，可會賓避暑氣。鼊蝝此亦亭名。或因原名而名之。大客作樂，非亭亦不可。原開哈儲此城園西北之原也。於原上開懷咍笑，以散儲蓄之思。白濱亭名，與蒼塘、風隄皆因池取義。亭側多梨，即蒼塘所望者。池之東樹柏竹，故亭曰蒼塘。池之西樹梨，故亭曰白濱。水翠披以下皆言城外之景。蓋白濱之亭高，可見田及横崖。自西來近城者謂之迎，則崖不及城下。日卯酉此下專言長崖，自日卯至酉，常幽陰。惟風動林木，而日射之，則僅若燈火之照也。晝夜漏刻詭施絢化以下總書園池景。大小亭餖池渠間大小亭十，徊漣池中之亭也。曰香、曰新、曰槐、曰望月、曰柏，臨渠之亭也。曰蒼塘、曰風隄、曰白濱，臨池之亭也。鼇蜂，原上之亭也。故曰「餖池渠間」。走池隄上亭後前言游行之人。陴乘墉如連山羣峰擁一句。地高下如原隰隄谿壑園中之地，高平者如原。下濕者如隰，擁者如隄，流者如谿，深者如壑。鑿高槽絶此言城外引水。竇墉爲池溝沼渠瀑一句。此言引水入城。汩汩街巷畦町阡陌間入汾汩音骨。町，他頂反。引古水自西北原之南，鑿城以入，則南流，折而東，又折而北，又折而西，環園畢，則自西北原之東，穴城而出。渠之别流，則循行街巷之間。上文所謂「溝沼」是也，既而復合於渠而出焉。街巷，此水流於城中者也。畦町阡陌，此水流於城外，將入汾者也。蓋又徑城北流，東而入汾。錦繡交句池此叙池之始，因雅、文安發土築臺，後人因以其坎爲池。水此叙渠之始，下有河渠字，故易渠爲水，於文之終乃叙池渠之本始，因以爲戒，亦文之一奇也。記園池而終於池渠，蓋渠圍之内，即園之境故也。

韓子誌樊紹述墓，謂紹述有所著書，總六十卷，雜文總三百十一篇，詩七百十九首。今皆亡矣。近世謂紹述文之存者僅一卷，亦未之見也。惟《絳守居園池記》獨傳，艱深險怪，殆不可讀。豈紹述之文盡若是，而此篇以拔乎萃而能久邪？以獨奇而爲志怪者所寶反得久邪？往年余得是文而讀之，强爲之句，而多所未解。及觀吴君正傳補正、趙氏注釋，始得究其名義。然徐而誦之，意若猶有異者。因重句之而疏其説於右方，將復正於吴君焉。愚嘗謂六籍之下，盡文章之妙，正無過於孟子。奇無過於莊周。周雖外於聖人，而其學則自有所本，汪洋自恣之辭，皆出於是，豈徒尚奇倔而已哉！紹述之辭深矣，探其本或未也。雖然，亦豈易至哉？其間有精到之語，皆蕩滌塵滓，採掇菁華，可但以險怪目之乎？文章之法，固不在是。但取其怪以資笑談，亦過矣。延祐庚申四月十日，金華許謙書。

泰定丁卯，予在宣城，得趙氏注《園池記》刊本。大德中，知晉州日，翰林徐公琰、閻公復所爲序引者讀之，與向所見鈔本多異。凡予所補正者，往往增改，而猶恨其有未盡也，因以其本，復加刊定。篇中諸亭名，元注未之考。向略考見其端，而許君按據文勢辨正條理，悉以圈抹著之，皆與今改注合。竊伏精鑒，俾存而弗削焉。吁！自予始校此文，逮今二十年，參之見聞，屢經竄易，計今尚未得爲定藁也。區區者猶若是，況乎聖經賢傳之奥，而欲以一見了之，不亦舛乎！併書以自儆。至順三年，歲次壬申，十一月二十二日，吴師道識。

辭尚質，質則氣完，輕重高下疾徐之節安，則喜怒哀樂愛惡之情展。夫惟知道之士含和而吐華，辭盛致腴，不煩繩削，而正奇可師也。故唐虞君臣之言，渾渾如也；夏商周之言，皎如也；秦漢之言，振振如也。雖粹駁清厚之氣，人有不同，因其才之所至，皆足以自名一家，本乎質故也。漢中葉以降，辭益落，爰始淫爲浮輕側纖，拘爲俚俗，矯爲陗薜，辭人人殊，去古日遠，氣卑則言不振，質不足故也。唐繼古制，世平而聲和，在貞觀、永徽時，則岑文本、魏徵、虞世南、褚遂良滌其源；在垂拱、開元時，則陳子昂、張説、九齡、蕭穎士、李華導其流；在大曆、興元時，則獨孤及、梁肅、權德輿揚其波，辭稍振矣。然去秦漢人所次猶遠，蓋其力僅僅及是犇趍，赴則僵。至貞元、元和時，韓愈氏作，大放厥辭，力復于古，雖正奇迭用，而一本乎質，用能奄有秦漢，追商周而睨之，辭乎復此。其始也，時有河東柳宗元，辭始今古犬牙，厠陳、張、梁、權間。洎左官牢愁，思益專，辭益振，破觚斲雕，幼眇回鬱，傑然與韓辭相上下。唐世言文章者，稱韓、柳焉。于時隴西李翺慕愈而效之，振策而驅之，然不敢異之也。故史稱翺爲文尚氣質，卒得與韓同謚。贊皇李德裕作文論，亦言文主氣質，辭雖未至，識則精詣不羣。南陽樊宗師與韓、柳氏亦同時，又相好也。視二氏之逸駕絶足，瞠乎若恐後之，將掉鞅争先，則力之不能及，欲頫仰襲沿，則恥爲之下。於是瘁心竭液，恢詭險僻，務奇以掩之。此誠不足陵出其右，而祇喪厥質，氣不完者其辭弊，固其所也。宗師之辭夥矣，惟《絳守居園池記》獨傳，怪之尤者。然其形墜名物，足以辨方考志，清言雅趣，足以摹寫光景，好古博雅之士存之而不廢也。其辭義句讀不可易知，自宋以來作訓故者數家，往往探討疲而乖舛衆。金華吴君正傳始取趙氏注，補其闕而正其訛。白雲先生高陽許君益之又從而審辨之，繇是文義明而句讀別。夫二君之於學，窮六籍之菁華，明百氏之邪正，時其整暇品游豫屬之，豈大章《咸池》《桑林》之舞，既高張宮庭飫聞而慨繹之，而夷伕之音、巴渝之曲，亦充備下陳者與？且樊氏之失，二君既掊而明之，其間可採摭，如鄉予所云者，亦不忍遽棄也。古也有志君子之取善也，博以周予，於二君見之矣。東陽張樞云。

《絳守居園池記》，唐樊宗師撰，元欒陽趙仁舉注，蘭溪吴師道正誤補遺，許謙又爲補正四十一條，師道乃重加刊定。《吴禮部集》有《絳守居園池記題後》，又有分題賦《絳守居》一首。惟其服膺宗師，故于此記再三致意。明弘治間刻本，前有仁和陳良器序，後有東陽張樞跋，言之綦詳。民國二年，宗師裔孫山陰樊漱圃氏從江南圖書館景寫弘治本轉鈔，標題緜絳書屋刊本。余據付剞劂，復爲校訂數字，質之漱圃。漱圃又刻諫議總集，裒然成帙。爬搜剔抉，鍥而不舍。余既爲之弁言，特識厓略于此，以見文字有同好云。季樵胡宗楙。

【校記】

〔一〕宋，底本作「宗」，據文淵閣《四庫全書》本改。

〔二〕文，底本作「木」，據《説文》改。

〔三〕卅，底本作「田」，據《説文》改。

圖書在版編目(CIP)數據

許白雲先生文集（附絳守居園池記注）/（元）許謙撰；黄靈庚，李聖華主編；崔小敬，黄靈庚整理. —上海：上海古籍出版社，2022.12

(北山四先生全書)

ISBN 978-7-5732-0476-9

Ⅰ. ①許…　Ⅱ. ①許… ②黄… ③李… ④崔…　Ⅲ. ①古典文學—作品綜合集—中國—元代　Ⅳ. ①I214.72

中國版本圖書館 CIP 數據核字(2022)第 188421 號

北山四先生全書

許白雲先生文集(附絳守居園池記注)

(全二册)

〔元〕許謙　撰

黄靈庚　李聖華　主編

崔小敬　黄靈庚　整理

上海古籍出版社出版發行

(上海市閔行區號景路 159 弄 1-5 號 A 座 5F　郵政編碼 201101)

(1) 網址：www.guji.com.cn

(2) E-mail：guji1@guji.com.cn

(3) 易文網網址：www.ewen.co

上海展强印刷有限公司印刷

開本 890×1240　1/32　印張 22　插頁 10　字數 439,000

2022 年 12 月第 1 版　2022 年 12 月第 1 次印刷

印數 1-1,500

ISBN 978-7-5732-0476-9

I.3660　定價：128.00 元

如有質量問題，請與承印公司聯繫

電話：021-66366565